# DIALOGOS
## MVY APAZIBLES,
### ESCRITOS EN LENGVA
Española, y traduzidos
en Frances.

# DIALOGVES
## FORT PLAISANS,
### ESCRITS EN LANGVE
#### ESPAGNOLLE, ET TRADVICTS
en François.

*Auec des Annotations Françoises és lieux necessaires
pour l'explication de quelques difficultez Espagnolles:
Le tout fort vtile à ceux qui desirent entendre ladicte
langue.*

*Plus est adiousté vn Nomenclator de quelques particu-
laritez qui se presentent à tout propos.*

Par CESAR OVDIN, Secretaire Interprete du
Roy, és langues Germanique, Italienne &
Espagnolle, & Secretaire ordinaire de
Monseigneur le Prince.

## A PARIS,
Chez PIERRE BILLAINE, ruë sainct Iacques,
à la Bonne Foy.

### M. DC. XXII.
*Auec Priuilege du Roy.*

# A MONSEIGNEVR

## LE PRINCE DE

## IOINVILLE.

**M** ONSEIGNEVR,

Encor que le petit pre-
fent que ie vous fais, ne foit
en la lãgue, que le foing & le bon aduis de
Monfeigneur voftre pere, vous font ap-
prendre la premiere, qui eft l'Allemãde,
& à quoy par fon cõmandement & de
Madame voftre mere, i'ay efté appellé,
pour vous y aider de ce peu que i'en fçay.
Ce neantmoins il ne m'a pas femblé hors
de propos, de toufiours faire ce petit pre-
paratif en Efpagnol, attendant le temps
que i'efpere ( moyennant la grace de

A iij

'Dieu) d'eſtre continué en l'honneur de vous donner quelque inſtruction, non ſeulement en icelle, mais auſſi en l'Italienne, qui toutes ſont de la bien-ſeance des François. Ce ne ſeront que des fleurs au prix des ronces eſpineuſes que nous trouuons en la premiere, outre que vous auez deſia la clef de ces deux dernieres, à ſçauoir la langue Latine, laquelle vous auez ſi heureuſement appriſe par la diligence & douce inſtruction, que vous en a donné & donne continuellement voſtre bon Precepteur Monſieur de Monſtrueil, perſonnage à la verité tres-capable & tres-digne de la conduitte d'vn grand Prince tel que vous eſtes. Pour moy ie ſuis tres-aſſeuré de n'eſtre, en façon quelconque, ſoupçonné de flatterie, ſi ie teſmoigne que vous entendez tres-bien celle que nous eſtudions à preſent, par ce que vous me garantirez de tout blaſme pour ce regard; & à plus forte raiſon courrerons nous moins de riſque,

lors que nous viendrons aux deux autres, parce que le temps nous fauorisera,
comme le prouerbe Allemand dit, Zeit
bringt rosen, que i'interpreteray icy,
non pas pour vous qui le sçauez, ains
pour les autres qui ne l'entendent pas: il
veut donc dire, que le temps apporte des
roses: Mais celles qu'il vous produira ne
seront pas de ces fleurs, qui (encor qu'elles
rendent bonne odeur ) sont transitoires,
ains vrayes roses de diamans, car telles
sont estimees les sciences qui sont posse-
dees par vos semblables, n'estant tenuës
que pour joyaux de vil prix, si ceux qui
les ont sont de petite estoffe. Poursuiuez
donc, Monseigneur, ce que vous auez si
bien commencé, & soyez tres-certain
que le contentement que vous en aurez
vn iour, excedera toutes les richesses,
que vous pourriez souhaitter, & d'a-
bondant considerez l'auantage que vous
emporterez par dessus beaucoup d'autres, qui peut-estre croyent que les scien-

ces repugnent à la Noblesse ; & me
souuiens auoir leu en quelque liure
Espagnol cecy : Que vn hombre
no es mas hombre por tener mas
que otro , sino por saber mas que
otro. Aussi le bon Empereur Marc-
Aurele disoit : qu'il portoit enuie
à vn pauure qui estoit sçauant , &
auoit pitié d'vn riche ignorant , parce
(disoit-il) qu'il ne falloit que donner le
bout du doigt à l'vn pour l'esleuer , &
qu'à l'autre, vn petit coup de pied estoit
suffisant pour le renuerser par terre.
Ie ne vous dis pas cecy pour vous y
animer d'auantage , puisque vous y
estes si bien porté ; mais pour le de-
sir & affection que i'ay de vous seruir , en ce qui dependra de mon peu de
suffisance : & aussi de profiter au
public , pour lequel ie trauaille continuellement. Ie vous supplieray donc,
Monseigneur , ne desdaigner point ce
que ie vous offre , puis qu'il part d'v-

ne pure & entiere volonté que i'ay
d'eſtre toute ma vie,

MONSEIGNEVR,

Voſtre tres-humble, & tres-
obeyſſant ſeruiteur
CESAR OVDIN.

# Extraict du Priuilege.

PAR grace & Priuilege du Roy, il est permis à Pierre Billaine de faire imprimer, vendre, & distribuer vn liure intitulé, *Les Dialogues Espagnols & François*, augmenté du huictiesme Dialogue, & d'vn *Nomenclator aussi Espagnol & François*, par CESAR OVDIN, auec deffences à tous Libraires & Imprimeurs de ce Royaume, de l'imprimer, vendre, ne distribuer autre que de ceux dudit Billaine, pendant le téps & espace de six ans, sur les peines portees par ledit Priuilege. Donné à Paris le dernier iour d'Auril 1622. Et de nostre regne le douziesme.

*Par le Conseil.*

HARDY.

# DIALOGOS MVY

## APAZIBLES, ESCRITOS

EN LENGVA ESPAÑOLA, Y TRADVZI-
dos en Frances por C. O.

## DIALOGVES FORT

PLAISANS, ESCRITS EN
LANGVE ESPAGNOLLE, ET TRA-
duicts en François par C. O.

---

DIALOGO PRIMERO PARA LE-
uantarse por la mañana, y las cosas a ello
pertenecientes, entre vn Hidalgo llamado
Don Pedro y su criado Alonso, y vn su amigo llamado Don Iuan y vna ama.

PREMIER DIALOGVE POVR SE
lèuer au matin, & les choses qui appartiennent à cela, entre vn Gentil-homme appellé Don Pierre &
son seruiteur Alphonse, & vn sien amy nòmé Don
Iean, & vne seruante ou femme de charge : c'est
d'ordinaire quelque femme qui a esté nourrice, tellement que nous luy baillerons parfois ce nom.

| DON PEDRO. | DON PIERRE. |
|---|---|
| Yes moço? | Hau là garçon? |
| A. Señor. | A. Monsieur. |
| D P. Que hora es? | D P. Quelle heure est-il? |
| A. Las cinco son da-das. | A. Cinq heures sont son-nees. |
| D P. Leuantate y abre | D P. Leue toy & ouure |

A

aquella ventana a vér ſi es de dia. | la feneſtre pour voir s'il eſt iour.

A. Aun nos es bien a-manecido. | A. Il n'eſt pas encores bien iour.

D P. Pues aſno, como dixiſte que ha dado las cinco? | D P. Aſne que tu es, pourquoy dis-tu qu'il a ſonné cinq heures?

A. Señor, las cinco yo las conté, péro el relox y la mañana no andan a vna. | A. Monſieur, ie les ay contees, mais l'horloge & le matin ne s'accordent pas entre eux.

D P. O tu mientes, o el relox miente, que el Sol no puede mentir. | D P. Tu ments, ou bien c'eſt l'horloge qui a menti, car le Soleil ne peut mentir.

A. Mas vale que mienta yo, que no el año. | A. Il vaut mieux que ie mete, que non pas l'année.

D P. Que dia haze? | D P. Quel temps fait-il?

A. Señor, ñublado. | A. Monſieur, il fait vn teps ſombre & couuert.

D P. En los ojos déues tu de tener las nubes, que el cielo yo le veo claro. | D P. Ce ſont donc tes yeux qui ſont pleins de nuees, car le ciel ie le voy bien clair.

A. Pues no eſtoy ciego. | A. Mais ie ne ſuis pas aueugle.

D P. Antes creo que eſtas durmiendo todauia. | D P. Ie croy pluſtoſt que tu dors encor.

A. Se que no ſoy Elefante que tengo de dormirme en pie. | A. Ie ſçay bien que ie ne ſuis pas Elephant, que ie puiſſe dormir debout.

D P. Haze frio?

A. Vn zarzaganillo entra por la vétana que corta las narizes.

D P. Dáme de veſtir que me quiero leuantar.

A. A que tan de mañana?

D P. A negociar, que tengo mucho que hazer oy.

A. Aun no eſtará nadie en pie.

D P. Tu adeuinas a tu prouecho.

A. Que veſtido ſe quiere poner vueſtra merced?

D P. El de velarte, que dizen que es honrra y prouecho.

A. Que jubon?

D P. El de raſo peſpuntado.

A. He le aqui.

D P. Majadero, pues el jubon me traes antes que la camiſa, quieres me motejar de açotado?

D P. Fait-il froid?

A. Il entre vn vent de biſe par la feneſtre qui picque & ſingle le nez.

D P. Baille-moy mes habits que ie me leue.

A. Pour quoy faire ſi matin?

D P. Pour ſoliciter, car i'ay bien à faire auiourd'huy.

A. Il n'y aura encor perſonne de leué.

D P. Tu deuines à tõ profit.

A. Quel habit vous plaiſt il mettre auiourd'huy?

D P. Celuy de fin drap, car l'on dit qu'il fait bonneur & profit.

A. Quel pourpoint prendrez-vous?

D P. Celuy de ſatin arrierepointé.

A. Le voicy.

D P. Lourdaut, m'apportes-tu le pourpoint deuant la chemiſe, me veux-tu taxer d'auoir eſté föuetté?

Notez icy que les Eſpagnols diſent, Traer vn jubon debaxo

*de la camisa, qui significroit de mot à mot, porter vn pour-*
*point sous la chemise, mais ils veulent dire, auoir eu le fouet:*
*vous disons aussi bailler le pourpoint rouge.*

| | |
|---|---|
| **A.** Aun no ha traydo las camisas la lauandéra. | **A.** *La lauandiere n'a pas encor apporté les chemises.* |
| **D P.** Pues, hideputa yd por ellas. | **D P.** *Hé fils de ribaude allez les querir.* |
| **A.** Al ruyn de Roma, quando le nombran luego assoma : aqui viene ya la lauádera. | **A.** *Qui parle du loup il en voit la queuë, voicy venir la lauandiere.* |

*Le prouerbe Espagnol veut dire de mot à mot : Quand on nom-*
*me le meschant à Rome, tout aussitost il paroist.*

| | |
|---|---|
| **D P.** Esta enxuta? | **D P.** *Est-elle bien seiche?* |
| **A.** Como vn cuerno. | **A.** *Comme vne corne. Le Franç. dit côme meiche.* |
| **D P.** No os he dicho que no me traygays estas comparaciones? | **D P.** *Ne vous ay-ie pas dit que vous ne me fissiez point de ces comparaisons?* |
| **A.** Esso fuera, si fuera v. m. persona sospechosa, que no se ha de métar la soga en casa del ahorcado. | **A.** *Ouy bien si vous estiez personne suspecte : car il ne faut pas faire mêtion de la corde en la maison d'vn pendu.* |
| **D P.** Dáme las calças de terciopelo acuchilladas. | **D P.** *Baillez moy les chausses de veloux decoupees.* |
| **A.** Aqui estan Señor. | **A.** *Les voicy Monsieur.* |
| **D P.** Estan limpias? remirá bien si tienen algun punto suelto | **D P.** *Sont-elles nettes? regardez s'il n'y a point quelque maille lasche* |

las medias.

A. Eſſa es vna de las tres coſas, que Ganaſa dezia que el hombre buſca con gran cuydado, y quádo las ha hallado le peſa.

D P. Y quales ſon las de mas?

A. Vna ſuziedad en la cama, y los cuernos ſi ſu muger ſe los pone, péro éſtas ſanas eſtán.

D P. Calçamelas, dame el ſayo de velarte, que el de raxa es muy delgado para eſte frio que haze.

A. Quiere v. m. ponerſe borzeguies?

D P. No, ſino çapatos y pantuflos, por amor dellodo: Dame primero aguamanos.

A. Señor, el agua eſtá elada en el jarro.

D P. Buena ſeñal.

A. de que ſeñor?

D P. De carambanos.

A. Y aun de que haze frio.

---

aux bas.

A. C'eſt l'vne des trois choſes que Ganaſa diſoit que l'on cherche ſoigneuſement, & puis on eſt faſché quand on les a trouuees.

D P. Et quelles ſont les autres?

A. Vne ordure au lict, & les cornes ſi la femme les plante, mais ces bas ſont ſains & entiers.

D P. Chauſſe-les moy, & me baille mõ ſaye de fin drap, d'autãt que celuy de ſarge eſt trop mince pour le froid qu'il faict.

A. Vous plaiſt il prendre des botines?

D P. Non, mais des mules & des eſcarpins à cauſe de la crotte: Donne moy premierement à lauer.

A. Monſieur, l'eau eſt gelee dedans le pot.

D P. C'eſt bon ſigne.

A. Quel ſigne eſt-ce Monſieur?

D P. C'eſt ſigne de roupies.

A. Et auſſi c'eſt qu'il fait froid.

A iij

**D P.** Derritelo en el brafero, dame entre tanto el efpejo y v-nas tixeras, que quiero aderéçarme la barua.

**D P.** Fais-en fondre la glace aupres du feu, & me donne cependant le miroir & des cifeaux, que i'accommode ma barbe.

**A.** Aqui eftá el eftuche donde efta tódo, y tambien el peyne.

**A.** Voicy l'eftuy où ils font, & le peigne auffi.

**D P.** O que de canas tengo! ya me voy parando viejo.

**D P.** O que i'ay de poils blancs! ie deuiens defor-mais vieil.

**A.** Señor, las nauidades no fe van en balde.

**A.** Monfieur, les annees ne fe paffent pas en vain.

*Ce mot* Nauidades *, fignifie les iours de Noel, & fe prend icy pour les annees.*

**D P.** Por cierto no tengo muchas, fino como dizen en mi tierra: Cuernos y canas no vienen por dias.

**D P.** Certes ie n'en ay pas beaucoup, mais comme l'on dit en mon pays, les cornes & les poils blães ne vienent pas à caufe des iours.

**A.** Ya eftá buena éfta agua bien fe puede v. m. lauar.

**A.** L'eau eft bonne à cefte heure Monfieur, vous vous pouuez biē lauer.

**D P.** Pues daca la fuente y la toalla.

**D P.** Et bien baille ça le baffin & la feruiette.

**A.** Quiere v. m. lleuar capa y gorra o herreruelo y fombrero?

**A.** Monfieur, vous plaift-il porter la cape & le bōnet, ou bien le long manteau & le chapeau.

**D P.** No es aóra tiempo de gorra, dame el

**D P.** Il n'eft pas à cette heure faifon de bonnet,

| | |
|---|---|
| ferreruelo largo, y vn sombrero de fieltro. | baille-moy le mãteau lõg & vn chapeau de feultre. |
| A. Que espada? dorada, plateada o pauonada? | A. Quelle espee vous plaist il prendre, la doree, l'argentee, ou celle de couleur d'eau? |
| D P. No la quiero, sino embarnizada, por si llouiere : mira quien llama à la puerta. | D. P. Non, ie veux la vernie, afin que si d'auanture il plenuoit; regarde qui bucque à la porte. |
| A. El señor don Iuan es. | A. C'est le seigneur don Iean. |
| D P. Corre, abrele presto. | D. P. Cours, ouure luy vistement. |
| D I. Muy buenos dias de Dios a v. m. Señor don Pedro. | D. I. Dieu vous doint le bon iour, seigneur don Pierre. |
| D P. O señor don Iuan v. m. sea tan bien venido como los buenos años: como esta v. m? | P. Ho seigneur don Iean vous soyez le tres-bien venu : Et comment vous portez vous? |
| D I. Muy al seruicio de v. m. v. m. esta bueno? | D. I. Fort à vostre seruice, & vous, vous portez vous bien? |
| D. P. Al seruicio de v. m. como estuuiere, aunque algo achacoso. | D. P. A vostre seruice, tel que ie suis, encor que ie suis vn peu mal disposé. |
| D. I. Pues porque madruga tanto, si no anda bueno? | D. I. Et pourquoy vous leuez vous si matin, si vous ne vous portez pas bien? |

A iiij

D P. Porque dizen los Medicos que para la ſalud es bueno leuátarſe de mañana.

D P. Pource que les Medecins diſent, que pour la ſanté, il eſt bon de ſe leuer du matin.

D I. Eſſa ſalud tenganſela ellos, que para mi eſtos ſon los dias que deuemos meter en caſa, como dize el refran, o que los tengamos en la cama, dixera mejor.

D I. Qu'ils gardent bien ceſte ſanté pour eux, que pour mon regard ce ſont ces iours là que nous deuons garder la maiſon, comme dit le prouerbe, oupour mieux dire le lict.

D P. Para dezir la verdad, yo mas lo hago, por entender en mis negocios.

D P. Pour dire la verité, ce que i'en fais eſt plus pour ſolliciter mes affaires qu'autrement.

D I. Como le va a v. m. dellos?

D I. Et à propos comment vont-elles?

D P. Señor, al ſeruicio de v. m. mal, bendidito ſea Dios.

D P. Monſieur, aſſez mal, Dieu ſoit loüé.

D I. Como anſi, no deſpachan a v. m?

D I. Comment cela, ne vous depeſche-on point?

D P. Si ſeñor deſpechá me. Muchacho, traenos de almorzar antes que ſalgamos.

D P. Ouy Monſieur on me deſpite. Garçon apporte nous à deſſeuner deuant que nous ſortions.

*Notez icy la paronomaſie ou reſſemblāce qu'il y a entre ces deux mots Eſpagnols* deſpachan *&* deſpechan, *qui n'ont pas la meſme rencontre au François.*

D I. Ya yo he beuido vna vez.

D I. I'ay deſia beu vne fois.

D P. Beuerá v. m. otra

D P. Vous en boirez en

f que no le hará
mal.

D I. No, que no foy tan
delicado como Iu-
dio en Viernes.

A. Que quieren vs. ms.
almorzar?

D P. Trae vnos paste-
les, y vn quartillo de
cabrito aſſado.

D I. Que bien adereça-
do tiene v. m. éſte
apoſento ſeñor don
Pedro.

D P. Señor, razonable
como para vn hidal-
go pobre.

D I. De donde vuo v.
m. éſta tapiçeria?

D I. Señor, de Flandes
vino.

D I. Tambien deuen
de ſer de alla los
liençoſ o pinturas, o
retratos.

D P. Algunos dellos,
otros ſon de Italia.

D I. De gentil mano
ſon por cierto : quã-
to le coſtó a v. m. éſte
eſcritorio?

D P. Mas que vale:
quarenta ducados.

cor vne qui ne vous fe-
ra point de mal.

D I. Non dea, car ie ne ſuis
pas ſi delicat comme vn
Iuif le Vendredy.

A. Meſſieurs, que vous
plaiſt-il deſiennev?

D P. Apporte-nous des
paſtez, & vn quartier
de cheureau roſti.

D I. Que voſtre chambre
eſt ioliment accommo-
dee ſeigneur Don Pier-
re.

D P. Vous voyez Mon-
ſieur, comme pour vn
pauure Gentil homme.

D I. D'ou auez-vous eu
ceſte tapiſſerie?

D P. Elle eſt venuë de
Flandres.

D I. Auſſi doiuent eſtre
venus de là ces ta-
bleaux ou peintures, ou
pourtraits.

D P. Quelques-vns, les
autres ſont d'Italie.

D I. Ils ſont d'vn bon ou-
urier pour certain : Cõ-
bien vous a couſté ce
cabinet?

D P. Plus qu'il ne vant : il
me couſte quarãte eſcus.

D I. De que madera es?

D I. De quel bois eſt-il?

D P. La colorada es Caoba de la Hauána, y éſta negra es éuano, la blanca es marfil.

D P. Le bois rouge eſt du Caoba de la Hauana, le noir eſt ebene, & le blanc eſt de l'yuoire.

*Caoba eſt vn certain bois rouge fort exquis qui vient des Indes, & s'en fait de beaux & rares ouurages.*

D I. Cierto que eſtá muy curioſo y muy bien aſſentada la taracea.

D I. Certes il eſt curieuſement fait, & la marqueterie en eſt fort belle & bien appliquee.

D P. Aqui vera v. m. vn bufete mejor labrado.

D P. Vous verrez icy vn contoir qui eſt encor mieux ouuragé.

D I. A donde fue hecho?

D I. Où a-il eſté fait?

D P. El y las ſillas vinieron de Salamanca.

D P. Le côtoir & les chaires ſont venuës de Salamanque.

D I. Lo mejor le falta a v. m. en eſte apoſento.

D I. Le meilleur vous défaut encor en ceſte châbre.

D P. Que es por vida del ſeñor don Iuan?

D I. Et quoy ie vous prie ſeigneur Don Iean?

D I. Por lo que dezia don Iuan Manuel, vn ſonezito de chapin.

D I. Ce que diſoit Don Icã Manuel, vn petit ſon de patin.

D P. Ya entiendo, por la muger lo dize v. m.

D P. Ie vous entens, vous voulez dire vne femme.

D I. Por la miſma.

D I. C'eſt cela meſine.

D P. A mi me parece
que lo mejor que
tiene es estar sin
ella.

D I. O señor, no diga
v. m. esso que es tri-
ste cosa la soledad.

D P. Atengo me al que
dize , que vale mas
solo que mal acom-
pañado.

D I. Pues no se entien-
de que ha de ser ma-
la.

D P. Y adonde la ha-
llaremos que sea
buena?

D I. Muchas ay muy
buenas.

D P. Es verdad , las que
estan enterradas.

D I. De suerte que
quiere v. m. dezir,
que la muger eston-
ces es buena quan-
do está muerta.

D P. Digo señor que
cada loco con su te-
ma, yo he dado aora
en esta.

D I. Y se saldra v. m. có
ella , como el Rey
con sus alcaualas.

D P. Il me semble à moy
que c'est le meilleur de
n'en auoir point.

D I. O Monsieur ne dites
pas cela, car c'est vne triste chose que la solitude.

D P. Ie me tiens à celuy
qui dit, que mieux vaut
estre seul que mal ac-
compagné.

D I. Mais on n'entend
pas qu'elle soit mauuai-
se.

D P. Et où en trouuerons-
nous vne qui soit bon-
ne?

D I. Il y en a plusieurs bon
nes.

D P. Il est vray, celles qui
sont enterrées.

D I. Tellement que vous
voulez dire que la fem-
me est bonne, lors qu'el-
le est morte.

D P. Ie dis, monsieur, que
chasque fol a son opi-
nion, de moy ie suis a-
heurté à ceste-cy.

D I. Vous en viendrez à
bout, & serez le maistre
cöme le Roy de ses gabelles

**D P.** Se dize que vna buena mula , y vna buena cabra , y vna buena muger , ſon tres malas cucas.

**Al.** La meſa eſtá pueſta, bien ſe pueden ſentar vs. ms. a almorzar.

**D P.** Señor don Iuan tome v. m. aquella cabecera.

**D I.** Bueno ſeria , eſſo es por motejarme de viejo.

**D P.** No , ſino por cumplir con la razon.

**D I.** V. m. tome ſu lugár que yo tomare el mio.

**D P.** Bueno es que véga a mi caſa , quien mande en ella mas que yo.

**D I.** O ſi por ay lo echa v. m. yo obedeſco en ſu caſa y fuera.

**D P.** Yo ſoy el que tengo de ſeruir como la razó me obliga : Muchacho da-

**D P.** *On dit qu'vne bonné mule, vne bonne chevre, & vne bône femme, ſont trois mauuaiſes beſtes.*

**Al.** *Meſſieurs , la nappe eſt miſe, vous deſieunerez quand il vous plaira.*

**D P.** *Seigneur Don Iean, mettez-vous à ce hault bout.*

**D I.** *Cela ſeroit fort bon pour dire que ie ſerois vn vieillard.*

**D P.** *Non pas, mais pource que la raiſon le veut.*

**D I.** *Monſieur, prenez veſtre place , car ie trouueray bien la mienne.*

**D P.** *Voyla qui eſt bon, qu'il vienne icy en ma maiſon vn qui côman-de plus que moy.*

**D I.** *O ſi vous le prenez par là , ie vous obeiray en voſtre maiſon, & dehors.*

**D P.** *C'eſt moy qui vous ſeruira comme la raiſon m'y oblige ; garçon donne nous des aſſiet-*

ta platos.

| | |
|---|---|
| tes. | |
| Al. Aqui eftan feñor. | Al. En voicy Monfieur. |
| D P. De adonde truxi-<br>fte eftos pafteles? | D P. D'ou as-tu apporté<br>ces paftez? |
| Al. De la mas limpia<br>paftelera que ay en<br>la ciudad. | Al. De chez la plus nette<br>Pafticiere qui foit en la<br>ville. |
| D P. Son de nueftra ve-<br>zina la hermofa? | D P. Sont-ils de chez no-<br>ftre belle voifine? |
| A. Si feñor. | Al. Ouy Monfieur. |
| D P. Bien los puede v.<br>m. comer fin afco,<br>que de muger limpi<br>fon. | D P. Vous en pouuez bien<br>manger fans horreur,<br>car ils font faits d'vne<br>femme nette. |
| D I. Mas aunque no lo<br>fuerá, nunca yo mi<br>ro en miferias. | D I. Et encor qu'ils ne le<br>fuffent pas, ie ne regar-<br>de iamais à de petites<br>chofes. |
| D P. Pues menos mirà-<br>ra, fi fuera tan a-<br>migo dellos como<br>yo. | D P. Vous y regarderiez<br>encor moins, fi vous les<br>aimiez autant que moy. |
| D I. Muy bien me fa-<br>ben, y lo mejor que<br>yo les hallo es, fer<br>comida tan acorri-<br>da, que a qualqaier<br>hora que el hombre<br>la quiera, la halla<br>guifada. | D P. Ils me femblent fort<br>bons, & le meilleur que<br>i'y trouue eft, que c'eft<br>vne viàde fi à la main<br>qu'à toute heure qu'on<br>en veut, on la trouue<br>toute appareillee. |
| D P. Muchácho, da nos<br>de beuer, que pica<br>la pimienta. | D P. Garçon, donne nous<br>à boire, car le poiure pi-<br>que.i. cuit à la bouche. |

Al. Que quiere v. m. blanco o tinto?

Al. *Quel vin vous plaiſt il, du blanc ou du rouge?*

D P. Echa de lo blanco, que es mas caliente para por la mañana.

D P. *Verſe nous du blanc, car il eſt plus chaud pour le matin.*

D I. Y aun es mas ſaludable que lo tinto.

D I. *Auſſi eſt-il plus ſain que le rouge.*

D P. Brindo a v. m. ſeñor don Iuan.

D P. *Ie ſalueray vos bonnes graces ſeigneur don Iean.*

D I. Beſo a v. m. las manos, haré la razon.

D I. *Ie vous baiſe les mains, ie vous feray raiſon: ou ie vous plegeray.*

Al. Por qual taça quiere v. m. beuer, por la llana o por eſta hondilla?

Al. *En quelle taſſe vous plaiſt-il boire, en la plate ou en ceſte creuſe?*

D I. Alonſo amigo, aueys de ſaber que yo ſoy muy buen borracho, y ſe muy bien lo que me beuo, por eſſo echaldme por aquella taça llana.

D I. *Alphonſe mon amy, il faut que vous ſcachiez que ie ſuis fort bon yurongne, & que ie ſçay fort bien ce que ie boy, & partant verſez moy en ceſte taſſe platte.*

D P. Yo guſto mas de beuer por eſta copa de vidrio, que no por ninguna de las taças

D P. *Ie boy plus volontiers en ce verre, que non pas en vne taſſe.*

D I. Señor contra guſtos no ay diſputa.

D I. *Monſieur, contre les appetits il ne faut point diſputer.*

D P. Anſi es verdad:

D P. *C'eſt la verité: auec*

con esta pierna de cabrito beuera v.m. otra vez, y trae vnas azeytunas para la tercera.

*cefte cuiffe de chevreau vous boirez encor vne fois, & nous apporte des oliues pour la troi-fiefme.*

D I. Essa ya se llamara comida y no al-muerzo.

*D I. Cecy s'appellera vn difner, & non pas vn defieuner.*

D P. Porque?

*D P. Pourquoy?*

D I. Porque dizen : a buen comer o mal comer, tres vezes se ha de beuer.

*D I. Pource que l'on dit, qu'à bien à manger ou à mal à manger, il faut boire trois fois.*

D P. Ay dize nuestra madre Celestina, que esta corrupta la le-tra, que por dezir treze dixo tres.

*D P. Noftre mere Celefti-ne dit, que la lettre eft corrompue, qu'au lieu de dire treze, il a dict trois.*

D I. Aora señor bien esta lo hecho, no mas que perderemos la gana del comer.

*D I. Orfus Möfieur, voila qui va bien, c'eft affez, car nous n'aurons poinc d'appetit pour difner.*

D P. Den nos a beuer otras sendas de la Calabriada.

*D P. Qu'on nous donne à boire encor chacun vne fois de la Calabriade.*

*Ce mot Calabriada, n'eft pas Fräçois, d'autant qu'on n'a point en Fräce de cefte forte de breuuage, qui n'eft autre chose qu'un vin fophiftiqué & meflé de blanc & de rouge.*

D I. A donde yremos despues?

*D I. Où irons nous apres?*

D P. Lo primero à la Yglesia, y encomen darnos â Dios.

*D P. Premierement à l'E-glife pour nous recom-mander à Dieu.*

D I. Está muy bien, que

*D I. C'eft bien dit, car ny*

ni por yr a la Yglesia
ni dar ceuada, no se
pierde jornada.

D P.  Cierra aquel co-
fre, pon en cobro es-
sas baratijas, llama al
ama que barra y có-
póga este aposento.

Al. Tengo de yr acom-
pañando à v. m?

D P.  No, sino quedate
en casa , ayuda al a-
ma , y limpia todos
mis vestidos , y po-
ned la casa en orden
y a las onze lleuame
el cauallo a Pala-
cio.

pour aller à l'Eglise ni
pour donner de l'auoine
au cheual , on ne perd
point de iournee.

D P. Ferme ce coffre, serre
toutes ces bagatelles, appelle la seruante qu'elle
balaye & agence bien
toute la chambre.

Al.    vous plaist il que
i'aille auec vous?

D P. Non , demeure au lo-
gis, aide à la seruante &
netteye tous mes habil-
lemens, puis mettez bien
tout en ordre , & mais
qu'il soit vnze heures,
amene moy mon cheual
au Palais.

*En Espagne on dit Palacio pour signifier la Court du Roy ou*
*Prince.*

Al.  Está muy bien se-
ñor yo lo hare ansi.

D P. Este mi criado se-
ñor don Iuan, es co-
mo malilla, que ha-
go del lo que quie-
ro.

Al. Bien Monsieur , ie le
feray.

D P. Seigneur Don Iean,
ce mien garçon comme
vous le voyez est vn
valet à tout faire , i'en
fais ce que ie veux.

*Notez que la* malilla *c'est le neuf de deniers au ieu le tarauts,*
*& sert de quelle carte on veut pour faire son ieu bon, cóme auec*
*deux Rois elle fait le troisiesme, & ainsi de toutes les autres*
*cartes.*

D I.  Y aun anda v. m.
en lo cierto para ser

D I. C'est bien entendu à
vous afin d'estre mieux
seruí,

bien feruido , que
quando hombre tie-
ne muchos criados,
vnos por otros nun-
ca hazen cofa à dere-
chas.

D P. El me firue de
mayordomo, de re-
poftero, de maeftre-
fala, de guardaropa,
de paje y de lacayo,
y a vezes de defpen-
fero.

D I. El parece buen hi-
jo.

D P. Bueno feñor , es
tan bueno que a fer
mas novaliera nada,
fola vna falta tiene.

D I. Qual es?

D P. Que es grandiffi-
mo enemigo de el
agua.

D I. Effo lo hara por el
bien que le fabe el
vino, pero effa no fe
puede llamar falta,
fino fobra.

D P. Muchacho cierra
la puerta con la lla-
ue , que de puerta
cerrada el diablo fe
torna.

---

*ferui,car quãd vn hom-*
*me a plufieurs ferui-*
*teurs,l'vn pour l'autre*
*ils ne font iamais rien*
*à droict.*

*D P. Il me fert de maiftre*
*d'hoftel , de garde de*
*l'argenterie , d'efcuyer*
*de falle,de valet de gar-*
*derobe , de page , & de*
*laquais, & quelquefois*
*d'argentier.*

*D I.Il me femble bon gar-*
*çon.*

*D P.Bon Monfieur,il eft fi*
*bõ,que s'il l'eftoit d'auã-*
*tage il ne vaudroit rien,*
*il n'a qu'vn feul defaut.*

*D I. Qu'eft-ce?*

*D P. Qu'il eft fort grand*
*ennemy de l'eau.*

*D I. Il le fait pource que*
*le vin luy femble bon,*
*mais cela ne fe peut ap-*
*peller defaut , trop bien*
*vn'excez.*

*D P.Garçon,ferme la por-*
*te à la clef, car de porte*
*fermee le diable s'en re-*
*tourne.*

B

Al. Ama, trayga vn caldero de agua y vna escoba, regaremos y barreremos este apofento.

Al. *Nourrice, apportez vn chauderon d'eau & vn balay, nous arroferons & balayerons cefte chambre.*

Am. Toma primero eftra ropa blanca que traxo la labandera.

Nour. *Prenez premierement re linge blanc que la lauādiere a rapporté.*

Al. Aguarde, facare la memoria para ver fi falta algo.

Al. *Attendez, que ie regarde mõ memoire, pour voir s'il n'y māque rien.*

Am. Adonde la tienes?

Nour. *Où eft-il?*

Al. Aqui eftá en mi faltriquera.

Al. *Le voicy en ma pochette.*

Am. Lee la pues.

Nour. *Lis le doneques.*

Al. Memoria de la ropa de mi amo, que lleuo la lauandera, en diez de Março, de mil y feifcientos y veynte dos: Primeramente, quatro camif. con fus cuellos de lechuguilla.

Al. *Memoire du linge de mon maiftre, que la lauandiere a receu, le dixiefme de Mars mil fix cens vingt deux: Premierement quatre chemifes garnies de leurs collets pliffez ou à fraifes.*

Am. Aqui eftan.

Nour. *Les voicy.*

Al. Dos fabanas, dos almohadas de cama, dos pares de calçones de lienço, tres de calcetas.

Al. *Deux draps de lict, deux tayes d'oreillers, deux paires de calfons de toile, trois paires de chauffettes.*

Am. Aqui eftan.

Nour. *Les voicy.*

Al. Vna dozena de pares de efcarpines.

Al. *Vne douzaine de paires de chauffons.*

Am. No ay aqui mas de ocho.

Nour. N'en voicy que huict.

Al. Pues quatro faltan, a la labadera pedirle he que de cuenta dellos , y si ella los perdio que los pague.

Al. Il en faut donc quatre, i'en demanderay le compte à la lauandiere, & si elle les a perdus, il faut qu'elle les paye.

Am. Anda, que valen quatro escarpines viejos y rotos?

Nour. C'est bien à propos que valet quatre chausso͂s vieux & tout rompus?

Al. Iten mas, dos escofietas y quatro tocadores, media dozena de pañizuelos de narizes.

Al. Item plus, deux coiffes & quatre couurechefs , une demie douzaine de mouchoirs.

Am. Aqui está todo.

Nour. Voicy tout.

Al. Dos mesas de manteles y diez seruilletas.

Al. Deux nappes & dix seruiettes.

Am. Aqui estan.

Nour. Les voicy.

Al. Tres toallas y vn frutero , y dos cuellos de encaxe con sus puños.

Al. Trois touailles & vn linge à couurir le fruict, & deux collets à fraise, auec leurs manchettes.

Cuellos de encaxe, ce sont des collets qui sont auec du passement entretoille ou entre deux toiles.

Am. Todo esta aqui que nada falta.

Nour. Tout est icy, il n'y manque rien qui soit.

Al. Pues doblemos lo y pogamos lo enel arca.

Al. Et bien plions le & le mettons au coffre.

Am. Como me llamays para que os

Nour. Comment m'appellez vous afin que ie vous

ayude a eſto? no me llamárades paraque os ayudára al almuerzo.

*ayde à cecy ? vous né m'euſſiez pas ſi toſt appellee pour vous aider à deſieuner.*

Al. Alli tengo guardados vnos eſcamochos, que ſobráron a mi amo.

*Al. I'ay bien ſerré là quelques reliques qui ſont demeurez de deuant mon maiſtre.*

Am. Quiero primero barrer eſta ſala y adereçarla.

*Nour. Ie veux premierement balayer ceſte ſalle & l'accommoder.*

Al. Entre tanto limpiare yo la ropa, ſaué de la eſcobilla?

*Al. Cependant ie nettoyeray les hardes, ſçauez-vous point où ſont les vergettes?*

Am. Vesla alli colgada de aquel clauo, que ſi fuera perro ya te vuiera mordido.

*Nour. Les voila pendues à ce clou, ſi c'eſtoit vn loup, il vous ſauteroit au col.*

*L'Eſpagnol ſignifie de mot à mot: Si c'eſtoit vn chien il vous auroit deſia mordu.*

Al. O quanto poluo tiene eſta capa!

*Al. O que ceſte cape eſt pleine de poudre!*

Am. Sacudela primero con vna vara.

*Nour. Secoüez-la premier auec vne gaule.*

Al. Ama, mas que bien hechos eſtan eſtos calçones.

*Al. Nourrice, que voicy des chauſſes qui ſont bien faites.*

Am. Tan bien entiendo yo de eſſo, como puerca de freno.

*Nour. Ie m'y cognois auſſi bien comme vne truye à vne bride.*

Al. Pues que entiende?

*Al. Et à quoy vous cognoiſſez-vous?*

Am. A lo que a mi me importa, si tu preguntáras por vna bafquina, vna faya entera, vna ropa, vn manto, o vn cuerpo, vna gorguera, de vna toca, y cofas femejantes, fupiera te yo refponder.

*Nour. A ce qui me touche, fi tu m'euffe demandé d'vn cotillon, d'vne cotte ou juppe auec le corps, d'vne robbe, d'vn manteau ou d'vn corfet, d'vne colerette, d'vn couurechef, & chofes femblables, ie t'euffe peu refpondre.*

Al. De manera que no fabe leer, mas de por el libro de fu aldea.

*Al. Tellement que vous ne fçauez lire qu'au liure de voftre village.*

Am. Quieres tu que fea yo como el embidiofo, que fu cuydado es en lo que no le vanile viene.

*Nour. Veux-tu que ie fois comme l'enuieux, qui a du foucy de chofe qui ne luy fert de rien.*

Al. Siempre es virtud faber, aunque fean cofas que parece que no nos importan.

*Al. C'eft toufiours vertu que de fçauoir, encor que ce foient des chofes qui ne nous importent.*

Am. Bien fe yo, que tu fabras hazer vna vellaqueria, y efta no es virtud.

*Nour. Ie fçay bien que tu fçauras faire vne mefchanceté, mais cela n'eft pas vertu.*

Al. El fabérla hazer no es malo, el vfarla fi.

*Al. Ce n'eft pas vn mal que le fçauoir faire, mais bien d'en vfer.*

Am. Siempre oy dezir, que quien las fabe las tañe.

*Nour. I'ay toufiours ouy dire, que qui les fçait bien les ioüe.*

Al. No fino que quien

*Al. Non pas, mais qui a*

| | |
|---|---|
| ha las hechas, ha las ſoſpechas. | les faicts en a auſsi les ſoupçons. |

*Ces deux dernieres clauſes ne ſont pas ſi propres en Françis qu'en Eſpagnol.*

| | |
|---|---|
| Am. Pues vellaco que he hecho yo? | Nour. Et bien poltron qu'ay-ie fait? |
| Al. No mas de hazerme reñir algunas vezes. | Al. Rien, ſinon que vous m'auez fait tacer quelquefois. |
| Am. No me des tu ocaſion. | Nour. Ne m'en donne point de ſubiect. |
| Al. Eſtonces muchas mercedes, quando le doy ocaſion, es meneſter que me perdone, que quãdo no ſe la doy, poca amiſtad me haze. | Al. Alors ie vous en remercie fort, quand ie vous en donne occaſion, il faut que vous me pardonniez, car quand ie ne vous en donne point, vous me faictes peu de courtoiſie. |
| Am. Aora hermano, dexate de retoricas, y haz lo que tu amo te mandó. | Nour. Bien frere mon amy, laiſſons ces diſcours & fais ce que ton maiſtre t'a commandé. |
| Al. Si haré, aunque biẽ creo, que no por eſſo me tengo de aſſentar con el a la meſa. | Al. Ouy dea, encor que ie croy bien, que pour cela ie ne ſeray pas aſſis auec luy à ſa table. |
| Am. A lo menos eſcuſaras de que el no te aſſiente en el rabo. | Nour. Au moins euiteras-tu qu'il ne te l'aſſee deſſus le cul. |
| Al. Yo voy a enſillar | Al. Ie m'en way ſeller le |

el cauallo, a Dios paredes hasta la buelta.

cheual, *Adieu murailles iusques au retour.*

**Fin del primer Dialogo.**

**Fin du premier Dialogue.**

---

DIALOGO SEgundo, enel qual se trata de comprar y vender joyas y otras cosas, entre vn Hidalgo llamado Thomas, y su muger Margarita, vn mercader y vn Platero.

SECOND DIALOgue, auquel se traitte d'acheter & de vendre des bagues & autres choses, entre vn Gentil-homme appellé Thomas & sa femme Marguerite, vn marchand & vn Orfeure.

THOMAS.

THOMAS.

A Donde quereys que vamos señora?

MAdamoiselle, où vous plaist-il que nous allions?

Ma. Vamos a la Plateria y compraremos algunas pieças de plata.

Ma. Allons à la ruë des Orfeures, & nous acheterons quelques pieces de vaisselle d'argent.

Th. Y de alliâ?

Th. Et puis de là?

Ma. Yremos à la lonja para comprar algunas cosas.

Ma. Nous irons à la gallerie des Merciers acheter quelque chose.

Th. Enel nombre de Dios, entremos en esta tienda.

Th. Au nom de Dieu, entrons en ceste boutique.

Ma. Plegue a el sea con pie derecho.

Ma. Qu'il luy plaise que ce soit à la bonne heure.

Th. A señor guarde Dios à v. m.

Th. *Dieu vous gard Monsieur.*

Pl. Y venga con vueftras mercedes.

Or. *Et qu'il soit en voftre compagnie.*

Th. Mande nos moftrar algunas buenas pieças.

Th. *Faites-nous voir quelques belles pieces.*

Pl. Que generos quiere v. m? taças, copas o jarros, fúetes, platos o efcudillas, es lo mas neceffario.

Or. *Quelle sorte vous plaift-il? des taffes, des coupes ou des pots, des baffins, affiettes ou efcuelles, c'eft le plus neceffaire.*

Th. Y tambien copas de faluo, faleros y vinagreras.

Th. *Et auffi des coupes couuertes, des falieres & vinaigriers.*

Pl. Ola moço, faca aqui toda effa plata de el arca.

Or. *Haula garçon, apporte icy toute cefte vaiffelle du coffre.*

Ma. Veamos aquellos candeleros y defpauiladeras.

Ma. *Voyons ces chandeliers & ces mouchettes.*

Th. Si eftos braferillos de mefa eftuuieran finzelados fueran mejores.

Th. *Si ces refchauds eftoient granez ils feroiét meilleurs.*

Pl. Otros dizen que la finzeladura es allegadero de mierda, hablando con perdon de vuezas mercedes.

Or. *D'autres difent que la graueure eft vn accueil de merde, parlant par reuerence : le mot d'ordure euft efté plus honnefte à dire.*

Ma. No veo aqui a-

Ma. *Ie ne voy point icy*

guamanil ninguno. | d'aiguiere.

Pl. Aqui eſtá vno ſobre- | Or. *En voicy vne doree*
dorado y ſinzelado, | *& grauee, auec ſon baſ-*
con ſu fuente de la | *ſin ouuragé de meſme.*
miſma labor.

Th. Yo quiſiera toda | Th. *Ie voudrois toute la*
la baxilla de vna miſ- | *vaiſſelle d'vn meſme*
ma labor, que no di- | *ouurage, & que les pie-*
feréciáran vnas pie- | *ces ne fuſſent point diſ-*
ças de otras. | *ferentes les vnes des*
                   | *autres.*

Pl. Por eſſo dizen, que | Or. *C'eſt pourquoy l'on*
tantas opiniones ay | *dit, qu'autant de teſtes*
como cabeças; o- | *autant de ceruelles:*
tros dizen que la va- | *d'autres diſent que la*
riedad es la que a | *diuerſité eſt celle qui*
grada. | *plaiſt.*

Th. Es verdad, pero la | Th. *C'eſt la verité, mais*
variedad ha de ſer de | *la diuerſité doit eſtre de*
coſas enteras, y por- | *choſes entieres, & auſsi*
que hazer vna capa | *que de faire vn mãteau*
de remiédos no pue- | *de pieces, cela n'eſt a-*
de agradar à nadie. | *greable à perſonne.*

Pl. Concierte ſe v. m. | Or. *Accordons nous du*
có migo en el precio, | *prix, car ie vous la li-*
que yo ſe la dare a | *ureray faite & parfaite*
cabada dentro de | *dedans peu de iours,*
pocos dias, de la he- | *de telle façon qu'il*
chura que la quiſie- | *vous plaira.*
re.

Ma. Siépre en las tar- | Ma. *Il y a touſiours du*
danças ay peligro, y | *danger au retardement,*
vale mas páxaro en | *& vaut mieux vn paſ-*

la mano que buey re | *sereau en la main qu'vn*
bolando. | *vaultour qui vole en*
| *l'air.*

Th. Pues escoja de ay | *Th. Et bien choisissez les*
v. m. las pieças que | *pieces qui vous seront*
mas le agradaren. | *plus agreables.*

Ma. Este salpimentero | *Mt. Ce poiurier & ceste*
y esta copa con su so- | *coupe auec son couuer-*
bre copa, y este pi- | *cle, ce pot, ce petit chau-*
chel y esta caldereta, | *deron & ceste tasse lar-*
y esta porcelana sea | *ge, ce seront les premie-*
las primeras. | *res.*

Th. A como hemos de | *Th. Que donnerons nous*
dar por el marco de | *du marc de ces pieces*
estas pieças? | *cy?*

Pl. Por el marco de las | *Or. Pour le marc des plei-*
llanas me ha de dar | *nes vous m'en donne-*
v. m. a cien reales, | *rez cent reales, pour les*
por las sinzeladas a | *grauees quinze escus,*
quinze ducados, y | *& pour les dorees tren-*
por las doradas a | *te.*
treynta ducados.

Th. Si el pedir fuera | *Th. Si le demander estoit*
dar, no se auia hecho | *donner, vous n'auriez*
mala hazienda oy, pe- | *pas mal fait vos affai-*
ro de el dicho a el he- | *res auiourd'huy, mais*
cho, ay gran trecho. | *du dit au faict, il y a vn*
| *grand traict.*

Pl. A lo menos no lo | *Or. Au moins ie ne la*
dare yo, por lo que | *bailleray pas pour ce*
v. m. me ha ofrecido | *que vous en auez offert*
hasta agora. | *iusques à ceste heure.*

Th. Esta tan caro, que | *Th. Vous estes si cher,*

yo no se que le ofrez-
ca, sino es vna baxa.

Pl. Essa yo la dançare
despues que v. m. aya
tañido su alta.

| | |
|---|---|
| que ie ne sçay que vous | |
| offrir sinon vne basse | |
| nete. i. vn rabais. | |

Or. Ie la danseray apres
que vous aurez ioué la
haute.

*La rencontre de baxa & alta ne se peut pas si bien faire au
François comme en l'Espagnol, parce que baxa signifie la basse dãse, & icy par eausuoque le rabais: trop bien en François
nos marchands disent quand on ne leur offre pas assez à leur
gré, il faut chanter plus haut, pour signifier qu'il en faut offrir
ou bailler d'auantage.*

Th. Mi mas alta señor,
es a seis ducados la
llana, y a cien reales
la sinzelada, y la do-
rada a veynte duca-
dos.

Th. Ma plus haute est à
six escus la pleine, & à
cent reales la grauee,
& la doree à vingt es-
cus.

Pl. Muy bien despa-
chado yua yo, mas
me tienen a mi de
costa.

Or. Ie serois bon marchãd,
si elles me reuiennet bien
à d'auantage.

Th. Pues señor tornea
dançar a ver en que
para.

Th. Et bien Monsieur dan-
sez derechef pour voir
ce qui en arriuera.

Pl. En cada genero le
quitare a v. m. dos
ducados y no mas.

Or. De chaque sorte ie
vous en rabatray deux
escus & non plus.

Th. Muy mal danço v.
m. no le toco mas.

Th. C'est fort mal dansé à
vous, ie ne vous ioue-
ray pas d'auantage.

Pl. Pues yo le affeguro à v.m. que no lo halle mas barato en toda la calle.

Or. *Ie vous affeure Monsieur que voᵒ n'en troünerez pas à meilleur marché en toute la rüe.*

Th. Calle. que fi hallare, que donde vna puerta fe cierra otra fe fuele abrir.

*Th. Taifez-vous que fi feray, car là où vne porte fe ferme il s'en ouvre vne autre.*

Ma. Si ha de valer mi voto, dezir le he.

*Ma. Si mon aduis fert de quelque chofe ie le diray.*

Pl. Diga le v.m. que le foy muy deuoto.

*Or. Dites le, ie vous efcouteray volontiers.*

Ma. Pues con otro tanto como baxo el platero, fuba el feñor Thomas, y no fe hable mas.

*Ma. Or d'autant que l'orfeure a rabbaiffé, que le feigneur Thomas hauffe, & qu'on n'en parle plus.*

Pl. Porque fu palabra de v.m. no buelua atras, &c.

*Or. Afin que vous ne foyez defdite, &c.*

Th. No quiera v.m. mas, ora pefelo, pefar malo le de Dios a el diablo.

*Th. Vous n'en vouliez pas d'auantage, & bien pefez cela, que maudit foit le diable.*

Pl. Lleuenlo a cafa que alla lo pefaremos.

*Or. Portez le au logis, & nous le peferons là.*

Th. Moço, carga con todo y lleualo à cafa.

*Th. Garçon, charge tout cela, & le porte à la maifon.*

Pl. Han de boluerfe luego vs. ms?

*Or. Reuiendrez vous bien toft?*

Th. No hafta de aqui

*Th. Non iufques d'icy à*

a dos horas, que ymos
a comprar otras co
fas.

deux heures, parce que
no° allōs acheter d'au-
tres chofes.

Pl. Si v. m. es feruido de
que le acompañe
hazer lo he.

Or. S'il vous plaiſt que ie
vous face compagnie ie
le feray.

Ma. Guarde Dios a v.
m. que no queremos
mas compañia.

Ma. Grand mercy Mon-
ſieur, nous n'auons pas
beſoin de compagnie
d'auantage.

Th. En ninguna cofa
gafto el dinero de
mejor gana que en
plata.

Th. Ie ne deſpens à choſe
plus volontiers qu'en
vaiſſelle d'argent.

Ma. Lo que fe gafta en
plata no es gaftar, fi-
no trocar pieças chi-
cas por pieças gran-
des.

Ma. Ce qui s'employe en
vaiſſelle d'argent n'eſt
pas deſpendre, mais biē
changer des petites pie-
ces à des grandes.

Th. Y tambien porque
cabe en ella, lo que
dizen que no cabe
en vn faco, que es
honra y prouecho.

Th. Et auſsi pource qu'il
y a en icelle ce que l'on
dit qui n'entre point en
vn meſme fac, qui eſt
bonneur & profit.

Ma. Si porque fi hom-
bre fe quiere feruir
con vidrio o china,
o barro, mas cuefta
lo que fe quiebra en-
tre año, que la he-
chura de la plata.

Ma. Il eſt vray, car ſi on
fe veut feruir de verre,
de vaiſſelle de la Chine,
eſmaillee ou de terre, ce
que l'on en caſſe auaux
l'annee, couſte plus que
la façon de la vaiſſelle
d'argent.

Th. Y con vna baxilla

Th. Et de la vaiſſelle que

que hombre compra vna vez, tiene para hijos, nietos y viſnietos.

l'on achete vne fois on en a pour ſes enfans, pour ſes nepueux & arriere-nepueux.

Ma. Aora vamos a la joyeria.

Ma. Allons à ceſte heure à la place où l'on vend les affiquets & bagues.

Th. Eſſe es vn camino que yo hago de muy mala gana.

Th. C'eſt vn chemin que ie fay fort enuy.

Ma. Porque razon?

Ma. Pour quelle raiſon?

Th. Porque eſtas joyas ſon como las donzellas, que mientras eſtan encerradas ſon de mucho valor, y en ſacandolas fuera, lo pierden todo, y no valen nada.

Th. Pource que ces affiquets ſont cõme les filles, qui pendãt qu'elles ſont enfermees, ſont de grande valeur, mais ſi on les tire hors, elles la perdent toute, & ne valent rien.

Ma. Si, péro lo que ſe vſa non ſe eſcuſa.

Ma. Ouy, mais on ne ſe peut paſſer de ce qui eſt en vſage.

Th. Al mal vſo quebrarle la pierna.

Th. Au mauuais vſage, il luy faut rompre la jambe. i. il faut oſter la mauuaiſe couſtume.

Ma. No querays ſeñor poner vos puertas al campo, ni corregir el mundo, que anſi le hallaſtes y anſi le haueys de dexar.

Ma. Ne penſez pas Monſieur mettre des portes aux champs, ny corriger le monde; car tel vous l'auez trouué, tel vous le faut-il laiſſer.

Th. Ora pues, corra el

Th. Bien dõc, laiſſons cou-

rio por do fuele, pues se arrendo la renta con estas códiciones.

rir la riuiere par où ella a de coustume, puis qu'il a pris la rente auec ces conditions là.

Ma. Entremos en esta tienda que es la mas rica.

Ma. Entrons en ceste boutique que est la plus riche de toutes.

Mer. Que manda v.m. señor Cauallero, que ha menester?

Mar. Que vous plaist-il Monsieur, que demandez-vous?

Th. Yo ninguna cosa, esta señora muchas.

Th. Pour moy ie ne demáde rien, mais ceste dame a affaire de beaucoup de choses.

Mer. Pues pida su merced, que todo se le dara aqui a muy bué precio.

Mar. Et bien qu'elle demande, on luy baillera icy tout à bon marché.

Ma. Muestre me aca algunos tocados, guirnaldillas, rapofos, randas, deshilados, tocas de todas fuertes, y tambien venga la Olanda delgada, Cambray y otras fuertes de lienços.

Ma. Monstrez moy quelques coiffures, de petites guirládes, affiquets, du reseuil, ouurage piqué, des coiffes de toutes fortes, apportez aussi de la toile de Holande delice & fine, du Cambray & d'autres fortes de toiles.

Mer. Entre v. m que todo vera aqui.

Mar. Entrez s'il vous plaist, i'ay tout ce que vous demandez.

Ma. Todo esto es obra tosca, mas prima la

Ma. Toute ceste besongne est grossiere, i'en veux

quieto.

Th. Para prima ſeñora no es buena la hija de vueſtro tio?

*de plus prime. i. plus fi-*
*ne & excellente.*

*Th.*

*Cecy ne ſe peut rendre François, d'autant que le mot de prima*
*qui eſt equiuoque en Eſpagnol, ſignifie vne choſe prime, c'eſt à*
*dire excellente & fine: il veut auſſi dire vne couſine, comme*
*l'entend icy le ſeigneur Thomas, & de plus il ſignifie vne châ-*
*terelle de luth ou d'autre inſtrument, & n'y auroit point de*
*grace de dire icy, la fille de voſtre oncle n'eſt-elle pas bône pour*
*couſine, penſant equiuoquer à prime ou fin ouurage.*

Ma.  Es muy gorda a-quella, y por eſſo querria otra mas delgada.

*Ma. Celle-là eſt ſort groſ-*
*ſe, & partant t'en vou-*
*drois vne autre plus de-*
*liee & fine.*

*Ce mot de Gorda en cet endroit monſtre l'equinoque ſeconde de*
*prima, à ſçauoir pour chanterelle, parce qu'il faut pour eſtre*
*bonne qu'elle ſoit delire, & ſe faut icy repreſenter que ſa cou-*
*ſine qu'il entend eſt quelque fille groſſe & graſſe.*

Mer. Pues en eſta caxa-veta v. m. el primor del mundo, todo es obra de Milan.

*Mar. Et bien en ceſte boi-*
*ſte vous verrez le plus*
*excellent ouurage du*
*monde, c'eſt toute be-*
*ſongne de Milan.*

Th.  Obra de Milan, veeme y no me tan-gas.

*Th.  Ouurage de Milan,*
*voy moy & ne me tou-*
*che pas.*

Ma.  Nada de eſto me contenta.

*Ma.  Rien ne me plaiſt de*
*tout cela.*

Mer.  Eſpantome co-mo ſe caſo v. m. ſien-do tan mal conten-tadiza.

*Mar.  Ie m'eſtonne com-*
*ment vous vous ma-*
*riaſtes eſtant ſi forte à*
*contenter.*

Th.  Fue porque vido

*Th.  Ce fut parce qu'elle*
*veit*

a el nóbio de noche, y como dizen, entonces todos los gatos són pardos.

Ma. Mueftre me otra mejor obrá fi tiene, y dexefe de preguntar quantos años tengo.

Mer. Aora éfta es la vltima prueua, ve aqui v.m. obra de argenteria, ve alli de aljófar, eftotra de abalorio, y efta de perlas, efcoja como peras en tabaque.

Ma. Por cierto en ruin hato, poco ay que efcojer.

Mer. A efto llama v.m. ruin? creo que es de peor condicion que el Philofopho Democrito, que no hallo cofa enel mundo, que no tuuieffe falta.

Th. Effo fin Democrito lo digo yo, que no ay cofa perfecta enel mundo.

veit le nouueau marié de nuiƈt, & comme l'on dit, à cefte heure là tous chats font gris.

Ma. Monftrez moy de meilleur ouurage fi vous en auez, & ne vous amufez point à me demander quel aage i'ay.

Mar. Or c'eft icy la derniere preuue, voyez icy de l'ouurage d'argenterie, en voila de femence de perles, cet autre eft de broderie de geais, & ceftuy cy de perles, choififfez comme des poires en vn panier.

Ma. En verité, en vn mefchant troupeau, il n'y a pas beaucoup à choifir.

Mar. Appellez vous cela mefchant? ie croy que vous eftes pire que le Philofophe Democrite, lequel ne trouua iamaïs chofe au monde, qui n'euft quelque defaut.

Th. Et ie le dis fans Democrite moy, car il n'y a aucune chofe parfaicte au monde.

Mer. Eſſo verificarſe ha en coſas naturales, que en las del arte puede auer perfecion, cada vna en ſu genero.

Mar. Cela ſe doit entendre des choſes naturelles, car en celles de l'art il y peut auoir perfection, chacune en ſon eſpece.

Th. Pues que penſays vos que es el arte, ſino imitador de la natura, y ſi en la natura no ay perfeció, menos la aurá enel arte ſu imitador.

Th. Et puis que penſez-vous que ce ſoit que l'art, ſinon l'imitatrice de la nature, & ſi en la nature il n'y a point de perfection, moins y en aura-il en l'art qui l'imite.

Mer. Yo ſeñor no ſoy Philoſopho, ni quiero contender con v. m. mis mercaderias querria que tuuieſſé ſu perfecion en el precio.

Mar. Pour moy Monſieur ie ne ſuis pas Philoſophe, ny ne veux diſputer auec vous, ie voudrois ſeulement que ma marchandiſe euſt ſa perfection quant au prix.

Ma. Si no la tienen en ſu valor, no la pueden tener enel precio.

Ma. Si elle ne l'a en ſa valeur, elle ne la peut pas auoir quant au prix.

Mer. Aora Señora vea v. m. lo que mas le contenta y tomelo, que no tengo otra coſa mejor.

Mar. Or Madame voyez ce qui vous plaira le plus & le prenez, car ie n'ay rien de meilleur.

Ma. Eſte tocado, eſte cuello, eſta gargan-

Ma. Ceſte coiffe, ce colet, ce colier de perles, ce

tilla de perlas , este
regalillo y este aua-
nillo, estos dos pares
de guantes de flores,
y esta pretina me pa-
recen bien, todo lo
de mas no.

Th. Quanto mota todo
esso ?

Mer. Todo monta tre-
zientos reales.

Th. Trecientos años
esté de vn lado quien
tal diere.

Mer. Pues porque no
le alcance a v.m. essa
maldicion , dozien-
tos y ochenta.

Th. No entiendo bien
essa cuenta.

Mer. Dos vezes ciento
y quarenta.

Ma. Buena está la co-
pla , no han de ser
mas que dozientos
y cinquenta en to-
do.

Mer. Con v. m. el per-
der es ganar , pues
manda que sea ansi,
yo no hablare mas
palabra.

manchon & cet esuen-
tail , ces deux paires de
gands de fleurs, & ceste
ceinture me plaisent
bien , tout le reste ne me
semble point à propos.

Th. A cõbien se monte tout
cela?

Mar. Cela vaut trois cens
reales.

Th. Trois cens ans puisse
estre sur vn costé qui
les en donnera.

Mar. Et bien afin que ceste
malediction ne vous
vienne , vous en don-
nerez deux cens quatre
vingts.

Th. Ie n'entens pas bien cé
compte.

Mar. Deux fois cent qua-
rante.

Mar. Ce couplet est bon,
ce ne seront que deux
cens & cinquante en
tout.

Mra. Auec vous perdre
c'est gaigner , & puis
qu'il vous plaist ainsi,
ie n'en parleray pas
d'auantage.

C ij

Th. Para que quiere hablar mas, si con las habladas ha hecho su Agosto?

*Th. Que voudriez vous dire d'auantage, si auec ce que vous auez dit vous auez fait vos orges?*

*En François on vse de ceste façon de parler, faire ses orges, au lieu que l'Espagnol dit faire son Aoust ou sa moisson.*

Mer. Por cierto señor de este Agosto, poca cosecha he cogido.

*Mar. Certes Monsieur de cet Aoust i'en ay recueilli peu de fruict.*

Th. Señor, si hiziera buena semétera cogiera mas.

*Th. Mõsieur si vous eussiez bien semé, vous eussiez recueilly d'auantage.*

Mer. Aun tengo aqui otras muchas mercaderias muy curiosas, que v.m. no ha visto.

*Mar. I'ay encor icy plusieurs autres sortes de marchandises fort curieuses, que vous n'auez point encor veuës.*

Ma. Que son?

*Ma. Qu'est-ce?*

Mer. Sartillas, joyeles, cintas de resplandor, brocadetes, rodetes, cofias de oro, arandelas, alçacuellos, gorgueras de red, camisas labradas, gargantillas de perlas y ambar, todo genero de afeyte y de perfumes, vea v. m. si le contenta algo.

*Mar. Cordons ou chaines, des affiquets ou joyaux, ceintures de clinquant, toile d'or, des moules ou bourlets à se coiffer, des coiffes d'or, des rabats à fêmes, des portefraises, des colerettes de reseuil, chemises ouurees, des coliers de perles & d'ãbre, toute sorte de fards & de parfums, voyez s'il y a quelque chose qui vous plaise.*

Ma.Otro dia vernemos mas de eſpacio para ver todo eſſo.

Ma. _Vne autre fois nous viendrons plus à loiſir pour voir tout cela._

Th. Pareceme ſeñor que es vueſtro oficio como el de los torneros, engaña muchachos y ſaca dineros.

Th.Il me ſemble que voſtre meſtier eſt comme celuy des tourneurs, qui engeolle les petits enfans & tire de l'argent.

Mer. Pues es mi ſeñora Margarita muchacho?

Mar. _Madamoiſelle Marguerite eſt elle enfant?_

Th. Baſta que ſea engañada.

Th. _Il ſuffit qu'elle ſoit trompee._

Mer. A fee que no ha de ſaber poco quien la ha de engañar.

Mar. _En bonne foy il faut eſtre bien fin pour la tromper._

Th.Engañarſe ha ella a ſi miſma.

Th. _Elle ſe trompera elle meſme._

Mer. Como?

Mar. _Comment?_

Th.Dando dineros por eſtas bugerias que reluzen y no es oro todo, y quando vaya a caſa, ſe hallará con no nada entre dos platos.

Th. _En baillant de l'argent pour ces babiolles qui reluiſent & ne ſont pas or, puis quand elle ſera à la maiſon elle ſe trouuera auec vn rien entre deux plats._

Mer. Para que es el dinero ſino para luzirſe con ello?

Mar. _Dequoy ſert l'argent ſi ce n'eſt pour ſe faire paroiſtre?_

Th.Se que eſto aunque reluze no luze.

Th. _Ie ſçay bien que cecy encor qu'il reluiſe il ne paroiſt gueres._

Ma. Ya os he dicho señor, que os vays al corriéte de la de mas gente, y pues os calastes como los otros, passá por donde los otros, no andeys por los estremos, que todo hombre estremado, no está vn dedo de loco, estas son cargas del casamiento.

Th. La ayuda del escarauajo, que dexa la carga quádo le ayudan.

Ma. Aora señor essas son pendencias que se han de reñir en casa, vámonos.

Th. Vamos señora, tomad vuestro dinero señor mercader.

Mer. Yo quedo muy contento, y beso a v. m. las manos, y vea si me manda otra cosa.

Th. Que con salud que tengamos, núca mas nos veamos.

Mer. Por cierto señor, yo no soy tan ingrato, que cad· dia

Ma. Ie vous ay desia dit Monsieur, que vous suiuiez la route des autres gens, & puis que vous estes marié comme les autres, passez par où vont les autres, n'allez point aux extremitez, car tout homme qui suit l'extremité est à vn doigt pres de la folie, ce font des charges du mariage.

Th. L'ayde de l'escharbot, qui laisse sa charge, quand on luy ayde.

Ma. Or bien Monsieur, ce sont icy des querelles qui se doiuēt debattre à la maison, allōs nous en.

Th. Allons Madamoiselle, prenez vostre argēt sire.

Mar. Ie suis fort content, & vous baise les mains, regardez s'il vous plaist me cōmāder autre chose

Th. Pourueu que no⁹ soyōs en santé, iamais ne nous puissions nous voir.

Mar. Certes Monsieur, ie ne suis pas si ingrat, car ie vous voudrois voir

querria ver à v. m.
por mi caſa.

Th. Yo creo que quer-
riades ver mi bolſa
mas no a mi.

Mer. No ſoy tan codi-
cioſo como à v. m. le
parezco.

Th. No digo yo que lo
ſoys , péro apoſtare
que quereys mas vn
real de a quatro, que
vno de a dos.

Mer. Por adeuino le
podrian a v. m. caſti-
gar.

Th. Lo que con los ojos
veo, con el dedo lo
adeuino.

Ma. Adios mercader.

Mer. Beſo a v. m. las
manos mi ſeñora.

Ma. Vamos aora a la
lonja , a comprar ſe-
das.

Th. Que quereys com-
prar ſeñora?

Ma. Que? terciopelo,
raſo, damaſco, tafetá,
riço, gorgaran , cha-
melote, lanillas para
veſtiros a vos y a mi.

tous les iours en ma mai-
ſon.

Th. Ie croy que c'eſt ma
bourſe que vo° voudriez
voir & non pas moy.

Mar. Ie ne ſuis pas ſi aüari-
cieux comme il vous
ſemble.

Th. Ie ne dis pas que vous
le ſoyez, mais ie gageray
que vo° aimeriez mieux
vne realle de vingt
ſols, qu'vne de dix.

Mar. On vous pourroit
bien chaſtier pour eſtre
deuin.

Th. Ce que ie voy de mes
yeux, ie le deuine auec le
doigt.

Ma. Adieu ſire.

Mar. Ie vous baiſe les
mains Madamoiſelle.

M. Allons maintenant au
Change, pour acheter des
eſtoffes de ſoye.

Th. Que voulez vous ache-
ter Madamoiſelle?

Ma. Quoy ? du veloux, du
ſatin, du damas, du taf-
fetas, du veloux ras, du
gros de Naples, du came-
lot & ſarges legeres pour
no° habiller vo° & moy.

Th. Para eſſo es mene-
ſter otro dia, ya es
tarde , vamos a co-
mer, que mañana y-
remos a cóprareſſo.

Ma. Vamos pues , aun-
que yo mas quiſiera
que quedara oy todo
hecho, que no tener
que ſalir mañana
otra buelta.

Th. Andá, que bien os
holgays de paſſear
vn rato, para que me
quereys hazer enté-
der de el cielo ce-
bolla?

*L'Eſpagnol dit* hazer del cielo cebolla *, qui ſignifie faire du*
*Ciel vn oignon.*

Ma. No ſeays maliçio-
ſo, que no medrareis.

Th. Muchacho corre,
llama al platero que
venga a peſar la pla-
ta, y por ſu dinero.

Fin del ſegundo
Dialogo

Th. *Pour cela il faut vn au-*
*tre iour, il eſt deſia tard,*
*allons diſner & demain*
*nous en irons acheter.*

Ma. *Allons donicques, en-*
*cor que i'euſſe mieux*
*aymé que tout euſt eſté*
*fait auiourd'huy , que*
*nõ pas de ſortir demain*
*encor vne fois.*

Th. *Allez, que vous n'e-*
*ſtes pas marrie de vous*
*promener vn petit,*
*pourquoy me voulez*
*vous faire à croire que*
*veſſies ſont lanternes?*

Ma. *Ne ſoyez ſi malicieux*
*car vous n'y gaignerez*
*rien.*

Th. *Garçon, cours t'en ap-*
*peller l'orſebure , qu'il*
*vienne peſer la vaiſſel-*
*le , & prendre ſon ar-*
*gent.*

Fin du ſecond Dia-
logue.

| | |
|---|---|
| DIALOGO TER-cero de vn combite entre cinco caualleros amigos, llamados Guzman, Rodrigo, Don Lorenço, Mendoça y Oforio, vn Maeftrefala y vn Paje, enel qual fe trata de cofas pertenecientes a vn combite, con otras platicas y dichos agudos. | TROISIESME DIA-logue d'vn banquet entre cinq Gentils-hômes amis, appellez Guzman, Rodrigue, Don Laurès, Mendoce, & Oforio, vn Maiftre d'Hoftel ou Efcuyer de falle, & vn Page, auquel fe traitte de chofes appartenantes à vn bãquet, auec d'autres difcours & propos fubtils. |

GVZMAN.

Là, efta ay algun paje?

P. Señor.

G. Sabes a cafa de don Rodrigo?

P. Si Señor.

G. Pues vé alla, dile que le befo las manos, y que fi le parece hora de que nos veamos.

P. Aqui efta vn criado del feñor don Lorenço.

G. Entre.

Cr. Don Lorenço mi feñor, befa a v. m. las

GVZMAN.

HAulà, y a-il poine là quelque Page?

P. Monfieur.

G. Sçauez-vous où eft le logis du fieur Rodrigue?

P. Ouy Monfieur.

G. Bien, allez-vous y en, & luy dites que ie luy baife les mains, & s'il luy femble à propos que nous nous voyons.

P. Voicy vn feruiteur du feigneur Don Laurens.

G. Qu'il entre.

Ser. Le feigneur Don Laurens mon maiftre vous

manos, y embia a ſaber ſi eſta en caſa, porque tiene vn negocio que tratar con v.m.

baiſe les mains, & enuoye ſçauoir ſi vous eſtes au logis, parce qu'il a vn affaire à traiter auec vous.

G.  Que beſo a ſu merced las manos, y que yo fuera a la ſuya a beſarſelas, ſi no tuuiera vna ocupacion forçoſa que eſperar, la qual tambien toca a ſu merced, que ſi viniere ſera el bien venido, y ſe trata ta de todo.

G.  Dites luy que ie luy baiſe les mains, & que ie le fuſſe allè trouuer, n'euſt eſté vn affaire neceſſaire que i'ay, lequel luy touche auſſi, que s'il luy plaiſt venir icy il ſera le tres-bien venu, & traicterons de tout par meſme moyen.

Cr.  Beſo a v.m. las manos.

Ser.  Ie vous baiſe biẽ humblement les mains.

G.  Andad con Dios; o là dezid al Maeſtreſala que haga poner eſſas meſas, que vernan ya los combidados.

G.  Adieu. Haulà dites au maiſtre d'Hoſtel qu'il face couurir les tables, car ces Meſſieurs que i'ay prié ne tarderont point à venir.

M. Señor v.m. como ſe quiere ſeruir oy, a la Ytaliana o a la Franceſa o a la Yngleſa, o a la Flamenca, o a la Tudeſca?

M.  Monſieur cõment vous plaiſt-il qu'on vous ſerue auiourd'huy, à l'Italiène ou à la Françoiſe, ou à l'Angloiſe, à la Flamẽde ou à l'Allemãde.

G.  De todos eſſos eſtremos me ſacad vn medio, no quiero

G. De toutes ces extremitez tirez m'en vn moyen, ie ne veux pas tant de

tátas cerimonias co-
mo el Italiano , ni
quiero tanta curiofi-
dad como el Fráces,
ni quiero táta abun
dancia como el In-
gles,ni quiero que la
comida fea tán larga
como el Flaméco, ni
tan humida como el
Tudefco,mas de to-
dos eftos eftremos
componéme vn me-
dio a la Efpañola.

M. Anfi fe hara como
v.m.lo manda.

G.Vueftro mayor cuy-
dado fea , que la co-
mida fea caliente y
la beuida fria.

M.Que vinos quiere v.
m?

G. De todos generos,
blanço , tinto , haló-
que, clarete,Candia,
Ribadáuia, fan Mar-
tin , Toro y Cidra,
porque aya de todo.

P. Aqui viene el feñor
don Rodrigo.

G.O feñor,bien véga v.
m.y los buenos años.

---

ceremonies comme l'I-
talien,ni tant de curio-
fité comme le François,
ni ne cherche tant d'a-
bondance comme l'An-
glois , ni ne veux pas
außi que le difner foit fi
long comme le Flamen,
ni fi humide comme
l'Allemand , mais de
toutes ces extremitez
compofez moy vn mo-
yen à l'Efpagnolle.

M.Il fera fait comme vous
le commandez.

G. Ayez foin fur toutes
chofes , que la viande
foit chaude ,& que nous
beuuions bien frais.

M. Quels vins vous plaift
il boire?

G. De toutes fortes , du
blãc,du rouge,du paillé,
du clairet , du vin de
Candie , de Ribadauia,
de fainEt Martin , de
Toro,& du Cidre , afin
qu'il y ait de tout.

P. Voicy venir le feigneur
Don Rodrigue.

G.O Monfieur,vous foyez
le bien venu.

R. Beſo a.v. m.las ma-
nos.

R. *Ie vous baiſe biẽ hum-*
*blement les mains.*

G. Como eſta v. m? pa-
rece que coxea.

G. *Comment vous va*
*Monſieur? il ſemble que*
*vous clochez.*

R. Dime vn golpe al a-
pear del cauallo en
eſta eſpinilla.

R. *En deſcendant de che-*
*ual, ie me ſuis heurté en*
*l'os de la iambe.*

G. En hora mala ſea,
veamos ſi es algo.

G. *A la malheure, voyons*
*s'il y a rien.*

R. No ſeñor, ſi no que
es como dizen, do-
lor de cobdo dolor
de eſpoſo, duele mu-
cho y dura porco.

R. *Non Monſieur, c'eſt ce*
*que l'on dit, douleur de*
*coude douleur d'eſpoux,*
*qui fait bien mal & du-*
*re peu.*

G. Mas vale anſi.

G. *Il vaut mieux qu'ainſi*
*ſoit.*

R. Come tiene v.m.a
mi ſeñora doña Ma-
ria y a roda ſu caſa?

R. *Comment ſe porte Ma-*
*damoiſelle N. & toute*
*voſtre famille?*

G. A ſeruicio de v. m.
annque ella por no
auerme embidia di-
xo, que pues yo co-
mia con mis amigos,
ella ſe queria yr a
comer con ſus ami-
gas.

G. *A voſtre ſeruice, encor*
*qu'elle pour ne me por-*
*ter point d'enuie m'a*
*dit, que puis que ie diſ-*
*nois auec mes amis, elle*
*vouloit aller diſner a-*
*uec ſes amies.*

R. Hizo ſu merced muy
diſcretaméte, en pa-
garle a v. m. en la
miſma moneda.

R. *Elle a fait fort ſagemẽt,*
*de vous payer en meſme*
*monnoye.*

M. Todos eſtos ſeño-

M. *Tous ces Meſſieurs les*

res combidados está aqui, y la comida a punto, quando vuessas mercedes fueren seruidos, se podran assentar.

G. Señor Don Lorenço v.m. tiene las mañas del Rey, que adonde no está no le hallan.

L. Y v. m. quiere parecerse a Alcina, de quien dize Orlando, que por engaño traya los hombres a gozar de sus regalos.

G. Pero no seran vuessas mercedes cóuertidos en animales como ella los conuertia.

L. No me asseguro que dexe de boluerse alguno en zorra.

R. De buen vino, quien quiera se caça vna en el año.

conuiez font venus, & le disner tout prest, quand il vous plaira vous vous pourrez mettre à table.

G. Seigneur Don Laurens, vous auec les proprietez du Roy, que là où il n'est pas on ne l'y trouue point.

L. Et vous, vous voulez ressembler à Alcine, de laquelle dit Roland furieux, que par tromperie elle attiroit les hommes à iouyr de ses delices.

G. Mais vous ne serez pas conuertis en bestes comme elle les conuertissoit.

L. Ie ne m'asseure pas que quelqu'vn ne se cóuertisse en renard.

R. De bon vin, qui que ce soit en peut prendre vn auaux l'annee.

*Il faut noter que l'Espagnol dit* caçar vna zorra*, qui signifie chasser ou prendre vn Renard, au lieu que nous disons coiffer Rolline. i. s'enyurer.*

G. Cada vno su alma | G. Chacun aura son libe-

en su palma, qual el tiempo tal sea el tiento. Ea señores tomen sillas vs. mercedes y sienten se.

L. Déxenos v. m. ante rodas cosas, contemplar vn raro la curiosidád de la mesa.

R. No tiene mas pieças vn juego de maestre Coral, que estan hechas de las seruilletas.

O. Yo aqui veo vna galera, que no le falta mas que la chusma y palamenta.

Me. Pues aca esta vn cauallo, que no se yo si el cauallo de Troya era tan bien hecho.

L. A mi me ha caydo en suerte el escudo de Hercules.

R. Y éste que está aqui que es?

Me. A mi me parece que es vna pirámide de las de Egipto.

O. O es el sepulcro de Mausolo, o la torre de

---

ral arbitre, il se faudrā gouuerner selō le temps. Là donc Messieurs prenez des sieges, & vous asseez.

L. Contemplons vn peu deuant toute chose, la curiosité de la table.

R. Le ieu de maistre Gonnin n'a pas plus de sortes de pieces, qu'il y a de diuerses façons en ces seruiettes.

O. Voicy vne galere où il ne manque rien que la chiorme & les rames.

Me. Et voici vn cheual, que ie ne sçay si le cheual de Troÿe estoit si bien fait.

L. Il m'est escheu icy par hasard le bouclier de Hercules.

R. Et cestui que voici, qu'est-ce?

Me. Il me semble que c'est vne piramide de celles d'Egypte.

O. C'est le sepulchre de Mausolee, ou biē la tour

Babel.

G. Aora dexé esso vues-
fas mercedes, y sien-
tense si son seruidos.

R. No se puede dexar
de mirar el castillo de
la ensalada.

L. Por mi vida, que no
tiene mejor vista el
de Milan.

G. Si cada cosa se ha de
mirar de por si, yr se
nos ha el dia en flo-
res, cada vno tire su
silla, que esta no es
mesa de cumplimié-
tos.

*de Babyloñe.*

G. *Or sus Messieurs laissons cela, & vous asseez
s'il vous plaist.*

R. *Si faut-il voir ce beau
chasteau de salade.*

L. *En bonne foy celuy de
Milan n'a pas plus belle
apparence.*

G. *Si vous voulez regar-
der tout piece à piece,
tout le iour se passera
pour neant, que chacun
tire sa chaire à soy, car ce
n'est pas icy vne table de
complimens.*

*On diroit plus proprement en François ceremonies, parce que ce
mot de complimens est assez nouueau, & se prend pour paroles de courtoisies.*

O. No los deue auer
entre amigos.

G. Yo soy ynimicissimo
de ceremonias.

R. A mi no me parecen
bien ningunas, si no
son las que haze la
Yglesia.

G. Ola, platos, tome v.
m. esse, señor Don
Lorenço.

O. *Il n'y en doit point a-
uoir entre amis.*

G. *Ie suis fort ennemy de
ceremonies.*

R. *Il n'y en a point qui me
plaisent, si ce ne sont
celles qui se font à l'E-
glise.*

G. *Haulà, des assietes,
prenez celle-là, seigneur
Don Laurens.*

*Il faut sçauoir icy qu'en Espagne ils se seruent de certains petits
plats au lieu d'assiettes, qui sont faits comme ceux de terre de
Fayence, ce sont proprement assiettes creuses.*

L. Haga v.m. para fi, que lo mifmo hara cada vno.

R. No fe qual fea mejor vfo efte que vfamos en Efpaña o el que fe vfa en Francia.

G. Que es el vfo de Francia?

R. Comer primero lo cozido que lo affado, nofotros hazemos al reues.

L. Segun reglas de medicina, primero fe deuen comer los manjares, que fon mas duros de digeftion.

G. Y eftá effo en razon, para que fe venga a hazer la digeftion en vn tiempo.

L. Pues que fea mas duro de digeftion lo affado que lo cozido es cofa clara.

O. Yo como foy mas golofo, hallo otra razon.

L. Qual es?

O. Que toda cofa af-

L. Monfieur prenez pour vous, que chacun en fera de mefme.

D. Ie ne fçay quelle eft la meilleure couftume, celle que nous auons en Efpagne, ou celle que l'on vfe en France.

G. Quelle eft la couftume de France?

R. C'eft de manger premier le bouilly que le rofty, & nous faifons tout au rebours.

L. Selon les regles de medecine, il faut premieremēt manger les viandes, qui font de plus dure digeftion.

G. Cela eft fondé en raifon, c'eft afin que la digeftion s'en face en vn mefme temps.

L. Or que le rofti foit de plus dure digeftion que le bouilli, c'eft chofe toute manifefte & claire.

O. Mais moy qui fuis plus friand, i'y trouue vne autre raifon.

L. Quelle eft-elle?

O. Que tout ce qui eft rofti eft

| | |
|---|---|
| ſada es mas ſabroſa que la cozida , y aſſi yo lo querria al principio, porque ſobre buen cimiento buen edificio ſe haze. | eſt plus ſauoureux que le bouilly , & ainſi le voudrois-ie au commencement, car ſur vn bon fondement l'on faiɛ vn bon baſtiment. |
| Me. Pues yo , aunque callo piedras apaño. | Me. Mais moy, encor que ie ne diſe mot ie n'en penſe pas moins. |

*Le prouerbe Eſpagnol dit , Quien calla piedras apaña , qui ne dit mot prend des pierres.*

| | |
|---|---|
| R. Anda v. m. diſcreto, que oueja que bala bocado pierde. | R. Vous faites que ſage, car brebis qui beéle perd vn morceau. |
| G. A mi me parece que andan ya en ſeco eſtos molinos. | G. Il me ſemble que ces moulins tournent à ſec. |
| L. De la boca me lo quito v. m. | L. Vous me l'auez oſté de la bouche. |

*Nous diſons en Françoiꝭ, le l'auoi ſur le bout de la langue , & auſſi en Eſpagnol, yo lo tenia enel pico de la lengua.*

| | |
|---|---|
| G. Pues ſi yo lo quite, juſto es que yo lo ponga. Ola, dadnos de breuer , cada vno pida lo que mas guſto le diere , que de todo ay. | G. Et bien ſi ie l'en ay oſté, c'eſt la raiſon que ie l'y remette. Haula, donnez nous à boire, que chacun demande ce qu'il luy plaira,car il y a de tout. |
| R. Paje, yo ſoy muy deuoto de aquel ſanto que partio la capa con el pobre. | R. Prge, i'ay vne grande denotion à ce ſainct qui partagea ſa cape auec le pauure. |
| P. A buen entendedor | P. A bon entendeur de |

D

pocas palabras, de lo de ſant Martin quiere v.m.

*my mot, vous voulez de celuy de ſainct Martin.*

R. O como eres diſcreto? Dios me de ſiempre contienda con quien me entienda.

*R. O que tu as d'eſprit! Dieu me face touſiours auoir diſpute auec vn qui m'entende.*

L. Pues yo vn tiempo fui torero, y me holgaua ſiempre con toros brauos.

*L. Mais moy i'ay eſté autrefois coureur de taureaux, & prenois plaiſir d'en rencōtrer touſiours des furieux.*

*L'alluſion eſt icy au vin de Toro, qui eſt excellent & genereux.*

G. Señores, yo brindo a quien toſſiere.

*G. Meſsieurs, ie boy à celuy qui touſſera.*

O. Vala me Dios y que resfriados que eſtamos todos, no ſe toſſe mas en vn ſermon de Quareſma.

*O. Dieu me ſoit en aide, & que nous ſommes to⁹ bien morfondus, on ne touſſe pas tant en vn ſermon de Quareſme.*

R. Eſſa gracia dizen que tenemos los Eſpañoles, que ſomos como monas, amigos de hazer lo que vemos hazer a otros.

*R. On dit que nous autres Eſpagnols auons ceſte grace, que nous ſommes comme les ſinges, amis de faire ce que nous voyons faire à d'autres.*

L. Anſi dize vn refran: Si no hago lo que veo, todo me meo.

*L. Auſſi dit le prouerbe: Si ie ne fay ce que ie voy, ie piſſe en mes chauſſes.*

G. Cada vno aſga de ſu perdiz, y la aderece como mejor le parecicre, ay eſtan limo-

*G. Chacun prenne ſa perdrix & l'accouſtre comme bō luy ſemblera, voila des citrōs, des limōs,*

nes, limas, naranjas, pimienta, y todo lo demas.

R. La perdiz, dizen los medicos, que se ha de comer entre tres cõpañeros, paraque no haga mal.

L. Tienen razon, que han de ser el hombre, vn gato y vn perro.

O. Vueſtras mercedes no han notado la variedad de aſſados, que aqui nos han traydo.

R. Que eſtá debaxo de aquella enramada?

G. Vna cabeça de jauali.

R. Luego ramos de tauerna ſon aquellos.

L. Antes al contrario, que el ramo en la tauerna, llama a los borrachos al vino, y aquellos llaman al miſmo vino, aſſi como la piedra yman al azero.

des oranges, du poiure, & tout ce qu'il faut au reſte.

R. Les Medecins diſent, que la perdrix ſe doit manger entre trois compagnons, afin qu'elle ne face mal.

L. Ils ont raiſon, car il faut que ce ſoit vn homme, vn chat, & vn chien.

O. Meſſieurs, vous n'auez pas pris garde à la diuerſité des roſts, qu'on nous a ſeruis.

R. Qu'y a-il là ſous ceſte ramee?

G. Vne hure de ſanglier. i. vne teſte.

R. Ce ſont là doncques des mays ou bouchons de tauerne.

L. Mais au contraire, car le bouchõ de la tauerne, appelle les bons yurongnes au vin, & ces rameaux appellent le vin meſme, tout ainſi que la pierre d'ayman attire l'acier.

O. A señor Mendoza, parti de esse xigote con vuestros amigos.

Me. Señor, el mio murio supito.

R. Parece que haueys respondido vn gran Adeféssio. i. disparate.

O. Pues aunque lo parece no lo es, que a su prouecho ha hablado el señor Mendoça.

R. Pues si no nos lo declara, no saldremos de dubda.

Me. Señor, es el caso, que dos compañeros llegaron a vna venta, y como no vuiesse otra cosa que cenar, sino vna gallina assada, el vno dellos que tenia buena hambre, y era humbre astuto, dixo al otro compañero: en tanto que yo aparo esta gallina, cótáme de que murio vuestro padre : el otro se començo a en-

O. Hau seigneur Mendoce, faites part de ce hachis à vos amis.

Me. Mösieur, le mien mourut tout soudain.

R. Il semble que vous ayez respondu vne grande fadaise.

O. Encor qu'il le semble, ce n'en est pas vne pourtant, car le seigneur Mèdoce a parlé pour son profit.

R. Or si vous ne le nous declarez, nous ne sortirons pas de doute.

Me. Monsieur, le faict est que deux compagnons estans arriuez en vne tauerne, & n'ayans autre chose à souper, qu'vne poulle rostie, l'vn d'eux qui auoit bien faim, & qui estoit homme fin & rusé, dit à l'autre : Cependant que ie despeceray ceste poulle, contez-moy dequoy mourut vostre pere : l'autre cömença à s'attendrir, & auec larmes luy fit vn long discours

ternecer, y con la-
grimas le relato vn
proceſo bien largo
de la enfermedad de
ſu padre, y como a-
uia muerto, en lo
qual tardo tãto, que
quando acordó, ya
el otro ſe auia co-
mido caſi toda la
gallina, el hallando-
ſe burlado, quiſo
eſquitarſe y dixole:
Compañero, pues
yo os he contado la
muerte de mi padre,
contáme vos la del
vueſtro. El compa-
ñero por no perder
la parte que le que-
daua, y cõcluyr pre-
ſto razones, reſpon-
dio: Señor, el mio
murio ſupito; con
la qual reſpueſta el
otro quedo muy
burlado, y el le ayu-
do a deſpachar lo
que faltaua.

R. Pues aqui no corre
eſſe rieſgo.

Me. No, péro yo ſoy
como el Cuçlillo, que

*de la maladie de ſon pe-*
*re, & comme il eſtoit*
*mort: à quoy il s'amuſa*
*tant, que quand il ſe*
*reſſouuint, l'autre auoit*
*mangé quaſi toute la*
*poulle: mais ſe voyant*
*moqué, & penſant en*
*auoirſa reuanche, luy*
*dit: Compagnon, puis*
*queie vous ay raconté*
*la mort de mon pere,*
*contez-moy celle du*
*voſtre. Le compagnon*
*pour ne perdre ſa part*
*de ce qui reſtoit encor,*
*& finir bien toſt ſes*
*raiſons, reſpondit: Mõ-*
*ſieur, le mien mourut*
*ſubitement: auec laquel-*
*le reſponſe, l'autre de-*
*meura moqué, & luy*
*ayda à depeſcher ce qui*
*reſtoit.*

*Il faut noter icy que* Venta *en Eſpagne c'eſt vne*
*hoſtellerie en la campa-*
*gne ſans autres maiſõs.*

R. *Or vous ne courez pas*
*icy ce riſque.*

Me. *Non, mais ie ſuis cõ-*
*me le Coucou, car ie ne*

no canto bien haſta que tengo el eſtomago lleno.

L. Con licencia del ſeñor Guzman, quiero embiar eſta pella de manjar blanco a vn amigo.

G. Con mi licencia no yra ſola, ſi no la acõpaña v.m. con aquel Pauo, o eſte Fayſan o el Françolin.

R. Por vida de don Lorenço, es amigo o amiga?

L. Quereys que cõfieſſe ſin tormento?

G. Y quando os le den, antes mártir que cõfeſſor.

O. O que reuerenda que viene , nueſtra madre la olla.

R. Y bien adornada de todas ſus pertenencias.

Me. Yo deſſeo ſaber, de donde o porque la llamaron olla podrida.

chante point bien que ie n'aye le ventre plein.

L. Auec permiſſion du Seigneur Guzman, i'ennoyeray ceſte pelote de blanc manger à vn amy.

G. Auec permiſſion elle n'ira pas toute ſeule , ſi vous ne l'accompagnez de ce Paon, ou de ce Faiſan, ou bien du Francolin.

R. Ie vous prie Seigneur don Laurens, eſt ce vn amy ou vne amie?

L. Voulez-vous que ie le confeſſe ſans queſtion?

G. Et quand on vous la bailleroit , vous ſeriez pluſtoſt martyr que cõfeſſeur.

O. O que voicy noſtre mere la marmite, qui vient bien honorable.

R. Ouy, & bien paree de tout ce qu'il y faut.

Me. Ie voudrois bien ſçauoir d'où ou pourquoy on l'appelle pot pourri.

*Il faut entendre que olla en Espagnol se prend pour le pot ou marmite, & aussi pour le potage, & tout le reste qui se cuit dedans icelle. Et de là olla podrida se dit, pot pourry & non pas marmite pourrie: trop bien disons nous par Metonimie, la marmite est bonne, entendant ce qui est dedans: aussi la marmite est renuersee, quand il n'y a dequoy manger.*

L. Metaforicamente, por que assi como en vn muladar se pudren muchas cosas diferétes, y de todas se haze la basura, assi la olla que es compuesta de muchas cosas, se viene a hazer vn guisado o potaje.

L. *Par metaphore, car tout ainsi qu'en vn fumier se pourrissent plusieurs choses differentes, & de toutes se fait le sien pour les terres, ainsi de la marmite qui est composee de plusieurs choses, se fait vn mets ou potage.*

Me. Tan buena metafora fue essa, como la que hizo aquel, que llamo Rey al que guarda los puercos.

Me. *Voila vne aussi bonne metaphore, comme celle que fit celuy là qui appella Roy, vn qui garde les pourceaux.*

O, Por mi passatiempo yo me quiero poner a contar, de quantas cosas esta compuesta su merced de nuestra olla, carnero, vaca, tocino.

O. *Par plaisir ic me veux mettre à conter, de combien de choses est composé nostre monsieur le Pot pourry, de mouton, de bœuf & de lard.*

L. Essas son las tres potencias de la olla, como las del alma, memoria, entendimiento, voluntad.

L. *Ce sont les trois puissances de la marmite, comme celles de l'ame, la memoire, entendement & volonté.*

D iij

O. Luego ſe ſigue re-
pollo, nauos, cebol-
las y ajos.

O. *En apres s'enſuit le*
*choux cabus, les na-*
*ueaux, les oignons & les*
*aulx.*

L. Eſſas ſon las quatro
virtudes Cardinales.

L. *Ce ſont là les quatre*
*vertus Cardinales.*

O. Cabeças y pies de a-
ues, culantro verde,
alcarauea, cominos,
todas eſpecias, las de
mas yeruas yo no las
conoſco, otro las
cuente.

O. *Des teſtes & pieds*
*d'oiſeaux, coriãdre ver-*
*te, du carui, cumin, de*
*toutes ſortes d'eſpice-*
*ries, les autres herbes ie*
*ne les cognois pas, qu'vn*
*autre les conte.*

R. Lo que yo contare
deſpues, ſera lo bien
que me ha ſabido.

R. *Ce que ie conteray a-*
*pres, ce ſera comment*
*il m'a ſemblé bon.*

L. Del Marques Cha-
pin Vitelo Italiano,
que fue vno de los
mas valientes ſolda-
dos, que ha tenido a-
quella nació, ſe cué-
ta, que quando fue a
Eſpaña, le dieron
tanto guſto eſtas o-
llas, que nunca que-
ria comer en ſu ca-
ſa, ſino que yendo
por la calle, ſi olia en
caſa de algun labra-
dor rico, adonde ſe
comia alguna olla
deſtas, el ſe entraua

L. *L'on conte du Marquis*
*Chapin Vitello Ita-*
*lien, qui fut vn des*
*plus vaillans ſoldats,*
*qui ait eſté de ceſte na-*
*tion, que quand il fut*
*en Eſpagne, ces pois*
*luy ſemblerent ſi bons,*
*que iamais il ne vou-*
*loit diſner en ſon lo-*
*gis, ains que paſſant*
*par la ruë, s'il ſentoit en*
*la maiſon de quelque*
*riche laboureur, où l'on*
*mangeoit vn de ces po-*
*tages, il entroit de-*
*dans, & s'aſſeoit à diſ-*

alla y se assentaua â comer con el.

R. Deuialo de hazer por comer a costa agena.

R. *Il le faisoit pour disner aux despens d'autruy.*

L. Nò, que antes que saliesse, mandaua a su mayordomo, pagasse toda la costa de la o-lla.

L. *Non faisoit, car deuant qu'il sortist il comman-doit à son Maistre d'ho-stel, de payer tout ce que coustoit la marmite.*

Me. Paje, mira como pones esse plato no derribes el salero,

Me. *Page, regarde com-mët tu mets ce plat que tu ne renuerse la saliere.*

L. Si si, garda, que es el aguero de los Mendozas.

O. *Ouy, ouy, garde bien, car c'est l'augure des Mendoces.*

R. Ya todos somos Mendózas en esso.

R *Nous sommes tous des Mendoces en cela.*

L. Essa rastra nos que-do de la gentilidad.

L. *Ceste marque nous est demeuree encor des pay-ens ou Gentils.*

Me. Hemos visto espe-riencias muy verda-deras.

Me. *Nous en auons veu des experiences fort ve-ritables.*

O. Creo en Dios y no en putas viejas.

O. *Ie croy en Dieu & non pas aux vieilles putains.*

Me. Essas son de las que yo me procuro siempre guardar.

Me. *Ce sont celles-la de qui ie tasche tousiours de me garder.*

R. O señor Guzman, para que es esto que se trae agora?

R. *O seigneur Guzman, pourquoy est-ce faire que l'on apporte ceci à ceste heure?*

G. Dizen que para comer.

G. On dit que c'est pour manger.

R. Si; péro era menester hazer nueuos estomagos en que echallo.

R. Ouy bien, mais il faudroit faire de nouueaux estomachs pour le mettre.

O. Mandarlos hazer de barro, a trueco de poco dinero.

O. Il en faudroit faire faire de terre, à l'appetit de peu d'argent.

Me. Estas tortas reales son como cuerpo que no ocupa lugar.

Me. Ces tourtes royales sõt comme vn corps qui n'occupe point de lieu.

L. Yo tengo de prouar esta pepitoria.

L. Il faut que ie taste de ceste fricassee.

Pepitoria est vn mess de testes de foyes, de gisiers & autres menus des oyseaux.

R. Yo con el manjar real me acomodo.

R. Et moy ie m'accommode de ce manger royal.

Ce manjar real est composé de pastes d'amendes, de sucre, d'œufs, de blanc de chappons, de laict, de canelle & autres sortes d'espices, quasi comme le manjar blanco.

G. No ay quien prueue esotros guisados, estos torreznos lampreados, aquel adobado, el carnero verde, las albondigas, ni lo de mas?

G. Personne ne taste-il de ces autres mets, de ces carbonnades & foyes fricasseZ, de ce haricot, de ce mouton auec du persil, de ces andouillettes, ni de tout le reste?

L. Todo esso es como Pedro por de mas.

L. Tout cela est comme Pierre de superflu.

O. O como alla voy no hago mengua.

O. O comme ie vay là ie n'y fay faute.

G. Alçalo pues mu-

G. Oste donc mon enfant,

chacho, defembara-
ça y trae aquella fru-
ta de farten.

P. Aqui eftá feñor, y la
Meloja y todo.

R. Effo alla a los agua-
dos, que la borracha
no quiere paffa.

G. Trae pues la fruta de
poftre, camueças, pe-
ras, azeytunas, nue-
zes, auellanas, y la
çaxa de mermelada.

L. Hafta quando hemos
de comer?

R. Hafta enfermar, co-
mo dize el refran.

L. Y defpues ayunar ha-
fta fanar.

O. Leuanta efta mefa
paje, que es ya gula
tanto comer.

Me. Yo he perdido la
gana, como fi me la
quitáran con la ma-
no.

L. El mejor remedio
que hallaron los filo-
fofos contra la ham-
bre, fue efte.

depeftreici, & nous ap-
porte cès bignets ou pa-
ftes frites.

P. Les voici Monfieur, a-
uec le vin cuit & tout.

R. Cela eft pour les boi-
l'eau, car l'yurongneffe
n'ayme pas le raifin fec.

G. Apporte nous donc le
fruict, des pommes de
capendu, des poires, oli-
ues, des noix, des aue-
laines, & la boifte de
codignac.

L. Iufques à quand mange-
rons nous:

R. Iufques à deuenir ma-
lades, comme dit le pro-
uerbe.

L. Et puis ieufner iufques
au guerir.

O. Ofte cefte table page, car
c'eft gourmandife que de
tant manger.

Me. I'ay perdu l'appetit,
comme fi on me l'euft ofté
auec la main.

L. Le meilleur remede que
les Philofophes ont
trouué contre la faim,
c'eft ceftui-cy.

R. Essa filosofia algo es gruessa de hilaça.

R. Ceste Philosophie est vn peu de grosse filace.i. grossiere.

O. Mejor se podra dezir verdad apurada, que ya sabeis lo que es.

O. Elle se pourra mieux dire verité pure, car vous sçauez bien ce que c'est.

L. Ya se que verdades apuradas son necedades.

L. Ie sçay bien que les veritez pures sont sottises.

O. Mas pulido lo querria yo dezir.

O. Ie le voulois dire en plus beau terme.

R. Como?

R. Et comment?

O. Indiscreciones.

O. Indiscretions.

L. Tanto monta cortar como desatar, como dixo Alexandro.

L. Autant vaut couper que deslier, comme dit Alexandre.

R. Ola paje, trae vnos naypes, entretengamos el tiempo.

R. Hau la page, apporte no² des cartes, que nous passions le temps.

Me. Esso me contenta, vengan que desseo esquitarme de vn escudo que perdi estotro dia.

Me. Cela me plaist, qu'elles viennent, car ie veux auoir ma reuenche d'vn escu que ie perdis l'autre iour.

L. No me pesa a mi de que mi hijo juegue, sino de que se quiere esquitar.

L. Il ne me desplaist pas que mon fils iouë, mais de ce qu'il veut auoir sa reuenche.

Me. El tahur, chica ocasion ha menester para boluer al juego.

Me. Il ne faut pas beaucoup de subiet au berlandier pour retourner au ieu.

L. A mi me parece que sola vna.

L. Il me semble qu'il n'en faut qu'vn.

Me. Qual es?

Me. Quel est-il?

L. Tener dineros.

L. Auoir de l'argent.

Me. Ni al tahur falto que jugar, ni al golo- fo que comer, ni al endurador que en- durar ; ni al borra- cho que beuer.

M. Il ne manque jamais au joueur que iouer, ny au gourmand que manger, ni au patient qu'endu- rer, ni à l'yurongne que boire.

R. Aqui estan los nay- pes, que jugaremos?

R. Voicy des cartes, à quel ieu iouërons-nous?

L. Iuguemos gana pier- de.

L. Iouons à qui gaigne perd.

Me. Es juego de mucha flema.

Me. C'est vn ieu de trop grande patience.

*Flema se prend icy pour l'humeur flegmatique, qui est tardiue & lente.*

L. Pues sea al triunfo.

L. Et bien que ce soit donc- ques à la triomphe.

Me. Quede para los viejos.

Me. C'est à faire aux vieil- lards.

L. A los cientos.

L. Au cent.

Me. Desuanece se me la cabeça de estar siem- pre contando.

M. I'ay la teste toute e- stourdie de tant com- pter.

L. Menos os agradara el Chilindron.

L. Moins vous plaira le Chilindron.

Me. Esse para las muge- res detras de los ti- zones.

Me. C'est le ieu des fem- mes pour iouer derriere les tisons.

L. No es, sino que v. m. no quiere juego

L. Non est, mais vous ne voulez point de ieu de

de virtud, sino de ar-
rebata capas.

M. Para que hemos de
estar gastando tiem-
po? sino lo que se ha
de empeñar , venda-
se, como dizen.

R. Si, porque hazienda
hecha no da priessa.

L. Y mas quando le ga-
nan al hombre su di-
nero , le quitan pre-
sto de cuydado.

Me. He aqui estan los
naypes , juguemos
treynta por fuerça, o
los Albures , que to-
dos estos son buenos
juegos.

R. Yo no soy amigo de-
llos , sino de juegos
de primor, como el
Reynado, el tres, dos
y as , triunfo callado
y otros semejantes.

O. Ora por quitar todos
de contiéda, yo quie-
ro dar vn medio y
sea este la primera.

M. Muy bien ha dicho
v. m. que es medio
entre los estremos.

vertu, ains de tireur de
laine.

Me. Pourquoy perdrons
nous ainsi le temps? & 
bien ce qu'il faut enga-
ger, qu'on le véde, com-
me l'on dit.

R. Soit, car la besogne faite
ne presse point.

L. Et d'auantage quand on
gaigne l'argent d'vn
homme, on l'oste de grãd
soucy.

Me. Voicy les cartes, iouös
à trente par force, ou les
Albures , car ce sont
tous bons ieux.

R. Ie n'ayme pas ceux-là,
mais les ieux d'excel-
lence, comme le Reyna-
do , le trois , le deux &
l'as , le triomphe sans
dire mot, & autres sem-
blables.

O. Or pour vous oster tous
de dispute, ie vous veux
donner vn moyen, qui
sera le ieu de la prime.

Me. Vous auez fort bien
dit que c'est vn moyen
entre les extremitez.

L. Yo entiendo que fe | L. *I'entens qu'il s'eſt appel-*
llamo primera, por- | *lé prime, parce qu'il tiēt*
que tiene el primero | *le premier lieu entre les*
lugar entre los jue- | *ieux de carte.*
gos de naypes. |

R. Alto, que ha de fer el | R. *Or ſus, que ioüerons*
tanto? | *nous? ou, de combien ſe-*
| *ra l'enieu?*

Me. Quatro reales y | Me. *Quatre reales de va-*
dies y feys de faca. | *de & ſeize de reſte.*

L. Pues bar ji effos | L. *Or meſlez bien ces car-*
naypes bien. | *tes.*

O. Yo alço por mano, | O. *Ie coupe pour voir qui*
figura vuo de fer, no | *baillera, il falloit que ce*
querria yo yr hecho | *fuſt vne teſte, ie ne vou-*
figura fin blanca. | *drois pas eſtre fait figure*
| *sãs vn denier en bourſe.*

R. Yo vn as alce. | R. *Et moy i'ay coupé vn as*
L. Yo vn quatro. | L. *Et moy vn quatre.*
Me. Yo vn feys con que | Me. *Moy vn ſix, dequoy ie*
foy mano. | *fay la main.*

O. Vengan las cartas, | O. *ça les cartes, car c'eſt à*
que yo las doy : vna, | *moy à dõner : vne, deux,*
dos tres, quatro : vna, | *trois, quatre : vne, deux,*
dos, tres, quatro. | *trois, quatre.*

Me. Paffo. | Me. *Ie paſſe.*
R. Paffo. | R. *Soit.*
L. Paffo. . | L. *Ie paſſe auſſi.* ( *vade.*
O. Embido vn tanto. | O. *I'ennie de tãt ou d'vne*
Me. No le quiero. | Me. *Ie ne le tiens pas.*
R. No le quiero. | R. *Ni moy auſſi.*
L. yo por fuerça aure | L. *Et moy par force ie tien-*
de querer, echad cartas | *dray, baillez des cartes.*

| | |
|---|---|
| Me. Echadme quatro cartas, he aqui mi tanto. | Me. Baillez-moy quatre cartes, voicy mon enjeu ou ma vade. |
| R. He aqui el mio, cada vno meta el suyo. | R. Voicy le mien, que chacun couche le sien. |
| Me. Bueluo a passar. | M. Ie passe derechef. |
| R. Yo tambien. | R. Et moy aussi. |
| L. Yo hago lo propio. | L. I'en fay de mesme. |
| O. Yo embido mi resto. | O. I'enuie de mon reste. |
| Me. Quiero le. | Me. Ie le tiens. |
| R. Yo tambien. | R. Et moy aussi. |
| L. Pues yo no me puedo echar. | L. Et moy ie n'y vay pas plus auant. |
| Me. Yo hize vna primerilla. | M. I'ay vne petite premiere. |
| L. Yo voy a flux. | L. Ie vay à flux. |
| Me. No querria yo que le hiziessedes. | Me. Ie ne voudrois pas que vous le fissiez. |
| L. Es essa buena proximidad? | L. Est-ce là le bon voisnage? |
| Me. La caridad bien ordenada comiença de si mismo. | Me. Charité bien ordonnee commence par soy-mesme. |
| O. Yo he hecho cincuenta y cinco, con que máto su primera | O. I'ay cinquante cinq dequoy ie gaigne sa premiere. |
| L. Yo flux con que tiro. | L. Et moy flux dequoy ie tire. |
| R. No juego mas a este juego. | R. Ie ne jouë plus à ce ieu là. |
| Me. Ni yo a otro ninguno, que voy a vn | Me. Ni moy à pas vn autre, car ie m'en vay à vn affaire |

| | |
|---|---|
| negocio que me importa. | un affaire qui m'importe. |
| L. Pajes, tomá cada quatro reales de barato. | L. Pages, tenez voila chacun quatre reales du gaing du ieu. |
| Pa. *Centuplum aripias.* | Pa. *Cetuplum accipias.* |
| Pa. Enel cielo lo halle v. m. colgado de vn garauato. | P. *Au ciel le puißiez vous retrouuer pendu à vn crochet.* |
| Fin del Dialogo tercero. | *Fin du troisiesme Dialogue.* |

---

DIALOGO QVAR-
to entre dos amigos
llamados el vno Mo-
ra, y el otro Aguilar,
vn moço de mulas y
vna ventera, tratase
enel de las cosas to-
cátes al camino, con
muy graciosos di-
chos y chistes.

*DIALOGVE QVA-*
*triesme entre deux amis*
*appellez l'vn Mora, &*
*l'autre Aguilar, vn*
*garçon qui suit les mu-*
*les, & vne tauerniere,*
*où il se traite des choses*
*appartenantes au voy-*
*age, auec d'autres plai-*
*sans propos & faceties.*

---

### MORA.

La Pedro, haueys
traydo mi mula?
P. Si señor, aqui esta la
mohina.
M. Mohina es nunca
buena.

### MORA.

Haula Pierre, auez vo⁹
amené ma mule?
P. *Ouy Monsieur, voicy la*
*Mohine. i. au mufle noir.*
M. *Mohine n'est iamais*
*bonne.*

E

P. Porque Señor? .

P. *Pourguoy Monſieur?*

M. Por que ni mula mo-
hina, ni moça mari-
na, ni moço Pedro
en caſa, ni Abad por
vezino, ni poyo a la
puerta, no es bueno.

M. *Pource que, ni mule
mohine, ni ſille qui a
paſſé la mer, ni garçon
Pierre en la maiſon, ni
Abbé pour voiſin, ni
ſiege de pierre à la porte,
ne ſont pas bons.*

Mohiña, c'eſt vne mule qui a la teſte & le muſle noir, & qui eſt
touſiours vicieuſe, il ſignifie auſſi faſcherie & ennuy: mohino
c'eſt vn mulet engendré d'vn cheual & d'vne aſneſſ, dõt mohina eſt femelle de meſme eſpece : Il entẽd icy pour moço Pedro, vn mauuais garçon, & le tout eſt prouerbe Eſpagnol, qui
ne ſe peut bien rendre en François.

P. Yo le prometo a v.m.
que es mejor eſta,
que la que arraſtro
al Cura quãdo dezia
*Dominus prouidebit.*

P. *Ie vous promets Mon-
ſieur que ceſte-cy eſt
meilleure, que celle qui
entraina le Curé quand
il diſoit* Dominus
prouidebit.

M. Es vieja?

M. *Eſt-elle vieille?*

P. Nunca la vi nacer,
mas yo creo que mas
vieja era ſu madre.

P. *Ie ne la vis iamais nai-
ſtre, mais ie croy que ſa
mere eſtoit plus vieille.*

M. Tira coces ?

M. *Donne-elle des coups de
pieds ?*

P. Nunca vna ſola.

P. *Iamais vn ſeul.*

M. Siempre ſon a pa-
res: camina bien?

M. *Touſiours deux à deux:
va elle bien?*

P. Todo lo que anda ſe
dexa a tras.

P. *Tout le chemin qu'elle
fait elle le laiſſe derriere
elle.*

M. Tan buenas gracias
tiene a fee, que me

M. *En bonne foy elle a de
ſi bonnes graces, que i'en*

va enamorando.

P. Vna tiene fobre to-
das que es grande
Aftrologa.

M.Como anfi?

P. Conoce mejor que
vn relox, quando es
medio dia , y luego
pide ceuada, y fi no
fe la dan,dize lunes,y
no ay paffar de alli.

P.Elle en a vne fur toutes,
qui eft qu'elle eft gran-
de Aftrologue.

M.Comment cela?

P. Elle cognoift mieux que
l'horloge quãd il eft mi-
di,& demande inconti-
nent l'auoine,& fi on ne
luy en dõne,elle dit, lu-
nes,& vous ne la feriez
pas paffer plus auant.

*Il entend par ce mot de lunes la cry de la mule quand elle eft re-*
*ftiue, & qu'on la veut faire aller par force,autrement lunes fi-*
*gnifie le Lundy Ceuada c'eft de l'orge qui fe baille aux beftes*
*au lieu d'auoine.*

M. Buen remedio para
effo,rogarfelo con la
efpuela.

M.Il y a bon remede à cela,
c'eft de l'en prier à coups
d'efperons.

P.Es flaquiffima de me-
moria.

P. Elle a la memoire fort
debile.

M.Como?

M. Comment?

P. Aunque le hinquen
vn palmo de efpue-
la , a dos paffos que
da,fe le ha ya oluida-
do.

P.Encor qu'on luy fiche vn
empan d'efperõ au ven-
tre,à deux pas de là elle
ne s'en fouuient plus.

M. Traelda, no fe me
da nada , que topado
ha Sancho con fu
Rocino , y fi ella es
traydora, yo foy ale-
uofo, y nos entende-
rémos a coplas.

M. Amenez là,c'eft tout
vn,car Sancho a rencõ-
tré fon rouffin, & fi elle
eft traiftreffe ie fuis def-
loyal, & puis nous nous
entendrons à couplets.i.
à bon chat bon rat.

E ij

P.   En yendo, v. m. con
cuydado, hara della
cera y pauilo, que e-
lla con quien ſe deſ-
cuyda vſa ſus tretas.

P. *Si vous prenez garde à*
*vous, vous ferez d'elle*
*tout ce que vous vou-*
*drez, car elle n'vſe de*
*ſes traicts, ſinon auec*
*ceux qui ne s'en dônent*
*de garde.*

Cera y pauilo *ſignifient de la cire & de la meiche.*

M.   Echalde la ſilla, a-
pretalde bien la cin-
cha, ponelde guru-
pera, ataharre y pre-
tal, acortá eſſos eſtri-
bos, que yo me auer-
ne con ella.

M. *Mettez luy la ſelle, ſer-*
*rez luy bien la ſangle,*
*baillez-luy vne crou-*
*piere, vne fauchiere ou*
*batcul, & vn poitral,*
*accourciſſez ces eſtriers*
*& nous nous accorde-*
*rons bien elle & moy.*

P.   Quiero poner vnas
aciones nueuas por
mas ſeguridad.

P. *I'y veux mettre des e-*
*ſtriuieres neufues pour*
*eſtre plus ſeur.*

M.   Echalde el freno,
ponedle bien el bo-
cado, y acortad la
cabeçada, mirad ſi e-
ſta bien herrada de
todos quatro pies.

M. *Mettez luy la bride, ac-*
*commodez biê le mords,*
*& accourciſſez la teſtie-*
*re, regardez ſi elle eſt biê*
*ferree de tous les quatre*
*pieds.*

P. En las manos, bue-
nas herraduras y cla-
uos tiene, de los pies
de ſuyo gaſta.

P. *Les pieds de deuant ſont*
*bien ferrez: mais de ceux*
*de derriere elle va à ſes*
*deſpens. i. il n'y a que la*
*corne.*

M.   Echalde el coxin y
portamanteo.

M.   *Mettez luy le couſſin*
*& le porte-manteau.*

A. Ea compañero, he-

A.   *Et bien mon compa-*

mos ya de acabar de salir oy aqui?

M. Ya vos venis caualgando?

A. Vos tardays mas en componeros que vna nóbia.

M. Vueſtra mula es manſa?

A. Como vna borrega, no le veys que ſufre maleta.

M. Del agua manſa me libre Dios, que de la braua yo me guardare.

A. A la vueſtra baſtale ſer mohina.

M. Mal conoceys vos aquien nunca viſtes, pues a fee que eſtá graduada por Salamanca.

A. En que facultad?

M. En la de la vellaqueria, bachillera en artes de tirar coces, licenciada en leyes de ventas y de meſones, y doctora es en Aſtrologia y Matematicas.

A. Por eſſo eſtá ſiem-

gnon, ſortirons nous point d'auiourd'huy d'icy?

M. Eſtes vous deſia monté?

A. Vous eſtes plus long à vous accômoder qu'vne eſpouſee.

M. Voſtre mule eſt-elle douce?

A. Comme vne brebiette, ne voyez vo⁹ pas qu'elle-endure la malette.

M. Dieu me garde de l'eau qui dort, car dè la furieuſe ie m'en garderay.

A. C'eſt aſſez que la voſtre eſt mohine.

M. Vous cognoiſſez mal celle que vous ne viſtes iamais, or en bonne fey elle eſt graduee en Salamanque.

A. En quelle faculté?

M. En celle de la poltronnerie, bachelicre en l'art de regimber, licextice és loix des tauernes & hoſtelleries, & doctoreſſe en Aſtrologie & Mathematiques.

A. C'eſt pourquoy elle re-

pre mirando al cielo.

M. Es por contemplar los aftros y planetas y fignos, y fus curfos.

A. Vamos de aqui que tenemos larga la jornada.

M. Quantas leguas péfays caminar oy?

A. Yo querria que doze.

M. Puesa la mano de Dios, Pedro ten effe eftribo.

A. Pedro os llamays compañero?

P. A feruicio de v.m.

A. Pues no le haga Dios mas mal a Pedro, del que fe le alcança.

P. No ay porque Dios de falud a fu merced.

A. Sé que las pullas no fe han de echar a los amigos.

M. De amigo a amigo chinche enel ojo.

garde toufiours le Ciel.

M. C'eft pour contempler les aftres, les planettes, les fignes & leurs cours.

A. Allons, partons d'icy, car nous auons vne grande iournee à faire.

M. Côbien de lieuës penfez vous faire auiourd'huy?

A. Ie voudroy que nous en fiffions douze.

M. Et bien au nom de Dieu foit, Pierre tiens ceft eftrier.

A. Vous appellez vous Pierre, mon amy?

P. A voftre feruice monfieur.

A. Or que Dieu ne face pas plus de mal à Pierre, que celuy qu'il entend & fçait bien.

P. Il n'y a dequoy Dieu vo° doint bône vie & fanté.

A. Vrayement il ne fault pas ainfi lardonner les amis.

M. D'amy à amy, vne punaife en l'œil.

Ce Prouerbe eft pur Efpagnol, & n'a point de correfpôdâce à aucun François, & d'abondant ce n'eft pas bien dit en Efpagnol chinche, ains lepropre mot eft chiz, qui veut fignifier le fon qu fait vn grain deverfus, que l'on efcache à l'œil de quelqu'vn, & cela veut dire, qu'il ne faut pas faire à vn amy vn defplaifir qui paffe cela.

A. Yo no quiero pleyto con vos Pedro , que fabeys mucho.

*A. Ie ne veux point de procez ni de diſpute a-uec vous Pierre, car vo° s'en ſçauez trop.*

P. Mas ſabe vn Torrez-no.

*P. Plus ſçait vne carbon-nade.*

*Ce mot de ſaber n'a pas la rencontre en Frãçois comme en Eſpa-gnol, où il ſignifie ſçauoir & auoir bon gouſt, & faudroit dire en noſtre langue, vne carbonnade eſt meilleure.*

A. Moço de mulas, vn punto ſabe mas que el diablo.

*A. Vn valet de mules ſçait vn point plus que le diable.*

M. Pues que penſays vos que le falta a Pe-dro para diablo?

*M. Et que penſez vous qu'il manque à Pierre pour eſtre diable?*

P. No mas que vn año de aprendiz y vn ga-rauato.

*P. Rien qu'vn àn d'ap-prentiſſage & vn croc.*

A. Paraque el garaua-to?

*A. A quoy faire ce croc?*

P. Para ſacar a vueſas mercedes de la cal-dera, quãdo alla vayã

*P. Pour vous tirer de la chaudiere, mais que vo° y alliez.*

M. Noſotros no hemos de yr al infierno.

*M. Nous n'irons pas en en-fer nous autres.*

P. No ſe yran mas lle-uarlos han.

*P. Non, mais on vous y portera.*

M. A redro vayas ma-lo: *ergo maledicte. dia-bole.*

*M. Va arriere mauuais:* ergo maledicte dia-bole.

A. Pedro amigo de que ſe haze lo puta vie-ja?

*A. Pierre mon amy, de-quoy ſe fait la vieille putain?*

P. De la puta moça.

M. No se haze sino de seldo y eneldo, y del cagajon mordeldo, y del poluo de las eras.

Cecy ne se péut expliquer en François auec grace, d'autant que nous n'auons pas les mots rithmez comme sont ces trois en Espagnol seldo, eneldo & mordeldo, le premier desquels veut dire soyez-le.

A. De cara me le veo, y tiene alpargatas, y va a pie.

M. Pedro mira que te dize, no respondes ¿

P. No oygo que soy sordo de vna muela.

M. Pues al maestro cuchillada?

P. No me lastima mucho esta herida, que es dada vñas arriba, pero guarde se del reues, que yo tirare vñas abaxo.

A. Pedro, yo entiendo que soys vos aquel que llamauan de vrde malas.

P. Pues todo el mundo ojo alerta, que alguna tengo do vrdir

---

P. De la jeune.

M. Non fait, mais de ...... & d'aneth, & d'vn estronc, mordez le, & de la poußiere des aires ou gräges à battre le bled.

A. Ie le voy vis à vis de moy, il a des souliers de corde, & va à pied.

M. Pierre, voyez ce qu'il vous dit, ne respondez vous point?

P. Ie n'oy pas, car ie suis sourd d'vne grosse dent.

M. Et bien, donner vn coup au maistre?

P. Ce coup ne me blesse pas fort, car il est donné les ongles en haut, mais gardez vous du reuers, car ie tireray des ongles en bas.

A. Pierre, ie pense que vous estes celuy que l'on appelloit songe-malice.

P. Et bien, que tout le monde se tienne à l'erte, car i'en feray quelqu'vne en

| | |
|---|---|
| en efte camino. | *ce voyage.* |
| A. Pedro alli viene vn eaminâte, êchale vna pulla. | *A. Pierre voicy venir vn voyager, donnez luy vn brocard ou lardon.* |
| P. Olà hermano, por donde van? | *P. Hau la frere, par où va on?* |
| C. A do? | *C. Où?* |
| P. En cafa de la puta que os pario. | *P. A la maifon de la putain qui vous a enfanté.* |
| A. Buena a fee, otra al compañero que quéda atras. | *A. En bonne foy voila qui eft bon, encor vn à celuy qui eft derriere.* |
| P. A Señor, es fuyo el mulo? | *P. Hau Monfieur, ce mulet eft-il à vous?* |
| C. Qual mulo? | *C. Quel mulet?* |
| P. Aquel que befeys en el culo. | *P. Celuy que vous baiferez au cul.* |
| A. Efte cauallero que viene muy brauo, no vaya fin la fuya. | *A. Ce caualier qui vient fi braue, ne s'en aille pas fans auoir le fien.* |
| P. A Señor, v.m. a cafo va a Madrid? | *P. Hau Monfieur, allez vous d'auanture à Madrid?* |
| C. Si voy, porque lo dezis. | *C. Ouy i'y vay, pource que vous le dites.* |
| P. Pues cagaion para quien va a Madrid. | *P. Et bien, bran pour celuy qui va à Madrid.* |
| M. Que bonito es Pedro fi fe lauafse. | *M. Que Pierre eft joly, s'il fe lauoit.* |
| P. Antes defpues de la uado no valgo nada. | *P. Ains au contraire apres que ie fuis laué ie ne vaux rien.* |
| A. Quanto auemos andado Pedro? | *A. Combien de chemin auons nous fait* |

P. Nunca bueluo a mi-
rar atras, por no ſer
como la muger de
Lot.

P. Ie ne regarde iamais derriere moy, pour n'e-
ſtre comme la femme de
Loth.

A. Quanto nos falta de
aqui al primer Pue-
blo?

A. Combien auons nous
encor d'icy au premier
bourg.

P. Legua y mierda.

P. Vne lieuë & merde.

*Il fait icy vne deshonneſte Paronomaſie, en diſant mierda pour
media, qui n'a point de rencontre au François.*

M. La legua andare-
mos noſotros, eſo-
tra vos la paſſareys.

M. La lieuë nous la ferons,
mais vous paſſerez l'au-
tre.

A. Pues porque ſe paſſe
ſin ſentir, cuenta vn
cuento Pedro.

A. Mais afin qu'on la paſſe
ſans ſentir, fais nous vn
conte Pierre.

P. De dineros para mi
le contára yo de bue-
na gana.

P. I'en ferois volontiers vn
d'argent pour moy.

*Cuento en Eſpagnol ſignifie vne narration, vn compte d'argēt
& vn million, c'eſt pourquoy il eſt equinoque, & a encor d'autres ſignifications qui ne ſont icy à propos.*

A. No, ſino algun aca-
ecido que te auino
por eſſos caminos.

A. Non nō, mais dis nous
en quelqu'vn qui te ſoit
arriué par ces chemins.

P. Eſtonces contar les
he vno, que me ſuce-
dio el viaje paſſado,
haziendo eſte cami-
no con vn hidalgo.

P. Et bien, ie vous en conteray vn, qui m'eſt ar-
riué le dernier voyage
que i'ay fait par icy,
auec vn gentil-homme.

M. No ſea muy largo
que me dormire.

M. Ne le faites pas long,
car ie m'endormiray.

P. Si ſe durmiere la
mohina tédra cuyda-

P. Si vous dormez la mu-
le aura ſoin de vous reſ-

do de defpertarle. | ueiller.

M. Vos le haueys leuã- | M. Vous luy auez mis fus
rado mil falfos tefti- | mile faux tefmoigna-
monios , mirá quan | ges, regardez comme elle
bien camina y quan | chemine, & comme elle
manfa va. | va doucement.

P. Al freyr lo vera. | P. Vous le verrez au frire.

C'eft ce que dit vn Charbonnier à vne femme qui luy deman⌈a
ſi le charbon qu'elle auoit acheté de luy eſtoit bon , parce qu'il
auoit deſrobé vne poiſle à frire en deſchargeãt ſa ſomme, & que
voulant fricaſſer elle verroit la bonté du charbon , c'eſt à dire
qu'elle s'appercevroit du larcin ; voyez ce conte en la Floreſta
Eſpañola.

A. Ea dexemos effo, | A. Là donc, laiſſons cela,
va ya el cuento. | faites nous le conte.

P. Pocos dias ha, yo vi- | P. Il n'y a pas long temps,
ne efte camino, con | que ie fis ce chemin a-
vno de los mayores | uec vn des plus grands
habladores , que he | parleurs , que i'aye co-
conocido en mi vi- | gneu en ma vie, & com-
da, y como el hablar | me le trop parler & le
mucho y el mentir | mentir ſont ſi proches
fon tan pariétes , de- | parens, il diſoit les plus
zia las mas terribles | horribles menteries qui
métiras que fe pue- | ſe puiſſent imaginer.
den imaginar. Pues | Or, comme vn iour il
como el me pregun- | me demanda ce qu'il me
taffe vn dia, que me | ſembloit de ſa conuer-
parecia de fu buena | ſation , ie luy reſpon-
conuerfacion , yo le | dis qu'elle me ſembloit
refpondi que muy | fort bõne, mais que quãd
bien, pero que quã- | il racõtoit quelque cho-
do contaua algun | ſe, il s'eſtẽdoit & paſſoit

cuéto, se alagarua y passaua tanto, que daua que murmurar a quantos le oyan: El me dixo, pues sea esta la manera, quando lleguemos a las posadas, sienta te tu a par de mi, y si me vieres contar algo, que te parezca que voy fuera de cami no, tira me de la halda, estonces yo enté dere, y me deterne. Con este concierto llegamos aquella noche a vna venta, donde a caso auian llegado tambié muchos caualleros, y como se assentassen a cenar, y mi amo entre ellos, yo me puse a su lado, conforme al concierto, y como es costumbre, cada vno començo a contar, las marauillas que auia visto por el mundo; llego la vez al bueno de mi amo, el

si auant, qu'il donnoit occasion de murmurer à tous ceux qui l'escoutoient. Il me dit, & bien nous ferons ainsi, quand nous arriuerons aux hostelleries, tu t'asseoiras aupres de moy, & si tu me vois conter quelque chose, qu'il te semble que ie m'esgare vn peu, tire moy par le pan de mon saye, car alors i'entendray bien & m'arresteray. Estant ainsi accordé, nous arriuasmes ceste nuict là à vne hostellerie, où d'auenture estoient aussi arriuez plusieurs Gentils-hommes, lesquels se mettans à souper & mon maistre auec eux, ie m'assis à son costé, suiuãt l'accord fait entre nous: & comme la coustume est, chacun commença à conter les merueilles qu'il auoit veuës par le monde: le tour vint à mon bon homme de maistre, lequel dit qu'il auoit esté

qual dixo que auia
eſtado en tierra de
Iapon, y que entre
otras coſas maraui-
lloſas que alli auia
viſto, fue vna Ygleſia
que tenia mil pies
de largo. A eſte tiẽ-
po, yo que le vide yr
tan deſmandado, y
como eſtaua alerta,
tiro le rezio de la
halda ; el luego me
entendio y dixo ; y
vno en ancho. Los
Caualleros ſe comẽ-
çaron a mirar vnos
a otros, y a ſonreyr-
ſe, haſta que vno de
llos dixo : Vala me
Dios, ſeñor, y para-
que ſeruia eſſa Ygle-
ſia tan larga y ango-
ſta , de mil pies de
largo y vno en an-
cho ? el replico gra-
cioſamente dizien-
do: Agradezcã vue-
ſas mercedes , que
me tiraron de la fal-
da a tiẽpo, que ſi no,
yo les boto a Dios,
que yo la quadrára:

en la terre du Iapon, &
qu'entre autres choſes
merueilleuſes qu'il y a-
uoit veuẽs, eſtoit vne E-
gliſe laquelle auoit mil-
le pieds de long. A ce-
ſte heure là, moy qui le
veis ainſi aller à la dé-
bandade, comme i'eſtois
à l'erte , ie le tire bien
fort par le pan de ſon
ſaye : luy m'enten-
dit incontinent & dit:
& vn de large. Ces Ca-
ualiers commencerent
à ſe regarder l'vn l'au-
tre & à ſouzrire, iuſ-
ques à tant que l'vn
d'eux dit: Dieu me ſoit
en ayde, Monſieur , &
dequoy ſeruoit ceſte E-
gliſe ſi lõgue & ſi eſtroi-
te, ayant mille pieds de
long & vn de large ? Il
repliqua gracieuſement
en diſant : Meſſieurs,
vous pouuez bien re-
mercier que l'on m'a ti-
ré par le pan de mõ mã-
teau, à temps , que ſi on
ne l'euſt fait, ie proteſte
à Dieu que ie l'euſſe
faite quarrée. Alors

Fue entonces tanta la rifa de todos que a mi amo le conuino aquella noche falirfe de la venta , porque entre todos quedo por refran , quando alguno contaua algo que parecia mentira ; le dezia el tercero ; Quadre la v. m. que harto larga eftá.

*fus la rifée de tous fi grande, qu'il fallut que mõ maiftre fortift cefte nuict là de l'hoftellerie, d'autant qu'entre eux demeura pour prouerbe, quand quelqu'vn racõtoit aucune chofe qui fẽbloit eftre menfonge, vn troifiefme luy difoit: Quarrez celle là Monfieur , car elle eft affez longue.*

M. De vna cofa me efpanto yo Pedro.

*M. Mais ie m'eftonne d'vne chôfe Pierre.*

P. Qual es?

*P. Dequoy eft-ce?*

M. Como pudifte durar tan largo tiempo có tu competidor en la facultad.

*M. Comment tu peus durer fi long temps auec ton competiteur en la faculté.*

A. Si, porque effe es tu enemigo , el que es de tu oficio.

*A. Ouy , car celuy là eft ton ennemy, qui eft de mefme meftier que toy.*

P. Es verdad que muchas vezes le quife dexar por effo, y fe lo dezia que no queria mas caminar con el, porque era tocado de mi proptia enfermedad , y no me dexaua hazer baza.

*P. La verité eft que plufieurs fois ie le voulus laiffer pour cefte occafiõ là, & luy difois que ie ne le voulois plus fuiure, parce qu'il eftoit entaché de ma mefme maladie, & auffi qu'il ne me laiffoit pas faire vne main.*

C'eft vne maniere de parler en Efpagnol hazer baza qui eft prife dnieu des cartes, & fignifie, faire ou leuer vne main.

A. Y que respondia a esso?

A. Et que respondoit il à cela?

P. Luego me prometia con juramento, que callaria toda vna jornada, paraque yo hablasse.

P. Incontinent il me promettoit auec serment, qu'il se tairoit toute vne iournee, afin que ie parlasse.

A. Y cumplia lo?

A. Mais le faisoit-il?

P. Tan impossible le era a el poderlo cuplir, como a v.m. digerir esse pelo de asno que ha comido.

P. Il luy estoit autant impossible de l'accomplir, comme il vous seroit de digerer ce poil d'asne que vous auez mangé.

*Il appelle icy Aguilar asne, par mots couuers, disit qu'il a mãgé vn poil d'asne, entendãt par là les sottises qu'il luy a racontees.*

M. Compañero, pagado os han vuestro trabajo.

M. Compagnon, vous voila payé de vostre peine & labeur.

A. No teneys razõ Pedro, ansi yo os vea zarco a poder de nubes.

A. Vous n'auez point de raison Pierre, ainsi vous puisse ie voir les yeux verds à force de tayes.

*Nuue signifie nuee & aussi vne taye ou macule sur les yeux qui les fait sembler verds à ceux qui en ont.*

P. Antes ciegue que mal vea.

P. Plustost sois ie aueugle, que de voir mal.

A. Ansi yo os vea Arçobispo, con mitra de siete palmos.i. coroça.

A. Ainsi vous puisse-ie voir Archeuesque, auec vne mitre de sept empans de haut.

*Ceste mitre s'appelle proprement coroça, qui est faite de papier peinturé, & se met sur la teste aux maquereaux & maquerelles, & autres aussi, & ce par ignominie quand on les punit par iustice, l'Inquisition en fait mettre aux sorciers & sorcieres & aux heretiques qui sont condamnez au feu.*

P. Anſi yo le vea a el, Papahigos de ſu mula.

P. *Ainſi vous puiſſe-ie voir fait coqueluchon de voſtre mule.*

*La rencontre ne ſe ſçauroit faire en François cōme en Eſpagnol, de Mitra a Papahigo. Or la vraye ſignification en cet endroit eſt, que Papahigos eſt mot compoſé de Papar, qui veut dire humer & aualler, & de higos, qui ſont des figues, mais il entend les figues de la mule, comme quand nous diſons en François des figues de chat, qui ſont ſes crottes poudrees de la pouſſiere du bled où ordinairement il les cache, ce qui les fait reſſembler à des figues ſeiches.*

A. Echo te vna pulla con ſu pulloncillo, que tu muger te haga cieruo, y te llamē todos Cuclillo.

A. *Ie te iette vn lardon auec ſon lardonnet, que ta femme te face cerf, & que tous t'appellent Cocu.*

P. Echo te vna pulla venida ſobre mar, que los dientes ſe te caygan, y no puedas mear.

P. *Ie te donne vn brocard venu deſſus la mer, que les dents te tombent, & que tu ne puiſſes piſſer.*

M. Piquemos compañero, que ſe va haziēdo tarde.

M. *Piquons compagnon, car il s'en va tard.*

A. Que hora ſerá Pedro?

A. *Pierre quelle heure eſt il?*

P. La de ayer a eſtas horas puntualmente.

P. *Iuſtement celle qu'ile ſtoit hier à ceſte heure.*

A. Eſſo tambien lo dixera mi mula ſi ſupiera hablar.

A. *Ma mule l'euſt auſſi bien dit, ſi elle euſt ſceu parler.*

P. Soy yo relox, que me pregunta que ho-

P. *Suis-ie horloge, que vous me demādez quelle heure*

ra es?

*le heure il eſt?*

A. A lo menos badajo, que monta tanto.

*A. Au moins tu es le batan, qui vaut tout autãt.*

Badajo, ſignifie le batan d'vne cloche ou le marteau d'vn horloge, & par Metaphore vn lourdaut, qui eſt ce qu'il veut entendre en ce lieu.

P. Y ſi doy adonde daré?

*P. Et ſi ie frappe où frapperay-ie?*

A. En la cabeça del puto de tu padre.

*A. A la teſte de ton bougre de pere.*

P. Mas cerca eſtá la ſuya y ſonará bien pues eſta hueca.

*P. La voſtre eſt plus pres, & ſonnera bien puis qu'elle eſt creuſe.*

M. Bien camina de andadura vueſtra mula.

*M. Voſtre mule va fort à l'aiſe.*

A. Y la vueſtra va bien de portante.

*A. Et la voſtre va bien l'amble.*

M. Si no la conuirtieſſe algunas vezes en trote, que parece al de la madre.

*M. Ouy ſi elle ne la changeoit aucunesfois en vn trot, qui reſſemble à celuy de ſa mere.*

A. Entremos en eſta venta a dar ceuada, y comer vn bocado.

*A. Entrons en ceſte hoſtellerie pour donner de l'auoine, & manger vn morceau.*

I'ay dit ailleurs que ceuada eſt de l'orge, & ſe baille aux beſtes en Eſpagne au lieu d'auoine, parce qu'elle y eſt rare.

P. Vn bocado no mas? mas pienſo yo comer de vn ciento.

*P. Rien qu'vn morceau? i'en penſe pour moy mãger plus de cent.*

M. No os ſabreys paſſar vn dia ſin comer Pedro?

*M. Neſçauriez vous paſſer vn iour ſans manger Pierre?*

B

P.  Par Dios nueſtro a-
mo , como dize el
Vizcayno, tripas lle-
uan a pies que no
pies a tripas.

P. Par Dieu noſtre maiſtre
comme dit le Biſcayn,
les tripes portent les
pieds , & non les pieds
les tripes.

A.  Yo tambien digo.
que pan y vino an-
dan camino, que no
moço garrido.

A. Et moy auſſi ie dy, que
pain & vin paſſent
chemin , & non pas le
garçon ioly.

Ce prouerbe veut dire que c'eſt le pain & le vin qui font
aller l'homme, & nõ pas la ioliueté ou gaillardiſe de la perſõne.

P.  Paz ſea en eſta caſa,
quien eſtá acá, hueſ-
peda?

P.  Dieu ſoit ceans, qui eſt
icy, bau l'hoſteſſe?

V. Quien eſtá alla, quiẽ
llama?

H.   Qui eſt là, qui eſt-ce
qui appelle?

P. Ay poſada ſeñora?

P.   Madame , y a-il logis
ceans?

V.   Si Señor, entren y
ſean muy biẽ venidos
que todo recado ay.

H.   Ouy Monſieur, entrez
& ſoyez les bien venus,
car il y a de tout.

P. Que aurá que comer?

P. Qu'y a-il à manger.

V. Ay conejos, ay perdi-
zes, ay pollos , ay ga-
llinas, ay gãſos, ay a-
nades, ay carnero, ay
vaca, ay cabrito, ay
menudo de puerco.

H.   Il y a des lapins , des
perdrix, des poulets, des
poules , des oyſons , des
canards, il y a du mou-
tõ, du bœuf, du cheureau
& des deſpoüilles ou
menuailles de pourceau.

P.  Bien dixe yo, que en
ſu caſa de v.m. no po-
a dia faltar puerco.

P.  I'ay bien dit, qu'en voſtre maiſon, il ne pouuoit
manquer de pourceau.

V. Ni en la suya faltará
vellaco mientras el
eſtuuiere dentro.

H. *Ni en la voſtre de ma-*
*rault pendant que vous*
*y ſerez.*

P. No en verdad ſeño-
ra,ſino que me dixe-
ron,que los dias paſ-
ſados auia v.m.reñi-
do brauamente con
la limpieza.

P.*Non en verité madame,*
*ſinon qu'on m'a dit que*
*ces iours paſſez vous*
*auiez brauement diſpu-*
*té contre la netteté.*

V. Tambien me dixe-
ron a mi que auia el
deſterrado la ver-
guença de ſu caſa.

H. *Auſſi m'a-on dit que*
*vous auiez banny la hō-*
*te de voſtre maiſon.*

M. Huelgo me Pedro
que has ropado có lo
que auias meneſter.

M. *Ie ſuis bien aiſe Pierre*
*que vous auiez rencontré*
*ce qu'il vous falloit.*

P.Y aun ella me ha me-
neſter a mi.

P. *Elle a auſſi beſoing de*
*moy.*

V.Yo,por cierto ſi no es
para ponerle en Pe
raluillo con doze y la
maeſtra , no ſe para
que.

H. *Moy, certes ſi ce n'eſt*
*pour vo⁹ mettre ſur Per-*
*aluillo auec douze,& la*
*maiſtreſſe,ie ne ſçay pas,*
*à quoy i'en ay beſoin.*

Peraluillo,*eſt vn lieu haut & eminent,comme vn eſchafaut de*
*pierre,ſur lequel on execute les criminels:par ce mot de doze il*
*veut dire douze fleches dont on tire les mal-faicteurs, & par*
*la maeſtra s'entend celle qui donne au cœur.*

P.Aora ſeñora, no nos
digamos mas, calla-
re y callemos que
ſendas nos tenemos.

P. *Or bien Madame , n'en*
*diſons plus,tais toy, &*
*nous taiſons , que tous*
*deux nous nous tenons.*

V. Ea acabe hablador
de véraja,pida lo que
ha meneſter.

H.*Et bien faiſons fin babil-*
*lard que vous eſtes , de-*
*mādez ce qu'il vo⁹ faut.*

P. De me heno y paja
y cebada para las
mulas.

P. Donnez moy du foin &
de la paille & de l'orge
pour les mules.

V. Quanto quiere?

H. Cöbien en voulez vous?

P. Dos harneros de he-
no y vn celemin de
cebada.

P. Deux cribles pleins de
foin, & vn boisseau ou
picotin d'orge.

V. Muy poco es para
tres bestias.

H. C'est bien peu pour trois
bestes.

P. Aqui no ay mas que
dos, qual es la otra?

P. Il n'y en a icy que deux,
qui est l'autre?

V. La otra soys vos, y
mas tragona que es-
sotras dos.

A. Vous estes l'autre, &
plus gourmande que ces
deux autres.

P. Si soy, mas no de paja
ni cebada porque es
muy dura de dige-
stion.

P. Ouy bien, mais non pas
de paille ni d'orge, par-
ce qu'ils söt de fort du-
re digestion.

V. Mas duro es vn gar-
rote, y suele abládar
las costillas a vn ve-
llaco.

H. Vn garrot est bien plus
dur, & s'il amollit bien
les costes à vn vilain.

M. Bien está, no passe
mas adelante, señora
huespeda, quäto po-
nen de aqui a la ciu-
dad?

M. Voila qui est bien, que
cela ne passe pas plus
outre, madame l'hostes-
se, combien contez vous
d'icy à la ville?

V. Señor, cinco leguas.

H. Monsieur, on y conte
cinq lieuës.

M. Podremos las cami-
nar de aqui a la no-
che?

M. Les pourrons nous faire
d'icy à la nuict?

V. Como picaren.

H. Selö que vous piquerez.

M. Ay algun rio en el camino, o algun mal paſſo?

M. Y a-il point de riuiere en chemin, ou quelque mauuais paſſage?

V. Por do quiera ay vna legua de mal cami-no.

H. En quelque lieu que ce ſoit il y a vne licuē de mauuais chemin.

M. Ay adonde herrar?

M. N'y a-il point où l'on puiſſe faillir?

V. El camino no ſeñor, las mulas ſi ſeñor, vueſtras mercedes mil partes ay donde pueden herrar.

H. Non pas le chemin, mais biē les mules, Meſſieurs il y a mille endroits où vous pouuez faillir.

*Icy ce mot herrar eſt equiuoque, car il ſignifie ferrer, & faillir ou errer, mais pour ceſte derniere ſignificatson il eſt improprement eſcrit par h. laquelle, ne s'aſpirant point, cauſe ceſte double en-tente en parlant, & non pas en eſriuant: Et en François la rencontre ne ſe peut faire, car il n'y a point de correſpondance de ferrer à faillir. Herrar, c'eſt ferrer, & errar c'eſt faillir de errare, Latin.*

M. Si ſon los yerros por amores, dignos ſon de perdonar.

M. Si les fautes ſont par amours, elles ſont di-gnes de pardon.

*Il ſemble icy reſpondre à une autre ſorte d'error en parlāt d'amour qui ſeroit à dire, quelque viſite de lieu peu honneſte.*

A. Señora hueſpeda, cuya es eſta venta?

A. L'hoſteſſe, à qui eſt ceſte hoſtellerie?

V. De vn Cauallero de la ciudad.

H. A vn Gentil-homme de la la ville.

A. Quanto pagan por ella de arrendamien-to en vn año?

A. Combien en payez vous de rente par an?

V. Mas que ella vale, quinientos ducados.

H. Plus qu'elle ne vaut, cinq cens ducats.

M. De eſſa manera,

M. Par ce moyen, il faut

buena maña ſe han
meneſter dar à hur-
tar, para ſacar la co-
ſta.

P. Eſſa no falta, el gato
por liebre, la carne
de mula por vaca, el
vino paſſado por a-
gua, todo va deſta
manera.

V. Mala Paſqua de
Dios al vellaco, y mal
ſan Iuan, quando ha
viſto el eſſo en mi
venta.

P. Viſtolo no, guſtado
lo ſi.

V. Vos mentis como
vellaco que nunca
tal.

P. Aora eſtemos a cué-
ta hueſpeda, no de-
mos de comer al dia-
blo, venga aca, no ſe
acuerda del otro dia,
quando yo vine por
aqui, con vn caualle-
ro, que le pidio le
dieſſe vn pedaço de
carne, de aquella que
le auia dado otro dia
antes, quando auia
paſſado por aqui,

que vous vſiez d'adreſ-
ſe à bien deſrober, pour
en retirer vos pieces?

P. Ils n'en manquent point,
vn chat pour vn lieure,
de la chair de mule pour
du bœuf, le vin bien
trempé, tout va de ceſte
façon.

H. Dieu te donne male Paſ-
que poltron que tu es,
& le hault mal; quand
as tu veu cela en mon
logis?

P. Ie ne l'ay pas veu, mais
ie l'ay taſté.

H. Vous mentez comme
vn marault, car iamais
cela ne ſe fit.

P. Or venons vn peu à cô-
te l'hoſteſſe, ne don-
nons point à diſner au
Diable, venez-ça, ne
vous ſouuiet-il pas, de
l'autre iour que ie paſ-
ſay par icy, auec vn ca-
ualier, qui vous de-
manda que vous luy
donnaſſiez vn morceau
de chair, de celle que
vous auiez donnee vn
autre iour auparauant,

porque dezia que le auia fabido muy bié, loqual oyendo aquel niño chiquito, dixo, caro nos coftaria, fi cada dia fe nos auia de morir vn rocin.

*qu'il eʃtoit paʃʃé par icy, parce qu'il diʃoit qu'elle luy auoit ʃemblè fort bonne. Ce qu'oyant ce petit enfant que voilà, dit, ha, ha: il nous couʃteroit bien cher, ʃi tous les iours il nous mouroit vn rouʃʃin.*

V. Es verdad que aquello fue de aquel rocin que fe nos murió, péro eftaua tan gordo y tan lindo, que era mejor que carne de vaca.

*H. La veritè eʃt que ce fut de ce rouʃʃin qui nous mourut, mais il eʃtoit ʃi gras & ʃi beau, qu'il eʃtoit meilleur que de la chair de bœuf.*

M. Señora huefpeda, aũque mas lindo fea, no nos de del agora.

*M. L'hoʃteʃʃe, encor qu'il ʃoit plus beau, ne nous en donnez point pour ceʃtefois.*

V. No feñor, que ya fe acabó, hafta aora auia de durar?

*H. Non non Monʃieur, car il n'y en a plus: falloit-il qu'il duraʃt iuʃques à ceʃte heure?*

M. Veamos el vino que tal es.

*M. Voyons le vin quel il eʃt.*

V. El vino es tal, que bafta a lleuar al cielo, al que acoftũbrare a beuerlo.

*H. Le vin eʃt tel qu'il eʃt baʃtant pour mener au ciel celui qui s'accouʃtumera à le boire.*

P. Olà nueftra ama no bafta vétera fino hereje?

*P. Haulà maiʃtreʃʃe, n'eʃtce pas aʃʃez d'eʃtre hoʃteliere ʃans eʃtre auʃʃi heretique.*

V. Lo que yo digo es verdad, y lo prouare, que el buen vino llena los hombres al cielo.

M. De que manera?

V. El buen vino cria buena sangre, la buena sangre engendra buena condicion, la buena condicion pare buenas obras, las buenas obras lleuan a los hombres al cielo.

M. Ella ha prouado su intencion bastante mente.

A. Péro no se podra dezir esso por este vino.

V. Porque?

A. Porque este mas parece vinagre y agua.

V. Agua? no por vida de mi anima, que no tiene mas de la que le echo el de lo alto.

M. Pues Dios no le vino a echar agua, que sin agua lo crió.

P. Bien no está v. m.

H. Ce que ie vous dis est vray, & le prouueray, que le bon vin meine les hommes au Ciel.

M. En quelle façon?

H. Le bon vin crée le bon sang, le bon sang engendre le bon naturel, le bõ naturel enfante les bonnes œuures, & les bonnes œuures meinent les hommes au ciel.

M. Elle a suffisamment prouué son intention.

A. Mais on ne pourra pas dire cela de ce vin cy.

H. Pourquoy?

A. Parce que cestuy-cy semble plus du vinaigre & de l'eau.

A. De l'eau? non sur mon ame, car il n'y en a que celle que celuy de là haut y a mise.

M. Or Dieu n'y a pas mis de l'eau, car il l'a creé tout pur.

P. Vous n'entendez pas

enel cuento: el de lo alto, es fu marido que eftá en lo alto de la cafa, y defde alli echa agua enel vino, por vna zebratana.

bien l'affaire:celuy d'ē-haut, c'eſt ſon mary qui eſt au haut de la mai-ſon, & dés là il met de l'eau au vin, par vne ſarbatane.

A. Con vos me entierren Pedro, que fabeys de cuenta.

A. Ie veux viure & mou-rir auec vous Pierre, car vous entendez bien la façon.

M. Yo entédia que llamaua a Dios, el de lo alto.

M. Ie penſois qu'elle ap-pellaſt Dieu, celuy d'en-haut.

A. En todas las cofas ay engaño.

A. Il y a de la tromperie en toutes choſes.

P. Si no es en la ropa vieja.

P. Horſmis aux habits fri-pez.i. aux vieux habil-lemens.

V. Por cierto que tienen razon, que eftá ya el múdo muy perdido, por eſſo nos hemos recogido, mi marido y yo a efta venta, por acabar en buena vida.

H. Certainement vous a-uez raiſon, car le monde eſt deſia tout corrompu, c'eſt pourquoy noº nous ſommes retirez mō ma-ry & moy, en ceſte ta-uerne, pour acheuer le reſte de nos iours par vne bonne vie.

M. Efta llamays buena vida huefpeda?

M. Appellez vous ceſte-cy vne bonne vie l'ho-ſteſſe?

P. Si feñor, que peor era la de los de Sodoma y Gomorra.

P. Ouy Monſieur, car pire eſtoit celle de ceux de So-dome & Gomorrhe.

V. No le parece a v. m. que es buena vida, eſtar hechos ermitaños en eſte deſierto, que mas hizieron los padres del yermo?

H. Ne vous ſemble-il pas que ce ſoit vne bône vie, que d'eſtre hermites en ce deſert, qu'eſt-ce que firent d'auantage ces anciens Peres du deſert?

P. Y tan virtuoſos, que de limoſna a quantos paſſan les quitan lo que lleuan.

P. Et ſi vertueux, que par aumoſne ils oſtêt à tous ceux qui paſſêt ce qu'ils portent.

V. Quitar? nunca Dios tal quiera, recebir lo que nos dá con corteſia, eſſo ſi.

H. Oſter? ia à Dieu ne plaiſe, mais bien reccuoir auec courtoiſie ce que l'on nous donne.

P. Es el caſo que llaman corteſia a la ganzua, con que abren las vizaças.

P. C'eſt qu'ils appellent courtoiſie le crochet, dôt ils crochetent les malles.

V. El diablo truxo a eſte moço a mi caſa, vete con todos los diablos, eſpiritu de contradicion.

H. Le diable m'a bien amené icy ce garçon, va-t'en à tous les diables, eſprit de contradiction.

P. Mal me quieren mis comadres, porque les digo las verdades.

P. Mes commeres mê veulent du mal, pource que ie leur dis les veritez.

M. Aora Pedro, hazé cuenta con la hueſpeda, y vamos de aqui, que es tarde.

M. Et bien Pierre, faictes le compte auec l'hoſteſſe & nous en allons d'icy, car il eſt tard.

P. Que ſe deue de todo hueſpeda?

P. Que deuons nous pour tout l'hoſteſſe?

V. Eſpereſe, contare,

H. Attendez, ie compte-

dos de paja , y de paja dos , tres de ceuada, cinco de vino, vno de carne, y dos de tocino, veynte reales en todo.

P. Cuenta hecha, mula muerta, efcudero y os a pie , pues a mi me quiere dar papilla feñora huefpeda, no faue que quando ella nacio , ya yo comia pan con corteza; efpére, haré yo la mia

V. Hazé, veamos.

P. Tres y dos fon cinco, dos de blanco y tres de tinto, y otros tres de eftopas y pez, vno de la olla y dos de la cholla, y medio de la cebolla, ocho fon en todo.

V. Malos años para vos, pagáme aqui, fi no , por el figlo de mi padre, que os arañe effa cara.

P. Quitado fe ha el gato la ropa de la ypocrefia, feñora ermitaña, tenga paciencia y no tanta codicia.

ray, deux en paille, *&* en paille deux , trois en orge, cinq en vin, vne en chair , *&* deux en lard, vingt reales pour tout.

P. Le cõpte fait, *&* la mule morte, efcuyer allez vo° en à pied, vo° me voulez bailler à manger de la boüillie madame l'hoftefſe, ne ſçauez vo° pas que quãd vous nafquites, ie mangeois defia du pain auec la croufte, attẽdez vn peu, ie feray le miẽ.

H. Faites, voyons vn peu.

P. Trois *&* deux font cinq, deux de blanc *&* trois de rouge, *&* autres trois en eftoupes *&* en poix, vn de la marmite *&* deux de la tefte de mouton, *&* vn demy en oignons, ce font 8. en tout.

H. Mal an pour vo°, payez moy icy, ou bien , par le fiecle de mon pere, ie vous arracheray cefte face.

P. Le chat a defpouillé fa robe d'hypocrifie, madame l'hermite ayez vn peu de patience *&* non pas tant d'auarice.

V. No me cuente mor-
tuorios, sino pague
me, o sino las baruas
le sacare vna a vna.

H. *Ne me contez point de*
*ceux qui sõt morts, mais*
*payez moy, ou bien ie*
*vous arracheray la bar-*
*be poil à poil.*

M. Dale a la huespeda
lo que pidiere, Pedro
no riñas con ella.

M. *Baille à l'hostesse ce*
*qu'elle demãdera, Pier-*
*re ne dispute point auec*
*elle.*

P. En vna nao cargada
de plata, no ay harto
para contentarla.

P. *Vn nauire chargé d'ar-*
*gent ne suffiroit pas pour*
*la contenter.*

V. No pido sino lo ju-
sto, paga me herma-
no y dexate de pala-
bras.

H. *Ie ne demande que la*
*raison, paye moy frere*
*sans tant de caquet.*

P. Ansi dize la picaza,
tome señora, ve ay
doze reales, los seis
son de bueno, y los
seis de mal proue-
cho le hagan.

P. *Ainsi dit la pie, tenez*
*Madame, voila douze*
*reales, les six font de bõ,*
*& les six autres de mal*
*prou vous face.*

V. Mas nó, sino los seis
son de bien venidos
scan, y los seys de, en
hora mala vays.

H. *Ce n'est pas ainsi, les six*
*sont de vous soyez les*
*bien venus, & les six*
*autres de, allez vous en*
*à la mal-heure.*

P. Maldiciones de pu-
tas viejas, oraciones
son de salud.

P. *Maudissons de vieilles*
*putains, sont oraisons de*
*salut.*

M. Quedese con Dios
señora huespeda.

M. *Dieu demeure auec*
*vous l'hostesse.*

V. El vaya con vuestras

H. *Et qu'il vous vueille*

mercedes, aqui eſtá eſta pobre poſada, para todas las vezes que viniere eſte camino, les ſuplico ſe ſiruan della.

P. Sobre buen haz de paja tia.

V. No, ſino por ſus ojos bellidos lo haran.

P. Quede con Dios tia, y el la haga buena Hermitaña.

V. Anda con Dios hijo, y el os haga mejor de lo que ſoys.

Fin del quarto Dialogo.

bien conduire, voicy le petit logis à voſtre cõmandement, toutes & quantesfois qu'il vous plaira d'y venir, ſi voſtre chemin s'y adreſſe, ie vous prie ne l'eſpargner pas.

P. Ouy à bonnes enſeignes ma tante.

H. Non, mais ce ſera pour vos beaux yeux.

P. Dieu demeure auec vous ma tante, & qu'il vous face bonne Hermite.

H. Allez à Dieu mon fils, & qu'il vous face meilleur que vous n'eſtes.

Fin du quatrieſme Dialogue.

---

DIALOGO QVINto, entre tres Pajes, llamados el vno Iuã, el otro Franciſco y el tercero Guzman, enel qual ſe contienen las ordinarias platicas que los Pajes ſuelen tener vnos con otros.

CINQVIESME Dialogue, entre trois Pages, appellez l'un Ieã, l'autre François, & le troiſieſme Guzman, auquel ſont contenus les diſcours ordinaires que les Pages ont accouſtumé de tenir les vns auec les autres.

| IVAN. | IEAN. |
|---|---|
| DE donde vienes Francisco? | D'où viens-tu François? |
| F. De la Corte Iuan. | F. Ie viés de la Court Iean. |
| I. Que ay por alla de nueuo? | I. Qu'y a-il de nouueau? |
| F. El rollo se está adonde solia, el Rey ha mandado que quien tuuiere que comer, que coma, y el otro que ayune. | F. Le gibet est où il souloit estre, le Roy a commandé que qui aura à manger qu'il mange, & à l'autre qu'il ieusne. |
| I. Viste a la Reyna? | I. As-tu veu la Royne? |
| F. A la de diamantes con que hize el postrer flux. | F. I'ay veu celle des diamans, auec laquelle i'ay fait le dernier flux. |

*Il peut icy entendre par la Royne des diamans celle de los oros, qui sont les deniers au ieu du Tarot, voulant inferer que qui a des deniers peut acheter des diamans.*

| I. Luego jugado has? | I. As-tu doncques ioüé? |
|---|---|
| F. Yo no, mis dineros jugaron al trocado, y trocaron me por otro dueño. | F. Non pas moy, mais mon argent a ioüé au change, & m'a changé pour vn autre maistre. |
| I. Ganaste o perdiste? | I. As-tu gaigné ou perdu? |
| F. Gane y perdi. | F. I'ay gaigné & si ay perdu. |
| I. Como pudo ser? | I. Comment se peut-il faire? |

F. Perdi mis dineros, y gane escarmiento para no jugar mas

F. I'ay perdu mõ argēt, & ay gaigné vn aduertisse-ment pour ne iouer plus.

I. No seria perdida la del dinero, si tu lle-uasses adelante esse proposito, péro yo digo, que quien hi-zo, hara.

I. Ce ne seroit pas perte que celle de l'argent, si tu passois outre & conti-nuois en ceste resolutiõ, mais ie dis que qui a fait fera.

F. A lo menos mientras me durare el esco-zor, no jugaré mas.

F. Au moins tandis qu'il me cuira, ie ne ioüeray plus.

I. Esse no te durará mas que hasta llegar de a-qui a tu casa, o hasta que tégas mas dine-ros.

I. Cela ne te durera pas plus loing que d'icy à ta mai-son, ou bien iusques à ce que tu ayes de l'argent.

F. Pues yo para que quiero el dinero, ten-go de comprar casas o viñas con ello?

F. Et bien qu'ay ie affaire d'argent, en acheteray-ie des maisons ou des vignes?

I. Para embiar a tus pa-rientes, o para luzirte con ello.

I. Pour enuoyer à tes parēs, ou bien pour te faire bra-ue.

F. Luzirme o que? ma-los años, luzgame el puto de mi amo, pues se sirue de mi.

F. Voire dea, me faire bra-ueau diablezo, que mon bougre de maistre me face braue, puis qu'il se sert de moy.

I. Pues piensas que te ha de durar tu amo toda la vida.

I. Et penses-tu que ton maistre te dure toute ta vie.

F. Dure lo que duráre, como cuchar de pá, que quando eſte me falte, no faltara otro tan ruyn como el.

F. *Qu'il dure tant qu'il voudra comme vne cueilliere de pain, car quand ceſtuy-cy me manquera, i'en retrouueray bien vn autre auſſi chetif que luy.*

I. Y quando ſeas grande?

I. *Et quãd tu ſeras grand?*

F. Eſtonces ya ſabemos el paradero de los pajes, o a la guerra, o a vn monaſterio, o a la horca.

F. *Alors nous ſçauõs bien la fin des Pages, qui eſt ou à la guerre, ou à vn monaſtere, ou bien au gibet.*

I. Eſſe poſtrero yo le renuncio en ti.

I. *Pour ce dernier, ie te le quitte à toy.*

F. Pues penſays vos eſcaparos por ypocrita?

F. *Mais penſez vous en eſchaper pour hypocrite?*

I. Hermano, en mi linage nunca vuo ningun ahorcado, no quiero eſtrenarlo yo.

I. *Frere, iamais il n'y eut perſonne de pẽdu en ma race, ie n'en veux pas faire l'eſtreine.*

F. Eſtrenada os daran la ſoga; no os peneys por eſſo.

F. *On vous donnera la corde toute eſtrenee, ne vous en tourmentez pas.*

I. Pienſa el ladron que todos ſean de ſu códicion, yo hermano, no pienſo hazer obras por donde la merefca.

I. *Le larron penſe que tout le monde luy reſſemble, pour moy mon frere, ie ne penſe pas faire choſe pour quoy ie la gaigne.*

F. Mais

F. Pues no has oydo dezir, que el penſar no es ſaber, eſſo ſin péſar ſe verna antes que vna calongia.

I. Yo bien creo, que ſi yo trato mucho cótigo, que tu me procuraras pegar la tiña, porque vn puerco encenagado, ſiépre procura encenagar a otro.

F. Dizes verdad, que ſi el ladron anda con el Ermitaño, o el ladron ſera Ermitaño, o el Ermitaño ladró, péro tu nunca juegas?

I. Yo? no en mi vida.

F. Pues ten te bien no caygas, porque a fe que ſi caes, qué has de ſer como los borrachos, que comiençan tarde a ſerlo, que por eſquitarſe de lo que han dexado de beuer, nunca ſalen de cueros.

F. *Mais n'as-tu pas ouy dire, que penſer n'eſt pas ſçauoir, cela viendra ſans péſer pluſtoſt qu'vne chanoinerie.*

I. *Ie croy bien que ſi ie te hante beaucoup, que tu taſcheras de me donner la tigne, car vn pourceau qui eſt au bourbier, taſche touſiours d'y en mettre vn autre.*

F. *Tu dis la verité, car ſi vn larron häte vn Hermite, ou le larron ſe fera Hermite, ou l'Hermite larron: mais toy ne jouës tu iamais?*

I. *Moy? iamais en ma vie.*

F. *Or tiens toy bien que tu ne tombes, car en bonne foy, ſi tu viens à cheoir, tu feras cöme les yurongnes qui commencent ſur le tard à le deuenir, leſquels pour ſe recompenſer de ce qu'ils ont laiſſé de boire par le paſſé, iamais ne deſenyurent.*

G

*Ce mot de* cuero *signifie vne peau de bouc à mettre du vin ou de l'huile, & par metaphore veut dire, vn yurongne, que nous disons en François, sac à vin.* Estar en cueros *signifie estre tout nud & aussi estre yure,* cuero *simplement veut dire du cuir ou de la peau.*

| | |
|---|---|
| I. Si Dios me guarde mi juyzio, yo me guardare desse vicio. | I. Si Dieu me garde mon iugement, ie me garderay bien de ce vice. |
| F. Mas fuerte era rroya, y fue destruyda. | F. Troye estoit biẽ plus forte, & si elle est ruinee. |
| I. Dexemos esso agora, y dime, como te va con tu amo? | I. Laissons cela & me dis vn peu, comment te va-il auec ton maistre? |
| F. A mi muy bien, porque como es moço, galan y enamorado, son tres cosas que sacan de haron al mas cuerdo, y ansi todo se nos va en fiestas, vna librea oy, otra mañana, siempre en saraos, musicas y dãças, siempre en combites, que mal año para Lançarote, quãdo de Bretaña vino, si era tan bien tratado como nosotros. | F. Tresbien, car comme il est ieune, galand & amoureux, ce sont trois choses qui font marcher le plus sage homme du monde, & par ainsi nous sommes tousiours en feste, auiourd'huy vne liuree, demain vne autre, tousiours en bals, en musiques & danses, tous les iours en banquets, que maudit soit Lancelot, si quand il vint en Bretagne il estoit si bien traité comme nous sommes. |
| I. Si, pero a fe que creo, que tras buen bocado, dais buen grito. | I. Ouy, mais en bonne foy ie croy, qu'apres vn bon morceau, il y a bien dequoy crier. |

F. Porque dizes esso?

I. Porque me parece
que si vuestro amo
dança de la manera,
vosotros no aueys
de estar ociosos, sino
que aueys de çapa-
tear, porque en casa
del musico , todos
los criados son dan-
çantes.

F. Es verdad que esso a
cosadillos, nos trae
de dia con recaudos,
y de noche con ron-
das, pero con el buen
pesebre todo se pas-
sa, y no como tu que
estas siruiendo a vn
pelon , que te deue
matar de hambre.

I. No mata, porque yo
nunca tuue vida, des-
pues que estoy con
el.

F. No tiene buen ordi-
nario?

I. La lazèria es ordina-
ria en casa.

F. Pourquoy dis-tu cela?

I. Pource qu'il me semble
que si vostre maistre
danse de la façon , que
vous n'estes pas à rien
faire, mais qu'il vous
faut bien battre la se-
melle, car en la maison
du musicien , tous les
seruiteurs sçauent dan-
ser.

F. La verité est, que c'est
à des petites niaiseries,
de iour il nous enuoye
auec des messages, & de
nuict nous faict faire
des rondes, mais tout se
passe auec la bône man-
geoire, & non pas com-
me toy qui sers à vn ta-
quin , qui te faict mou-
rir de faim.

I. Il ne m'en fait pas mourir , car iamais ie n'ay
eu vie, depuis que ie suis
auec luy.

F. Ne tient-il pas bon ordinaire?

I. La chicheté est ordinaire
en la maison.

F. Que os da a comer?

F. *Que vous donne-il à manger?*

I. Esperanças y folias.

I. *Des esperances & des folies.*

F. Con esso estas tan gordo?

F. *Et auec cela es tu si gras?*

I. De los touillos si estoy.

I. *Ouy par la cheuille des pieds.*

F. Dale cantonada.

F. *Plante le moy là.*

I. Temo de encontrar otro peor, y no querria por huyr de la llama, dar en las brasas.

I. *I'ay peur d'en rencontrer vn pire, & ne voudrois pas pour fuir de la flamme, tomber dedans la braise. i. r'entrer de fieure en chaud mal.*

F. Haz te cuchillo de melonero, prouar muchos hasta hallar vno bueno.

F. *Fais toy cousteau de vēdeur de melons, qui est d'en taster plusieurs, iusques à tant qu'on en trouue vn bon.*

I. Luego cobra hombre mala fama, y le dizen, Piedra mouediza nunca moho la cobija, y todo el mūdo le da del cobdo.

I. *Vn homme acquiert incontinent vn mauuais bruit, & luy dit-on que, La pierre qui se remuë n'accueille point de mousse, & si tout le monde le dechasse.*

F. No sino dexaos secar como palo en sarmētera.

F. *Et bien demeurez là, & deuenez sec comme vn baston en vn buscher.*

I. A donde vas tu agora?

I. *Où vas-tu à ceste heure?*

F. A buscar a mi amo, y

F. *Chercher mon maistre,*

| | |
|---|---|
| temo que no le tengo de poder hallar. | mais i'ay peur de ne le pouuoir pas trouuer. |
| I. A donde le perdifte? | I. Où l'as-tu perdu? |
| F. Yo no le perdi, el fe perdio muchos dias ha. | F. Ie ne l'ay pas perdu, c'eſt luy-meſme qui s'eſt perdu il y a long temps. |
| I. Anſi yra vn perdido a buſcar otro perdido, como vn duelo buſca otro duelo, y vna necedad a otra, porque *Pares cum paribus facillimè congregantur.* | I. Et par ainſi vn perdu en ira chercher vn autre, comme vn malheur en cherche vn autre, & vne folie l'autre, car Pares cum Paribus facillimè congregantur. |
| F. Bédito fea Dios, que por tres blancas de gramatica que eſtudió ya no le cabe en el cuerpo, y no vee la hora que defembucharlo. | F. Loué ſoit Dieu, que pour trois deniers de Grammaire qu'il a eſtudié, ne peut tenir en ſon corps, & ne voit l'heure de le defgorger. |

*Deux* blancas *valent vn* marauedi, *& trente-quatre mara-uedis font vne reale de cinq fols, & quatre cens trente huiſt valent vn eſcu d'or, c'eſt à dire demie piſtole.*

| | |
|---|---|
| I. Digo hermano, que cada oueja con fu pareja, y vn femejante buſca a otro. | I. Ie dis frere, que chaque brebis auec ſa pareille, & vn ſéblable en cherche vn autre. i. chacun cherche ſon ſemblable. |
| F. Anſi tu amo como es miferable pelon, buſca vn ypocrita como tu, a quien con | F. Ainſi ton maiſtre comme il eſt chiche & taquin, cherche vn hypocrite comme toy, & ſi |

dezille que es mene-
ſter ayunar para yr al
cielo, te tiene en die-
ta perpetua, y cano-
niza por virtud, lo
que es miſeria fina.

*on luy dit qu'il faut*
*ieuſner pour aller au*
*ciel, il te tient en vne*
*perpetuelle diette, &*
*canoniſe pour vertu, ce*
*qui eſt pure miſere &*
*chicheté.*

I. No tienes razon, que
el no es auariéto, pe-
ro como dizen, Po-
breza no es vileza.

*I. Tu as tort, car il n'eſt pas*
*auaricieux, mais comme*
*l'on dit, Pauureté n'eſt*
*pas vilenie.*

F. No, mas es maeſtra
que enſeña como ſe
ha de hazer.

*F. Non, mais c'eſt la mai-*
*ſtreſſe qui enſeigne cō-*
*ment il la faut faire.*

I. Yo ſe, que ſi mi amo
tuuiéra la renta del
tuyo, que gaſtára
mas que el, lo qual el
nos dize que hará
muy cumplidamen-
te, ſi Dios le mejora
de eſtado.

*I. Ie ſçay, que ſi mō maiſtre*
*auoit le reuenu du tien,*
*qu'il deſpendroit plus*
*que luy, ce qu'il no° dit*
*qu'il fera magnifique-*
*ment, ſi Dieu luy fait la*
*grace d'accroiſtre ſes*
*moyens.*

F. De manera que eſſas
ſon las eſperáças que
comeys.

*F. Tellement que ce ſont là*
*les eſperances que vous*
*mangez.*

I. Mas vale que agua,
como dezia la vieja,
que mojaua el ſar-
miento en el rio, y le
chupaua.

*I. Cela vaut mieux que de*
*l'eau, comme diſoit la*
*vieille, qui trempait le*
*ſarment en la riuiere,*
*& puis le ſucçoit.*

F. Con eſſa comida no
dubdo dexeis de ſalir
buenos girifaltes al

*F. Auec ceſte mangeaille,*
*ie ne doute point que*
*vous ne deueniez bons*

cabo del año. gerfauts au bout de l'an.

*Deuenir bõ gerfaut, c'est à dire oftre bien leger pour mieux voler.*

I. Si, péro si bolamos tan alto, lleuarnos ha el viento, como haze a todos los que se sustentan de semejante manjar.

I. Ouy, mais si nous volons si haut, le vent nous emportera, comme il faict tous ceux qui se repaissent de telle viande.

F. Por vida de tu madre, que renta tiene tu amo?

F. Ie te prie, combien de reuenu a bien ton maistre?

I. Yo te lo diré, vn cuéto de mentiras, y otro de necessidades, y vn millon de necedades, y todo esto se gasta cada año, de suerte que viene a salir a rata por cantidád.

I. Ie te le diray, vn milion de menfonges, & autant de necessitez, & encor vn de fottrfes, & si tout cela fe deffend tous les ans, de forte que la defpenfe eft au prorata de fon reuenu.

F. Quantos cauallos tiene?

F. Combien de cheuaulx a-il?

I. Dize que cinco, con quatro que se le han muerto.

I. Il dit qu'il en a cinq, en comptant quatre qui luy font morts.

F. Quantos criados?

F. Et cõbien de feruiteurs?

I. Nones fon y no llegan a tres.

I. Ils font nompair, & ne font pas trou en tout.

F. De fuerte que tu folo le firues.

F. De forte que toy feul le fers.

I. Y aun me podrian agotar por vagamundo.

I. Et encor me pourroit-on bien fouetter pour vagabond.

G iiij

F. Pues como siendo solo, no tienes mucho en que entender?

I. Si tengo, en contar lastimas y calamidades.

F. Quanto tiempo ha que biues con el?

I. Quel muero con el, muchos dias ha.

F. Hermano hermano, quien se muda Dios le ayuda.

I. Si, mas a donde yra el buey que no áre, por dóde quiera veo cien leguas de mal camino.

F. Aqui viene Guzmanillo, veamos que nueuas trae, ha Guzman, que ay de nueuo?

G. Muchas cosas, el Turco, dizen que se ha tornado Moro, que Venecia nada en agua, y que Italia esta llena de hóbres, que en Francia ay mas de cien mil hóbres de guerra, y tábien se dize de se-

F. *Or comment estant seul, n'as-tu pas bien des affaires?*

I. *Ouy i'en ay, mais c'est à conter des miseres & calamitez.*

F. *Combien y a-il que tu demeures auec luy?*

I. *Il y a bien long temps que ie meurs auec luy.*

F. *Frere, frere, qui se change, Dieu luy ayde.*

I. *Ouy bien, mais où ira le bœuf qu'il ne laboure, par tout ie voy cent lieuës de mauuais chemin.*

F. *Voicy venir le petit Guzman, voyons quelles nouuelles il apporte, han Guzman qu'y a-il de nouueau?*

G. *Beaucoup de choses: on dit que le Turc est deuenu More, que Venise nage dans l'eau, & que l'Italie est toute pleine d'hommes, qu'en France il y a plus de cent mille hommes de guerre, & aussi dit-on en secret, que le Comte de*

creto, que el Conde | *Flandres a couché auec*
de Flandes a dormi- | *la Roine d'Eſpagne.*
do con la Reyna de
Eſpaña.

*Le Roy d'Eſpagne eſt Comte de Flandres, & ſeigneur de tous les*
*Pays bas.*

F. Todo eſſo ay de nue- | F. *Y a-il tout cela de nou-*
uo? | *ueau?*

G. Aora vinieron con | G. *Ces nouuelles viennent*
eſte correo eſtas nue- | *d'arriuer auec le cour-*
uas. | *rier.*

F. De luengas vias, lué- | F. *De longs voyages vien-*
gas mentiras ſuelen | *nent ordinairement des*
venir. | *longues menſonges.*

G. Lo que yo os he di- | G. *Ce que ie vous ay dit eſt*
cho, todo es tan ver- | *auſſi vray, comme il eſt*
dad, como ſer aora | *à ceſte heure iour.*
de dia.

F. Luego grandes guer- | F. *Il ſe prepare donc de*
ras ſe aparejan eſte | *grãdes guerres pour ceſt*
Verano. | *Eſté prochain.*

G. Los Pronoſticos di- | G. *Les Pronoſtiques diſent*
zen que eſte Verano | *que ceſt Eſté ceux qui*
los que biuieren, ve- | *viuront verront de*
ran grandes maraui- | *grãdes merueilles.*
llas.

F. Que marauillas ſerá? | F. *Quelles merueilles ſe-*
cuenta nos las. | *ront-ce? conte les nous.*

G. Dizen que el Sol ſera | G. *Ils diſent que le Soleil*
mayor que toda la | *ſera plus grand que toute*
tierra. | *la terre.*

F. Santo Dios, y eſſo ha | F. *O bon Dieu, cela ſeroit-il*
de ſer verdad? | *vray?*

G. Y que la Luna cada noche aparecera de ſu manera, que las eſtrellas, ſi no fuere por el Sol, no ternan reſplãdor ninguno, que los rios correrã a la mar, que arderan muchos mótes, que aurá grande mortandad de todo genero de ganados, y en todas las ciudades aurá vnos monſtruos, que echaran llamas por la boca, y los hombres que no comieren, lo que eſtos vomitarán, moriran.

G. Et que la Lune apparoiſtra toutes les nuicts d'vne autre façon, que les eſtoiles n'aurôt point de clarté ſi ce n'eſt par le moyen du Soleil, que les riuieres courront à la mer, que pluſieurs montagnes ardront, qu'il y aura grande mortalité de toutes ſortes de troupeaux, que par toutes les villes il y aura des mõſtres qui ietteront des flammes par la gueulle, & que les hommes qui ne mangeront, ce que ces monſtres vomiront, mourront tous.

Il n'y a point d'autre fineſſe en cecy ſinõ que l'on pourroit douter de ce qu'il veut dire par ces mõſtres, qui ne ſont autre choſe que les fours à cuire le pain. Par ce mot de ganados, qui ſignifie troupeaux, il faut entẽdre le beſtail que l'on tuera pour mãger.

F. Vala me Dios, yo pienſo que todo eſſo es mentira.

F. Dieu me ſoit en aide, ie penſe que tout cela n'eſt que menſonge.

G. Los Pronoſticos dizen, que el Sol y la Luna faltaran, antes que todas eſſas coſas falten.

G. Les Pronoſtics diſent, que le Soleil & la Lune defaudront, deuant que toutes ces choſes faillent.

F. Deſſa manera, todos los hombres morirã, porque quien ha de

F. De ceſte façõ tous les hommes mourront, car qui eſt-ce qui mangera

| | |
|---|---|
| comer lo que vomi-taran los monſtruos? | ce que vomirent ces mõ-ſtres? |
| G. Pues as tu comido vn aſno entero, y no co-meras de aquello? | G. As-tu mangé vn aſne entier, & tu ne mange-ras pas de celà? |
| F. Si yo ſoy aſno, vos ſoys mula. | F. Si ie ſuis vn aſne, vous eſtes vne mule. |
| G. Xo, que te eſtriego, que largas le nacieró a v.m. | G. Hohe, que ie t'eſtrille, à qu'elles vous ſont ve-nuës lõgues.i. les oreilles |
| F. Tan largos como ſus narizes. | F. Auſſi longues comme voſtre nez. |

*Il le taxe icy de Iuif, d'autant que les Iuifs ont ordinairement le nez long, comme les aſnes ont de longues oreilles.*

| | |
|---|---|
| G. Va a ver a tu tia her-mano. | G. Vat'en voir ta tante frere. |
| F. No, que ya vi a tu madre en la pelleje-ria. | F. Non, non, car i'ay déſia veu ta mere en la pellet-terie. |
| G. Harrallâme eſſe queſo. | G. Ha, gratte moy ce fro-mage. |
| F. Harrallâme eſſe aſ-no. | F. Haſte moy cet aſne. |

*L'equiuoque de ce mot Harallame, ne ſe peut faire en François, mais en Eſpagnol elle a bonne grace, & faut pour biē l'enten-dre partir le mot en deux doublemēt, à ſçauoir en ha & ralla-me, qui viēt de rallar, & veut dire grater & eſgratigner, & puis en harre & alla, qui ſignifie, hay auant, comme l'on dit ordinairemēt aux aſnes, & de là ſe forme harrear aſnos, chaſ-ſer & haſter les aſnes: Nous auons auſſi en François ce mot de harry, qui ſert à ce meſme effect.*

| | |
|---|---|
| G. Toda la vida as de comer ſin plato? | G. Mangeras-tu toute ta vie ſans plat ou aſſiette? |
| F. Toda la vida as de comer tu cabron? | F. Et toy mangeras-tu tou-te ta vie du bouc? |

G. O Dios te bendiga la bella alimaña.

G. O Dieu te gard la belle beſte.

F. O Dios te deſpache deſte mundo para el otro.

F. O que Dieu te depeſche de ce monde pour aller à l'autre.

G. Dizen me que es v. m. gran comedor de hueuos aſſados.

G. L'on m'a dit que vous eſtes grãd aualleur d'œufs cuits à la braiſe.

F. Tambien me han dicho a mi, que v. m. come muy bien bacallao.

F. On m'a dit auſſi, que vous mangez fort bien de la moruë ſeiche, ou du merlus.

G. O ſi todos los aſnos truxeran albardas, que buen oficio era el de los albarderos.

G. O ſi tous les aſnes portoient des baſts, que ce ſeroit vn bõ meſtier que celuy de bourrelier.

F. Si eſſo fuera anſi, vna mas ternia de coſta vueſtro ámo cada mes.

F. Si cela eſtoit ainſi, il en couſteroit à voſtre maiſtre tous les mois vn d'auantage.

G. Si del necio ſe vuiera de pagar alcauála, quanto ganáran los alcaualeros con v. m?

G. Si l'on payoit vn impoſt pour la ſottiſe, combien gaigneroïet les fermiers auec vous?

F. En eſſa hazienda nadie podria tratar, porque dizque es patrimonio de v. m.

F. Perſonne ne ſçauroit diſpoſer de ce bien là, parce que l'on dit que c'eſt de voſtre patrimoine.

G. Todo es de vn pedaço v. m.

G. Vous eſtes tout d'vne piece.

F. Si, péro es de aguijon para picar a v. m.

F. Ouy biẽ, mais c'eſt d'vn aiguillon pour voˀ piquer.

G. Mas no creo que es, | G. *Mais ie croy que non,*
sino de atun de hija- | *ains pluſtoſt vn mor-*
da. | *ceau de Thon du flanc.*

*Le Thon eſt vn poiſſon fort delicat, & principalemens la partie*
*de flancs.*

F. Si de atun fuera, ya v. | F. *Si i'eſtois de thon, vous*
m. vuiera arremeti- | *vous ſeriez deſia rué*
do a la pieça, como | *ſur la piece, comme l'aſ-*
el aſno a la ceuada. | *ne à l'orge.*

G. Parece me hermano, | G. *Il me ſemble frere, qu'e-*
que aunque tu en- | *cor que tu ſois entré à la*
traſte en la Corte, | *Court, que iamais la*
nunca la Corte en- | *Court n'a entré en toy.*
tro en ti.

F. En la de los puercos | F. *De celle des pourceaux*
concedo, porque co- | *ie l'accorde, car eſtant*
mo es tu iuridicion, | *de ta iuriſdiction, on ne*
no ſe haze en ella, ſi- | *fait en icelle, ſinon ce que*
no lo que tu ordenas | *tu ordonnes.*

G. Por vida tuya que | G. *Ie te prie dis moy, com-*
me digas, quantos | *bien as tu de degrez de*
curſos tienes de ne- | *ſot?*
cio?

F. Los miſmos que vos | F. *Les meſmes que vous de*
de majadero. | *lourdaut.*

G. Yo pienſo que eres | G. *Ie penſe que tu es deſia*
ya doctor en ynſen- | *docteur en inſenſé.*
ſato.

F. Y vos eſtays gradua- | F. *Et vous vous eſtes gra-*
do por caualleriza. | *dué pour l'eſcuirie.*

G. Adios hermano, y | G. *Adieu frere, & rongez*
roe bien eſſos gran- | *bien ces vannures ou*
çones. | *criblures.*

F. Y rumiad vos como buen cabron eſotros.

I. Par diez, bueno te ha parado el amigo.

F. Amigo ſera el de vna taça de vino.

I. Éſte es de los que aconſejaua el oſſo, que hizieſſemos poco caſo

F. Como es eſſe cuento?

I. Cuenta Eſopo, que vna vez dos amigos yuan camino a pie, por vn monte, y ſalió a ellos vn oſſo: el vno echando mano a ſu eſpada, ſe quiſo defender a ſi y a ſu compañero, al qual dixo que hizieſſe lo miſmo, paraque ni el vno ni el otro murieſſen. El compañero que tenia mas cuenta con ſu ſalud, que con la del otro, atreuioſe antes a ſus pies que a ſus manos, y no curádo del cópañero, dio a huyr a vn arbol alto que alli vido, y ſe ſubio en el, dóde eſtuuo ſeguro del peligro. El

---

F. Et vous, ruminez comme bon bouc ces autres.

I. Par dienne, l'amy t'a biẽ accouſtré va.

F. Amy eſt-il d'vn verre de vin.

I. Ceſtui-cy eſt de ceux que l'ours cõſeilloit, que nous fiſſions peu de cas.

F. Comment dit le conte?

I. Eſope racõte qu'vne fois deux amis alloient en voyage à pied, & paſſans par vne foreſt, rencontrerent vn Ours: l'vn deux mettant la main à l'eſpee, voulut defendre ſoy & ſon cõpagnon, auquel il dit qu'il fiſt de meſme luy, afin que ni l'vn ni l'autre ne fuſſent en danger de mourir. Le cõpagnon qui auoit plus d'égard à ſa ſeurté, qu'à celle de l'autre, ſe fia plus à ſes pieds qu'à ſes mains, & ne ſe ſouciant pas de ſon compagnõ, s'enfuit vers vn arbre biẽ hault qu'il veit là, & mõta deſſus, ſe rendant par ce moyen aſſeuré du dãger. L'autre compagnon voyant

otro cõpañero viẽdo
que el ſolo no ſe po-
dia deféder del oſſo,
ſedexo caer en tierra
haziẽdo mueſtras de
que eſtaua muerto,
retenia el huelgo y
no reſſollaua, miẽtras
el oſſo llegó y le olió
todo, las narizes y la
boca y los oydos, y
penſando que eſtaua
muerto, ſe fue de alli
ſin hazerle ningũ da-
ño. el que eſtaua enel
arbol, viſto que el oſ-
ſo era ydo, baxo del y
pregunto a ſu cõpa-
ñero, que era aque-
llo que el oſſo le auia
dicho al oydo: El o-
tro le reſpódio; dezia
me que con tan ruy-
nes compañeros co-
mo vos, nũca hizieſſe
camino otra vez.

F. Reſpondio muy diſ-
cretamente, y ſi yo lo
ſupiera antes, vuiera
le cõtado eſſe cuẽto,
a eſtotro mierda en
paliſlo, que piéſa que
ſabe mas que Bártu-
lo ni Baldo.

que luy ſeul ne ſe pou-
uoit defendre de l'ours,
ſe laiſſa cheoir en terre,
faiſant ſemblant d'eſtre
mort, retint ſon haleine
& ne reſpira point, tan-
dis que l'ours s'appro-
cha de luy, & le flaira
par tout, le nez, la bou-
che & les oreilles: &
penſant qu'il fuſt mort,
il s'en alla de là ſans luy
faire aucun mal ni dom-
mage. Celuy qui eſtoit
deſſus l'arbre, voyant
que l'ours s'en eſtoit al-
lé, deſcendit & deman-
da à ſon compagnõ, que
c'eſt que luy auoit dit
l'ours à l'oreille: l'autre
luy fit reſpõſe, il me diſoit, que ie ne me miſſe
point en voyage vne
autre fois, auec vn ſi
mauuais compagnon
que vous.

F. Il reſpondit fort diſcre-
tement, & ſi ie l'euſſe
ſceu pluſtoſt, i'euſſe fait
le conte, à cet autre petit
merde au baſton & foi-
reux, qui penſe ſçauoir
d'auantage que Bartolo
ni Balde.

I. Por cierto el tuuo de-
maſiada razon, a mo-
tejarte de necio, pues
eſtuuiſte tan torpe,
que no entendiſte
ſus prenoſticos y a-
diuinanças.

F. Pues tu entiendes las
mejor?

I. yo, entiendolas como
el las dixo.

F. Pues yo bié creo que
entiendo Romance,
y el en Romance ha-
blaua, que no en Al-
garauia.

I. Pues quieres ver co-
mo debaxo del ſayal
ay al: y que aunque
te habló en Eſpañol,
es Algarauia de Al-
lende para ti.

I. Certes il a eu trop de
raiſon de t'appeller ſot
& niais, puis que tu as
eſté ſi lourdaut, que tu
n'as pas entendu ſes
pronoſtications & de-
uinemens.

F. Et toy, les entends-tu
mieux.

I. Moy, ie les entens comme
il les a dites.

F. Et moy ie penſe bien entendre Eſpagnol, & luy
parloit en Eſpagnol, &
non pas en langage de
Mores ou Arabeſque.

I. Or veux-tu voir com-
ment ſous le buuail il y
a quelque choſe: & qu'é-
cor qu'il t'ait parlé Eſ-
pagnol, que c'eſt du plus
fin Arabeſque pour toy.

Ce prouerbe Debaxo del ſayal ay al, veut dire, que ſous vn pauure manteau de bure il y a quelquefois de la ſcience ou ſageſſe
cachee: le Latin dit Sub ſordido palliolo ſæpè latet ſapien-
tia. C'eſte particule al eſt ruſtique, & vaut autant que algo,
qui ſignifie, quelque choſe. Allende, c'eſt le pays d'Affrique
qui eſt de là la mer, allende ſignifie de l'autre coſté.

F. Ya lo deſſeo ver co-
mo es.

I. Pues lo primero que
dixo que el Turco ſe
ha tornado Moro, es
lo el, de profeſſion y

F. I'ai grand deſir de
voir comme c'en eſt.

I. Or le premier qu'il a dit
que le Turc s'eſt faict
More, il l'eſt de profeſ-
ſion & de loy, & l'a
touſiours

de key, y suelo siempre : todos siguen la sera de Mahoma. Que Venecia nada en agua, es verdad que está fundada en la mar : que Italia esta llena de hóbres, tambien es verdad como Inglaterra lo está. Tambien que en Francia ay mas de cien mil hombres de guerra : quien no lo sabe? que quando el Rey quiera, podra sacar della mas de dozientos mil.

F. Todo esso bien lo entiendo yo, péro lo demas, come se puede entender, que el Conde de Flandes aya domido con la Reyña d'España, y no se anda el mundo en guerras?

I. Pues bouo, no sabes tu, que el Conde de Flādes y el Rey d'España, es todo vna propria persona?

F. Iuro a tal que tiene

tousiours esté; ils suiuēt tous la secte de Mahommes. Que Venise nage en l'eau, c'est la verité qu'elle est fondee en la mer : Que l'Italie est toute pleine d'hommes, il est aussi veritable cōme Angleterre l'est. Aussi qu'en France il y a plus de cent mile hommes de guerre, qui est celuy qui ne le sçait? car quand le Roy voudra, il pourra tirer d'icelle plus de deux cents mile bons soldats.

F. I'entens bien tout celà, mais le reste comment se peut-il entendre, que le Comte de Flandres ait couché auec la Royne d'Espagne, & que tout le monde ne soit en guerre?

I. Hé sot, ne sçais-tu pas que le Comte de Flandres & le Roy d'Espagne, n'est qu'vne mesme personne?

F. Ie te iure qu'il a raisõ,

razon, que no auia yo caydo en ello.

I. Pues lo de mas que dize, que el Sol es mayor que roda la tierra, es muy gran verdad, ſegun demóſtraciones Aſtrologicas, que yo con ſaber poco, te las pudiera dar a entender, ſi vuiera lugar. Que la Luna aparecera cada noche de ſu manera, eſſo tu lo vees cada, dia con ſus creſientes y menguantes, nunca eſtá vna noche como eſtuuo otra. Pues que arderan muchos montes, tambien es verdad, que ay enel mundo muchos que llaman Bolcanes, como el de Sicilia, que ſiempre eſtá ardiendo. Que moritá mucho ganado, quien lo ygnora? que lo han de matar los hombres para comer.

F. Todo eſſo entiende

car ie n'auois pas compris cela.

I. Et au reſte qu'il dit que le Soleil eſt plus grand que toute la terre, il n'y a rien plus vray, ſelon les demonſtrations Aſtrologiques, que moy, encor que ie m'y cognoiſſe bien peu, te les pourrois faire entendre s'il y auoit lieu. Que la Lune ſe monſtrera toutes les nuicts d'vne autre façon, tu le vois chaque iour, auec ſes croiſſans & decours, iamais elle n'eſt vne nuict comme l'autre. Or que pluſieurs montagnes bruſleront, auſſi eſt ce la verité, qu'il y en a au mõde pluſieurs que l'on appelle Vulcains, comme celuy de Sicile, qui ard touſiours. Qy'il mourra force beſtail, qui eſt ce qui l'ignore? car les hõmes en tueront grande quantité pour manger.

F. I'enteps bien tout cela,

bien, péro aquello de los monſtruos, que echaran llamas por la boca, y que hemos de comer lo que ellos vomitaren, no puedo yo penſar que ſea.

I. Eſſo es mas facil que eſotro, porque aquellos monſtruos, ſon los hornos a do ſe cueze el pan, que echan llamas, y por la boca vomitan el pan que comemos.

F. Aora digo que tienes razon, y qué yo eſtaua en bábia, y que puede vn necio, có vna necedad forjada en ſu imaginacion, dar en que entender a cien ſabios.

I. Aſſi le aconteció al Poeta Homero, que como con la vejez eſtuuieſſe ciego, y ſe anduuieſſe paſſeando por la orilla de la mar, el oyo hablar a ciertos peſcadores que en aquel punto

*mais pour le regard de ces monſtres, qui ietteront des flammes par la bouche, & que nous mãgerons ce qu'ils vomirõt, ie ne me peux imaginer que c'eſt que cela.*

I. *Cela eſt encor plus aiſé que l'autre: car ces monſtres ce ſont les fours où l'on cuit le pain, qui iettent les flammes, & vomiſſent par la gueule le pain que nous mangeons.*

F. *Or ie te dis que tu as raiſon, & que i'eſtois biẽ trãſporté, & qu'vn ſot peut auec vne ſottiſe forgee en ſon imagination, dõner bien dequoy faire à cent ſages.*

I. *Ainſi en auint-il au Poete Homere, lequel cõme en ſa vieilleſſe il fuſt aueugle, & allant vn iour promener ſur le bord de la mer, il ouye parler certains peſcheurs qui à ceſte heure là s'eſpluchoiẽt, & cõme il leur*

se eſtáuan eſpulgan-
do, y cómo les pre-
guntaſſe que peſca
hazian, ellos enten-
diendo por los pio-
jos, le reſpondieron;
los que tenemos buf-
camos, y los que no
tenemos, hallamos.
Pues como el buen
Homero no vieſſe lo
que ellos hazian, y
por eſta cauſa no en-
tendieſſe la enigma,
fue tanto lo que fa-
tigo ſu imaginacion
y entédimiento, por
entenderla y alcan-
çar el ſecreto della,
que fue baſtante eſta
peſadumbre a ha-
zerle morir.

demandaſt quelle peſ-
che ils faiſoient: eux en-
tendans qu'il diſt des
poux, luy reſpondirent:
*Ceux que nous auons
nous les cherchons*, & 
*ceux que nous n'auons
pas, nous les trouuons.
Or comme le bon Ho-
mere ne veiſt point ce
qu'ils faiſoient, & qu'à
ceſte raiſon il n'enten-
diſt pas l'enigme, il ſe
trauailla tant l'imagi-
nation, & l'entendemét
pour l'entendre, & com-
prendre le ſecret d'icel-
le, que ceſte faſcherie
fut ſufffſante pour le
faire mourir.*

*La ſubtilité de cet Enigme n'eſt pas grande, ainſ faut entendre
ſeulement par los que tenemos, ceux que nous auons en nos
habits: & par, los que no tenemos, ceux que nous n'auons
pas en nos mains.*

F.    Ello hizo no como
ſabio, ſino como
muy gran necio, en
matarſe por lo que
no podia alcançar.

*F. Il fit cela non pas comme
ſage, mais comme vn
grand ſot, de ſe tuer
pour vne choſe qu'il ne
pouuoit ſçauoir.*

I. Yo bien creo que no
moriras tu deſſe a-
chaque.

*I.    Ie croy bien que tu ne
mourras pas de ceſte ma-
ladie.*

F. No hermano, que no
pare ya mi madre, y
yo contentome con
lo que buenamente,
y sin mucho trabajo
puedo alcançar.

I. Pues quien no es mas
que otro, no merece
mas que otro : y quié
no sabe no vale : y
quien ruyn es en su
villa, ruyn es en Se-
uilla: y quien adelan-
te no mira, a tras se
halla.

F. Yo hermano, quiero
andar por do anda el
buey , y assentar el
pié llano , no tomar
de las cosas, mas de
aquello que me die-
ron, y porque quie-
ro del mundo gozar,
quiero oyr, ver y ca-
llar.

F. Non certes frere , car
ma mere ne faict plus
d'enfans, & moy ie me
contente de ce que bon-
nement , & sans beau-
coup me trauailler ie
peux auoir.

I. Or qui n'est pas plus
qu'vn autre, ne merite
pas plus qu'vn autre,
& celuy qui ne sçait
rien ne vaut rien : &
qui est meschant en sa
ville , est meschant en
Seuille : & qui ne re-
garde deuant soy , se
trouue en arriere.

F. Pour moy mon frere , ie
veux aller par où va le
bœuf, & asseoir mõ pied
de plat, ne prẽdre point
des choses, plus que ce
que l'on m'en a donné,
& parce que ie desire
iouyr du mõde , ie veux
ouyr, voir & me taire

Fin del quinto
Dialogo.

Fin du cinquiesme
Dialogue.

DIALOGO SEX-
to, que passó entre
dos amigos Yngle-
ses y dos Españoles,
que se juntaron en la
Lonja de Londres:
enel qual se tratan
muchas cosas curio-
sas y de gusto: son los
Yngleses, Egidio y
Guillermo: los Espa-
ñoles, Diego y A-
lonso.

EGIDIO.

Q Ve hazeys Guil-
lermo?

G. Ya lo veys Egidio.

E. Como estays tan o-
cioso?

G. *Quia nemo me condu-
xit.*

E. Pues yo os cóbido, a
vn rato de buena có-
uersacion.

G. A donde?

E. Venidos comigo, no
yreis a donde yo os
lleuaré?

G. Si me lo dezis prime-
ro, porque yr hom-
bre, sin saber adon-
de, seria necedad.

DIALOGVE SIXIES-
me, *qui se passa entre
deux amis Anglois &
deux Espagnols, lesquels
s'assemblerent en la
Bourse ou au Change de
Londres: auquel se trai-
te de plusieurs choses
curieuses & de conten-
tement: les Anglois ôt,
Egidius & Guillaume:
les Espagnols, Diego &
Alphonse.*

EGIDIVS.

Q Ve faites-vous
Guillaume?

G. *Vous le voyez Egidius.*

E. *Comment estes-vous si
à de loisir?*

G. *Quia nemo me con-
duxit.*

*C'est à dire, parce que personne ne m'a loüé.*

E. *Or ie vous semonds, à
venir passer vn peu de
téps en bône conuersation.*

G. *Et où là?*

E. *Venez vous en auec
moy, n'irez-vous pas où
ie vous meneray?*

G. *Ouy biē, si vo² me dites
premierement où c'est,
car d'aller sans sçauoir
où, ce seroit vne folie.*

E. Luego no hazeis cõ-
fiança de mi?

G. Si hago, mas no ſa-
beys , que no todos
los humores ſon v-
nos, y que podra ſer,
lo que a vos os da
guſto, enfadarme a
mi?

E. Si pero yo conoſco
ya vueſtro humor, y
me acomodo con el.

G. Con todo eſſo , de-
zidme adonde me lle-
uays.

E. Vamos a la Lonja , a-
donde me eſtán eſpe-
rádo dos amigos Eſ-
pañoles, muy diſcre-
tos , guſtareys de ſu
buena cõuerſacion.

G. Hablan Ingles?

E. Vn poquito , pero
pues vos entendeys
bien Eſpañol , y yo
tambien, no impor-
ta.

G. Huelgo me de yr,
aunque no ſea , mas
de por aprender, al-
gunos buenos fráſis
Eſpañoles.

E. *Ne vous fiez vous dõc
pas à moy?*

G. *Si fais bien , mais ne
ſçauez-vous pas , que
toutes les humeurs ne
ſont pas ſemblables , &
qu'il ſe pourra faire que
ce qui vous donnera du
contentement , me deſ-
plaira à moy?*

E. *Ouy, mais ie cognoy deſia voſtre humeur , &
m'accõmode biẽ à icelle.*

G. *Pour tout cela, dites
moy où vous me menez.*

E. *Allons au Change , là
ouil y a deux de mes a-
mis Eſpagnols qui m'a-
tendent : ils ſont fort
diſcrets , & prendrez
plaiſir en leur cõpagnie.*

G. *Parlent-ils Anglois?*

E. *Vn petit, mais puis que
vous entendez biẽ l'Eſ-
pagnol & moy auſſi , il
n'importe pas.*

G. *Ie ſuis bien aiſe d'y aller , encor que ce ne ſoit,
que pour apprẽdre quel-
ques bonnes phraſes Eſ-
pagnolles.*

H iiij

E.  Eſſos ſe yo que los tienen buenos, porque ſon de Toledo, dóde es el primor de la lengua Eſpañola.

E.  Ie ſçay qu'ils les ont fort bonnes, parce qu'ils ſont de Tolede, là où eſt l'excellence de la langue Eſpagnolle.

G.  Son por ventura aquellos, que ſe andan alli paſſeando?

G.  Sont ce point d'auanture ceux-là, qui ſe promenent là loing?

E.  Los propios, vamos alla : Dios guarde a vueſas mercedes.

E. Ce ſont-ils eux meſmes, allons à eux. Dieu vous ſauue & gard meſſieurs.

D.  Y venga con vueſas mercedes.

E. Et vous auſſi meſſieurs.

E.  Paſſe adeláte la conuerſacion, de que ſe trataua aóra?

E.  Pourſuiuez voſtre diſcours , dequoy parliez vous à ceſte heure?

D.  No parece ſino que la entédiſtes, que reſpondiſtes a ella , ſin daros el pié.

D. Il ſemble que vous l'ayez entendu , car vous y auez reſpondu, ſãs vous donner le pied. i. ſans vous ayder.

A.  Tratauamos de las ſalutaciones que ſe vſan en Inglatierra, y de las que ſe vſan en Eſpaña.

A. Nous parlions des ſalutations qui s'vſent en Angleterre, & de celles que l'on vſe en Eſpagne.

G.  Quales ſon mejores?

G. Quelles ſont les meilleures?

A. Cierto en eſto adonde quiera ay abuſos, quando dize el Eſpañol , Dios os guarde; en hora buena eſ-

A.  Certainemen t en cela il y a par tout de l'abus, quand l'Eſpagnol dit, Dieu vous gard : à la bonne heure ſoyez vous:

teys : Dios os de fa-
lud: y el Yngles, bue-
nas tardes y otras fe-
mejantes, yo aprue-
uola por buena falu
tacion.

G. Pues el mundo la re-
prueua, y tienen por
tofcos a los que la
vfan.

A. Y aun por effo fe di-
ze, que anda el mun-
do al reuez, y no ay
mejor feñal de que
ello es bueno, de ver
que el mundo lo re-
prueua.

G. De las demas faluta-
ciones que os pare-
ce?

A. De las demas digo,
que quando el Yn-
gles pregunta al o-
tro como eftáys, di-
ze vna grá necedad,
y quando el Efpañol
dize befo os las ma-
nos, dize vna gran
mentira.

G. Menefter es que
deys razon de vueftra
nueua opinion.

A. Aóra dezidme por

*Dieu vous tiene en fan-*
*té: & l'Anglois, Bon*
*foir, ou bon vefpre, &*
*autres femblables, ie la*
*tiens pour vne bonne*
*falutation.*

G. *Mais le monde ne l'ap-*
*prouue pas, & tient-on*
*pour groffiers ceux qui*
*en vfent.*

A. *C'eft auffi pourquoy*
*l'on dit, que le monde va*
*à rebours, & n'y a point*
*de meilleure marque*
*qu'elle foit bonne, finon*
*de voir que l'on la re-*
*prouue.*

G. *Des autres falutations*
*que vous en femble-il?*

A. *Quant aux autres ie*
*ie vous dis, que quãd vn*
*Anglois demande à vn*
*autre, Comment vous*
*va, qu'il dit vne grande*
*fottife, & lors que l'Ef-*
*pagnol dit, Ie vous baife*
*les mains, il dit vne*
*grande menfonge.*

G. *Il faut que vous rediez*
*raifon de voftre nouuel-*
*le opinion.*

A. *Or dites moy par ve-*

vueſtra vida, no os parece necedad, a el que vos veys bueno, preguntarle como eſtá?

**G.** Teneys razon, péro podria tener algun mal ſecreto, que no ſe le eche de ver.

**A.** Entonces que remediays vos, con preguntarle como eſtá: No ſeria mejor, rogar a Dios que le de ſalud, como haze el otro?

**G.** Aora dezid lo del Eſpañol.

**A.** El Eſpañol, digo que dize mas mentiras entre año en eſte caſo, que reales da por Dios, porque dezir a el que encuentra, beſo las manos a v.m. ſi habla de preſente, bien vemos que miéte, pues no ſe las beſa; ſi de futuro, tambien, porque bien ſabemos, que quando el otro quiſieſſe darſelas, por muy amigo

---

ſtre foy, ne vous ſemble il pas que ce ſoit folie, de demãder à vn que vous voyez bien ſain, comment il ſe porte?

**G.** Vous auez raiſon, mais il pourroit auoir quelque mal ſecret, dont on ne s'appercevroit pas.

**A.** Et alors dequoy ſert de luy demander comment il ſe porte: ne ſeroit il pas meilleur de prier Dieu qu'il luy donnaſt ſanté, comme l'autre fait?

**G.** Dites maintenant de l'Eſpagnol.

**A.** Ie dis que l'Eſpagnol dit plus de menſonges auaulx l'annee en ce cas là, qu'il ne donne de réales pour l'amour de Dieu: car de dire à vn qu'il rencontre, Ie vous baiſe les mains, s'il parle de preſent, nous voyõs bien qu'il ment, puis qu'il ne les lui baiſe pas: ſi du futur, tout de meſme, car nous ſçauons bien que quand l'autre les luy voudroit bailler,

que fuesse, no se las querria el besar.

G. Si, péro parece que es vna manera de reconocimiento de superioridad, a el que se dize.

A. Assi es, péro esse reconocimiento no esta mas que en la léngua, porque el Refran dize: Manos besa hombre, que querria ver cortadas.

G. Yo os dire lo que sucedio al proposito, a vn Cauallero viejo Español, con otro moço, y fue que como el moço por buena criança le dixo al viejo, Suplico a v.m. me de las manos, que se las quiero besar: el viejo cōfiado en su anciania, las alargo paraque se las besasse, el otro ya arrepentido se las asio con las suyas, y con muy buē donayre le dixo; Señor, yo, y v.m. para otros dos

pour grand amy qu'il fust, il ne les luy voudroit pas baiser.

G. Ouy bien, mais il semble que ce soit vne maniere de recognoissance de superiorité, à celuy à qui on le dit.

A. Il est ainsi, mais ceste recognoissance n'est seulement qu'en la langue, car le Prouerbe dit: L'on baise bien souuent des mains, qu'on voudroit voir coupees.

G. Ie vous diray ce qui arriua à ce propos à vn vieil Cheualier Espagnol auec vn autre ieune: ce fut que comme le ieune par courtoisie dist au vieillard: Ie vous supplie Monsieur de me bailler vos mains pour les baiser. Le vieillard se fiant à sa vieillesse, les luy tendit afin qu'il les luy baisast, mais l'autre se repentant, les prit auec les siennes, & de fort bōne grace luy dit: Monsieur, vostre seigneurie & moy pour deux autres.

G. El moço anduuo di-
screto en hazerlo an-
si, y el viejo necio,
porque bien sabe-
mos, que palabras de
buena criança no o-
bligan.

G. *Le ieune fut fort discret*
*en cela, & le vieillard*
*estoit vn sot, car nous*
*sçauons bië, que des pa-*
*roles de courtoisie n'o-*
*bligent pas.*

D. Ansi es verdad, que
essa cerimonia de
besar la mano, solo
la deue el vassallo al
señor.

D. *C'est la verité, car ceste*
*ceremonie de baiser la*
*main, le seul vassal la*
*doit au Seigneur.*

A. Essa sola saluaguar-
dia tiene nuestra co-
stumbre, que con de-
zir beso a v. m. las
manos, parece que
es dezir, reconosco
a v. m. por mi señor,
y a mi por vuestro
vasallo.

A. *Nostre coustume a ce-*
*ste seule sauuegarde,*
*qu'en disant, ie vous*
*baise les mains, il sem-*
*ble que l'on dise: Ie vous*
*recognois pour mon sei-*
*gneur, & moy pour vo-*
*stre vassal.*

E. Y que os parece de
esta costumbre que
tenemos en Ingla-
tierra, de asirnos las
manos vnos a otros?

E. *Mais que vous semble*
*de la coustume que nous*
*auons en Angleterre, de*
*nous prendre les mains*
*les vns aux autres?*

A. Dos manos asidas,
siempre fue simbolo
de amistad, pero dar
los tirones, que a-
qui se dan vno a o-
tro, tengolo por po-
ca grauedad, y no se

A. *Deux mains iointes*
*ont tousiours esté le sim-*
*bole d'amitié, mais de*
*les tirer l'vn à l'autre*
*comme l'on faict icy, ie*
*tiens cela pour peu de*
*grauité, & ne sçay si ie*

fi diga por liuian-
dad.

E. Antes parece, que a-
quello es por mas
confirmacion de la
amiftad.

A. Effa confirmacion
ha de fer có obras, y
no con ademanes ni
tirones, quanto mas
que deue de auer mu
chos, que con la m -
no afida y tirádo, de-
uen de eftar con el
coraçon matandole.

G. Que dezis de la o-
tra, de befar los hó-
bres a las mugeres
publicamente?

A. Effa coftumbre tuuo
fu principio en Ro-
ma, enel tiempo que
ella florecia, aunque
fe inuentó a diferen-
te propofito, del que
aora fe vfa.

G. A que fin la inuen-
taron?

A. Los Romanos abo-
recian tanto el vino
en las mugeres, que
tenian ley en que có
denauan a muerte, a

*dois dire pour vne lege-*
*reté.*

g. *Mais pluftoft il femble,*
*que c'eft pour plus gran-*
*de confirmation de l'a-*
*mitié.*

A. *Cefte confirmation doit*
*eftre par les œuures, &*
*non pas par geftes ni ti-*
*remens, & combié plus*
*qu'il y en doit auoir*
*plufieurs, qui tenant*
*ainfi la main empoignae*
*& la tirät, vous tuent*
*auec le cœur.*

G. *Que dites vous de cefte*
*autre, que les hommes*
*baifent les femmes pu-*
*bliquement?*

A. *Cefte couftume prit fon*
*commencemët à Rome,*
*au temps qu'elle florif-*
*foit, encor qu'elle s'inuë-*
*ta pour vn fujeEt diffe-*
*rent de celuy, qui main-*
*tenant eft en vfage.*

G. *A quelle fin l'inuente-*
*rent-ils?*

A. *Les Romains abbor-*
*roient tellement le vin*
*aux femmes, qu'ils a-*
*uoient vne loy par la-*
*quelle ils condamnoient*

la que lo beuia, y porque no lo pudieſ-ſehazer eſcódidamé-te, renian licencia ſus parientes de beſarla, para que por el olfa-to conocieſſen, ſi lo auia beuido.

G. Si aora ſe vuieſſen de matar todas las que lo beuen, yo veo que quedáramos ſin mu-geres.

E. No creo que fuera muy gran pérdida, ſegun nos ſon cauſa de males.

G. Yo para mi tengo, que la mayor cauſa de la diſolucion, en algunas mugeres de Inglatierra, es eſta coſtúbre de beſallas en publico, porque con eſto pierden la verguença, y al roca-miento del beſo, les entra vn veneno que las inficiona.

A. Antes que ſe intro-duxeſſe eſta coſtúbre en Roma, cuéta Tito Liuio, que deſterraró

à mort celle qui en beu-uoit, & afin qu'elle ne le peuſt faire en cachet-te, il eſtoit permis aux parens d'elle de la bai-ſer, afin que par le ſen-timent ils cogneuſſent ſi elle en auoit beu.

G. S'il falloit à ceſte heure faire mourir toutes cel-les qui en boiuent, ie pre-uoy que nous demeure-rions ſans femmes.

E. Ie croy que ce ne ſeroit pas grande perte, ſelon les maux qu'elles nous cauſent.

G. Pour moy ie tien, que la principale cauſe de la diſſolution, en quelques femmes d'Angleterre, eſt ceſte couſtume de les baiſer publiquement, d'autāt que par ce moyē elles perdent la honte, & à l'attouchement du baiſer il leur entre vn venin au dedās qui les infecte.

A. Deuant que ceſte cou-ſtume fuſt introduicte à Rome, Tite-Line racon-te, que l'on bānit d'icelle

della a vn Senador, | vn Senateur, persõnage
perſona de mucha | de grãde qualité, ſeule-
cuenta, ſolo porque | ment pource qu'il baiſa
beſo a ſu muger, de- | ſa femme, en la preſence
lãte de vna hija ſuya. | d'vne ſienne fille.

G. De vn eſtremo vinie- | G. Ils vindrent à tomber
ron a dar en orro e- | d'vne extremité à l'au-
ſtremo. | tre.

E. En Éſpaña, no ſe vſa | E. En Eſpagne, n'eſt-ce pas
beſar los hombres a | la couſtume que les hom-
las mugeres? | mes baiſent les femmes?

D Si, beſan los maridos | D. Ouy, les maris baiſent
a ſus mugeres, y eſto | leurs femmes, mais c'eſt
alla de tras de ſiete | derriere ſept murailles,
paredes, dõde aun la | là où meſme la lumiere
luz no los pueda ver. | ne les puiſſe voir.

G Es porque los Eſpa- | G. C'eſt parce que les Eſpa-
ñoles ſon demaſiada- | gnols ſont trop jaloux
mente celoſos. |

A. No, ſino porque ſo- | A. Non eſt pas, mais c'eſt
mos tan trauieſſos, | pource que nous ſommes
que no hemos me- | ſi desbordez, que nous
neſter eſſe apetito, | n'auons que faire de cet
para hazer mil malos | appetit, pour faire mile
recaudos: que ſeria ſi | meſchancetez: que ſeroit
ruuieſſemos eſſa oca- | ce ſi nous auions ceſte
ſion? | ocaſion là?

G. Yo creo que antes | G. Ie crey que cela nous
cauſaria haſtio, y no | deſgouſteroit pluſtoſt, &
andarian los hõbres | que les hõmes ne ſeroient
tan goloſos, porque | pas ſi friands, parce que
vedamiento es cauſa | la defenſe d'vne choſe
del apetito. | cauſe vn appetit d'icelle.

A. No es fuego el de la concupifcencia, que fe ahoga por echarle mucha materia, antes es como la ydropefia, que mientras mas el enfermo beue, mas fed tiene.

D. Efpecialmente entre los Efpañoles, que por fer de complexion colericos, eftá Venus en fu punto.

G. Yo entiendo eſſo al contrario, porque Venus confifte mas en vmedad que en calor, por lo qual entiendo, que mas aptos fon para femejante exercicio, los vmedos de complexion, que los colericos, que fon de fu naturaleza fecos.

A. Si, péro la humedad fin calor, feria como la tierra fin el Sol, que no es fuficiente fi de mifma a produzir cofa alguna.

D. Por eſſo los Poetas cafaron a Venus con

A. Ce n'eſt pas vn feu celuy de la concupiſcence, qui s'eſtouffe pour y ietter beaucoup de matiere, ains eſt comme l'hydropiſie, que tant plus le malade boit, plus il a ſoif.

D. Principalement entre les Eſpagnols, qui pour eſtre de complexion colerique, Venus eſt en eux en ſa pleine force.

G. Ie l'entends au côtraire, d'autant que Venus confiſte plus en humidité qu'en chaleur, parquoy i'entends que ceux qui ſont de complexion humide, ſont plus aptes à ceſt exercice, que non pas les coleriques, qui de leur naturel ſont fecs.

A. Ouy, mais l'humidité ſans chaleur, ſeroit comme la terre ſans le Soleil, qui n'eſt fuffiſante de ſoy-meſme à produire aucune choſe.

D. Et partant les Poëtes ont marié Venus auec Vulcain

Vulcaño · Dios del fuego.

*Vulcain Dieu du feu.*

E. Mas Vulcano ni Venus fin Ceres y Baco, no valen vn caco

E. *Mais Vulcain ni Venus fans Ceres & Bacchus, ne valent vn feſtu.*

Caco ou autrement Cacao eſt vn certain fruit, reſſemblant à l'auelaine, qui eſtoit en grande eſtime en Amerique, & s'en ſeruoient les Indiens pour monnoye, & auſſi en faiſoient vn breuuage noir fort delicieux, qu'ils appelloient Chocolate.

G. Pues yo para mi tengo, que en las tierras mas frias, eſtá mas recócentrado el calor natural, y por eſſo có mayor aptitud, para engédrar, en los que biué en las tales regiones.

G. *Or pour moy ie tiens qu'és terres plus froides, la chaleur naturelle eſt plus retiree au centre, & partant auec plus grande aptitude pour engendrer, en ceux qui habitent en telles regions.*

A. No es eſſe calor reconcentrado que eſtá enel coraçon, el que es cauſa deſte fuego, ſino el que eſtá en la ſangre y partes exteriores.

A. *Ce n'eſt pas ceſte chaleur interieure laquelle eſt au cœur, qui eſt la cauſe de ce feu, mais celle-là qui eſt au ſang, & ez parties exterieures.*

G. Si, péro no me negareys, que el calor de la ſangre, no procede de el del higado.

G. *Il eſt ainſi, mais vous ne me nierez pas, que la chaleur du ſang, ne procede de celle du foye.*

A. Aſſi es verdad, péro no obra eſte efecto en ſu origen y fuéte, ſino quando ſe ha derramado por las

A. *Il eſt vray, mais il ne faict pas ceſt effect en ſon origine & fontaine, ains quand il eſt reſpãdu par les veines,*

I

venas, y como la virtud eſparzida, es mas flaca que quando eſtá vnida, ſi quando lo eſtá, es acometido el calor de ſu contrario el frio, eſte con fuerça y vehemécia, lo vence y resfria de ſuerte, que no puede obrar ni hazer ſu efecto.

D. Aſſi es, y la eſperiencia deſto ſe vee en los cabrones, que el cabron es animal luxurioſiſſimo, y en lleuádole a tierras frias, o no puede biuir o pierde mucho de ſu potencia.

G. Los Faunos o ſemicapras, que los antiguos llamauan medios dioſes, cuentan los autores y poetas, que eran en eſtremo luxurioſos.

E. Es verdad, que vuo o ay tales hombres en el mundo llamados Faunos?

A. En la vida de ſan Pa-

& comme la vertu eſparſe, n'eſt pas ſi forte que quand elle eſt vnie, ſi lorsqu'elle l'eſt, la chaleur eſt aſſaillie par le froid, qui eſt ſon cōtraire, iceluy auec vne force & vehemence, la ſurmonte & refroidit de telle ſorte, qu'elle ne peut operer, ni faire ſon effect.

D. Il eſt ainſi, & l'experience de cecy ſe voit és boucs, car le bouc eſt vn animal fort luxurieux, & ſi on le meine en des pays froids, ou il n'y peut pas viure, ou il perd beaucoup de ſa puiſſance.

G. Les Faunes ou demycheures, que les anciens appelloient demi-dieux, les Autheurs & Poetes racontent qu'ils eſtoient extrememét luxurieux.

E. Eſt-il vray, qu'il y a eu ou qu'il y a au monde de tels hommes appellez Faunes?

A. En la vie de ſainct

blo primer Hermitaño, se cuenta que en aquel desierto, dõde el hazia su penitencia, la hazia tambiẽ Sant Antonio, el qual como por reuelacion supiesse, como estaua alli cerca San Pablo, le fue a visitar, y en el camino encontro con vno, el qual de la cinta para arriba, tenia forma perfecta de hombre, saluo que la cabeça tenia llena de cornezuelos pequeños, y del medio para abaxo era cabron, con muy largas vedijas y pies de lo mismo.

E. Hablaua alguna cosa?

A. Si, que el Santo le hablo, y le preguntó quien era, y el en vn lenguaje muy barbaro, pero tal que el Santo le pudo entender, le respondio, que era vno de los

Paul premier Hermite, il se raconte qu'en ce desert, où il faisoit sa penitence, aussi la faisoit Sainct Antoine, lequel sçachant par reuelation, comme Sainct Paul estoit proche de là, il l'alla visiter, & en allãt il rencõtra en chemin vn, qui de la ceinture en amõt, auoit la vraye forme d'vn homme, excepté qu'il auoit la teste pleine de petites cornes, & depuis le milieu en bas estoit bouc, & auoit de fort grands floccons de poil, & les pieds dy mesme.

E. Parloit-il aucunement?

A. Ouy, car le Sainct luy parla, & luy demandã qui il estoit, & luy en vn langage fort barbare, mais tel que le Sainct le peut entendre, luy respondit qu'il estoit vn des habitans de cẽ

habitadores de aquel
desierto, a quien la
ciega gentilidad a-
doraua por Dioses,
péro que eran cria-
turas mortales, y di-
xo mas al Santo que
su grey y géte le em-
biaua a el por emba-
xador, a rogarle, que
rogasse por todos, al
comun Dios de to-
das las gentes, que
bien sabian que auia
baxado del cielo, y
hechose hombre por
redimir a los hom-
bres : y con esto se
fue por aquel desier-
to, con tanta ligere-
za, que en muy breue
espacio le perdió de
vista el Santo.

D. Yo he leydo tábien
que al Emperador
Cóstantino magno,
le truxeron de estos
desiertos otro biuo,
y lo estuuo muchos
dias, y despues de
muerto, salado le
truxeró por muchas
partes del múdo, para

*desert, que l'aueugle gé-*
*tilité adoroit pour des*
*Dieux, mais qu'ils e-*
*stoient creatures mor-*
*telles, & dit d'auanta-*
*ge au Sainct, que son*
*peuple & nation l'en-*
*uoyoit pardeuers luy*
*cóme ambassadeur, pour*
*le prier qu'il priast pour*
*tous, le Dieu commun*
*de toutes les nations, le-*
*quel ils sçauoient bien*
*estre descendu du ciel,*
*& s'estre faict homme*
*pour racheter le genre*
*humain : & disant cela*
*il s'en alla par ce desert*
*d'vne telle vistesse, qu'é*
*peu de temps le Sainct*
*le perdit de veuë.*

D. *I'ay aussi leu qu'à l'Em-*
*pereur Constantin le*
*Grand, on en amena de*
*ces deserts là vn autre*
*en vie, lequel vescut*
*plusieurs iours, & qu'a-*
*pres qu'il fut mort, estät*
*salé on le porta en plu-*
*sieurs endroits du mon-*
*de, afin que tous le*

que todos le vieſſen.

G. Boluiendo a nueſtra primera platica, que os parece deſta ciudad de Londres?

A. A mi me parece , en Verano tienda, y en Ynuierno cótienda.

G. Como ſe entiende eſſo?

A. Digo que parece en Verano tienda, porque en aquel tiépo, todos los Señores, Caualleros y Hidalgos, ſe ſalen fuera della, y ſe van a ſus aldeas a paſſar el Verano, quedando en ella ſolos los oficiales, có ſus tiendas abiertas.

G. Y porque lo de mas?

A. En Inuierno ſon los terminos, y como acudé de todo el Reyno a ella a ſus pleytos, eſta hecha toda contienda o pleyto, péro vltra de eſto, es vna de las mejores ciudades del mundo, a lo que yo entiendo.

weiſſent.

G. Retournät à noſtre premier diſcours, que vous ſemble-il de ceſte ville de Londres?

A. Elle me ſemble à moy, en Eſté vne boutique, & en Hyuer vn debat.

G. Comment s'entend cela?

A. Ie dis qu'elle ſemble en Eſté vne boutique, parce qu'en ce temps là, tous les Seigneurs , Cheualiers & Gentils hommes en ſortent , & s'en vont à leurs villages pour y paſſer l'Eſté , ne demeurant en icélle que les artiſans , auec leurs boutiques ouuertes.

G. Et pourquoy le reſte?

A. Les aſſignations ſont en Hyuer, & cöme l'on y vient de tous les endroits du Royaume pour les procez, alors ce n'eſt autre choſe que toute diſpute ou plaiderie: mais outre cela, c'eſt vne des meilleures villes du monde à ce que i'entens.

G. Que dezis de toda la tierra en general?

A. Que es fertilissima, y abundante de todas las cosas que ella produze, en especial de ganados, que deuen de ser los mas gruessos y mejores del mundo.

G. Y tambien de semillas es muy fertil.

A. Ansi es verdad, péro como no puede auer cosa perfecta en este múdo, ya que en esso es abundante, le faltã otras cosas necessarias a la vida humana, que ella por la frialdad de su sitio no puede produzir, y ansi tiene necessidad de comunicació con otros Reynos.

G. Que cosas son essas que dezis que le faltan, que yo creo que no ay cosa en el múdo, que en ella no se halle?

A. Es assi verdad, péro es comunicada de

G. Que dites-vous de toute la terre en general?

A. Qu'elle est tres-fertile & abondante de tout ce qu'elle produit, specialement de troupeaux, qui doiuët estre les plus gras & les meilleurs du monde.

G. Et aussi en semences elle est fort fertile.

A. C'est la verité, mais comme il n'y peut auoir chose parfaite en ce môde, encor qu'en cela elle soit abondante, il luy manque bien d'autres choses necessaires à la vie humaine, qu'elle ne peut produire à cause de la froidure de son assiette, & par ainsi elle a besoin de la cõmunication des autres Royaumes.

G. Quelles choses sont celles que vous dites qui luy mãquent, car ie croy qu'il n'y a rien au monde qui ne se trouue en icelle?

A. La verité est telle, mais on luy en communique

otros Reynos , que
bien veys vos , que
en ella no se cria oro
ni plata , no se coje
vino ni azeyte, açu-
car , seda , espicieria
ni frutas de las rega-
ladas , como son ci-
dras,limones, limas,
naranjas , granadas,
almendras , y otros
mil generos dellas,
muy necessarios pa-
ra el regalo de las
gentes, y como digo
de estas pocas cosas,
pudiera dezir de o-
tras muchas que de-
xo.

G. Si, péro tenemos o-
tras,que siruen en lu-
gar de essas cosas , y
ansi no las echamos
menos,como cerue-
za por vino,manteca
por azeyte , y otras
semejantes.

A. Con todo esso , seria
imposible poder pas-
sar éste Reyno sin co-
municació có otros,
lo que no tiene Es-
paña , que sola entre

des autres Royaumes,
car vous voyez bien
qu'en icelle il n'y croist
or ny argent , & ne s'y
recueille vin ny huile,
sucre,soye,espicerie , ny
de ces fruicts delicieux,
comme sont les citrons,
limons,poncires , oran-
ges,grenades, amandes,
& autres mile sortes
d'iceux,fort necessaires
pour les delices des hö-
mes.& tout ainsi que ie
dis de ce peu de choses,
ie pourrois dire de mes-
me de plusieurs autres,
que ie laisse.

G. Ouy dea,mais nous a-
uons des autres choses,
qui seruent au lieu de
celles là,& par ainsi no°
ne les trouuons point à
dire, comme sont la bie-
re au lieu de vin , du
beurre pour de l'huile,
& autres semblables.

A. Ce neantmoins il seroit
impossible que ce Royaume
se peust passer sãs la cõmu
nicatiõ des autres, ce qui
n'est de l'Espagne,laquel-
le seule entre toutes les

todas las prouincias
del mundo , podria
paſſar ſin communi-
cacion con otra, por
produzir dentro de
ſi,todas las coſas ne-
ceſſarias a la vida hu-
mana.

G. Pues,bien os podre,
yo dezir vna coſa,
que Eſpaña no pro-
duze.

A. Qual es?

G. eſpecieria , que al fin
la traeys de las In-
dias.

A. Teneys razon, que
eſſa ſola le falta a Eſ-
paña,péro,como vos
dixiſtes , tambien ſe
cria en ella , con que
ſe podria ſuplir eſſa
falta.

G. Que es?

A. En lugar de pimien-
ta, ſe cria vna yerua
que llamamos pi-
miento, cuya ſimié-
te es de tanta fuerça,
y de el propio efecto
que la pimienta que
viene de Indias : en
lugar de clauos, vſan

prouinces du monde,ſe
pourroit paſſer des au-
tres, & ce d'autãt qu'il
ſe produit en icelle, tout
ce qui eſt neceſſaire à la
vie humaine.

G. Or ie vous diray bien
vne choſe, que l'Eſpagne
ne produit pas.

A. Quelle eſt elle?

G. C'eſt l'Eſpicerie,car en
fin vous l'apportez des
Indes.

A. Vous auez raiſon, c'eſt
celle là ſeule qui man-
que à l'Eſpagne , mais,
comme vous auez dit, il
ſe produit auſſi en icelle
dequoy pouuoir ſupleer
ce defaut.

G. Et qu'eſt-ce?

A. Au lieu de poiure , il y
croiſt vne herbe que no⁹
appellons de la poiuree,
la ſemence de laquelle a
autant de force , & eſt
de meſme effect que le
poiure qui vient des In-
des , au lieu de clous de
girofle,ils vſent fort des

muchos de los ajos,
y si no fuesse por vn
mal olorzillo que
tienen, son mas sa-
brosos que essotros:
de açafran gran can-
tidad se coge en Es-
paña: gengibre, de
pocos dias aca se ha
començado a plan-
tar en ella, y se da
bien.

G. Alomenos no me ne.
gareis, ser mas ferril
tierra en general Yn
glatierra que Espa-
ña.

A. Digo que es verdad,
y lo concedo, pero
tambien os se dezir,
que de essa fertili-
dad, viene la floxe-
dad en las carnes y
mantenimientos de-
lla, que son de poco
nutrimiento y sustá-
cia, y esta es la causa,
de que los Ingleses
nos notays a los Es-
pañoles, por misera-
bles en el comer,
porque las carnes de
España, como de

*aulx, & si ce n'estoit*
*pour vn peu de mauuai-*
*se odeur qu'ils ont, ils*
*seroient plus sauoureux*
*qu'iceux: de saffran il*
*s'en recueille vne gran-*
*de quantité en Espagne:*
*quant au gingembre, on*
*a commencé depuis peu*
*de temps en ça d'y en*
*plâter, & y vient fort*
*bien.*

G. *Pour le moins vous ne*
*me nierez pas, que l'An-*
*gleterre en general ne*
*soit plus fertile que l'Es-*
*pagne.*

A. *Ie dis que la verité est*
*telle, & vous l'accorde,*
*mais aussi vous diray-*
*ie bien, que de celle fer-*
*tilité, vient la mollesse*
*és chairs & viandes*
*d'icelle prouince, qui*
*sont de peu de nourritu-*
*re & substäce, & c'est la*
*cause pourquoy, vous*
*autres Anglois taxez*
*nostre nation Espagnol-*
*le d'estre chiches & ta-*
*quins quant au man-*
*ger, parce que les chairs*
*d'Espagne, comme de*

tierra mas eſteril, ſon de tanto nutrimiento, que ſi comieſſe dellas vn hóbre tanto como en Inglatierra cóme, ſin dubda ninguna rebétaria

**D.** Por eſſo ay vna manera de dezir, comun en Eſpaña: Tu padre cenó carnero aſſado, y acoſtoſe y murioſe, pues no pregútes de que murió.

**A.** En la propia Eſpaña tenemos la eſperiencia de eſto que la Andaluzia que es tierra mas fertil que Eſtremadura, las carnes della, no ſon conmucho de táto nutrimiéto, ni de tan buen ſabor, como eſtas otras

**E.** Tambien ſe vee eſſo en los Ingleſes que van a Eſpaña, que dizen que no pueden comer táta carne alla, como comiã aca.

**G.** Dezime aora, que os parece del trato de nueſtra gente?

terre plus ſterile, ſont de telle nourriture, que ſi vn homme en mangeoit autant, cóme il en pourroit manger en Angleterra, ſans paint de doute il creueroit.

**D.** Et partant il y a vne maniere de parler commune en Eſpagne: Ton pere ſouppa du mouton roſty, il ſe coucha & mourut, or ne me demãdes pas dequoy ce fut.

**A.** En Eſpagne meſme nous aựons l'experience de cela, qu'en l'Andaloũſie, qui eſt vn pays plus fertile que n'eſt l'Eſtremadure, les chairs ne ſont de beaucoup ſi nourriſſantes, ny de ſi bon gouſt comme les autres.

**E.** Cela ſe voit auſſi ez Anglois qui vont en Eſpagne, leſquels diſẽt qu'ils ne peuuẽt mãger tãt de chair par delà, cóme ils en mãgeoient par deçà.

**G.** Or dites moy, que vous ſemble il de la procedure de ceux de noſtre nation?

A. Generalmẽte hablá-
do, toda la gẽte Ingle-
sa es benina y amoro-
sa, afable, alegre y ami
ga de regozijos y fie-
stas , agena de toda
melácolia, como aque-
lla en quiẽ predomina
el humor sãguino, pé-
ro fuera desto, he no
tado en todos en ge-
neral, tan insaciable a-
uaricia , que desdora
todas sus virtudes.

G. Y de las mugeres que
dezis?

A. Las mugeres gene-
ralmente hablando,
piéso que son las mas
hermosas del múdo,
porque tienen todas,
tres gracias particu-
lares para serlo , que
son en estremo blan-
cas, coloradas y ru-
bias, y la que cõ estas
gracias, que son ge-
nerales a todas, acier-
ta a tener buenas fay
ciones, es acabada en
hermosura: péro tã-
bien os digo con la
misma generalidad,
que tiené tres faltas.

A. Pour en parler genera-
lement , tout le peuple
d'Angleterre est benin &
amiable, affable, joyeux,
& amy de resiouissance
& de festes , esloigné de
toute melancholie, cõme
celuy en qui predomine
l'humeur sãguine, mais
horsmis cela, i'ai remar-
qué en tous en general,
vne auarice tant insa-
tiable , qu'elle denigre
toutes leurs vertus.

G. Et des femmes qu'en
dites vous?

A. Les fẽmes pour en par-
ler en general, ie pense
qu'elles sõt les plus belles du mõde, parce qu'el-
les ont toutes trois gra-
ces particulieres pour l'e
stre, car elles sont extre-
mement blanches, ver-
meilles & blõdes, & cel-
le là qui auec ces trois
graces, lesquelles sõt generales à toutes, se ren-
contre à auoir de beaux
traits de visage, elle est
parfaite en beauté: mais
aussi ie vous dis auec la
mesme generalité, qu'el-
les ont trois defauts.

G. Quales son por vue-
stra vida?

A. No las quisiera de-
zir, por no caer en
desgracia con ellas.

G. Yo salgo por fiador,
que no caereys.

A. Teneys razon, que
quien nunca subio
no puede caer, péro
las tres faltas son: pe-
queños ojos, gran-
des bocas, no buena
tez en los rostros, y
desto es la causa el
ayre tan frio y sutil,
que corre en estas
partes, que se les cur-
te, y por esto es bue-
na inuencion la de-
las mascarillas, aun-
que yo entiendo que
no deue de bastar.

G. Vos lo aueys dispu-
tado muy bien, y yo
os quedo muy afi
cionado seruidor, y
assi os suplico, que el
tiépo que estuuiere-
des en esta tierra, os
siruais de mi.

A. Yo os doy muchas

G. *Quelles sont-elles ie*
*vous prie?*

A. *Ie ne les voudrois pas*
*dire pour ne tomber en*
*leur disgrace.*

G. *Ie vous asseure bien de*
*cela, que vous n'y tom-*
*berez aucunement.*

A. *Vous auez raison, car*
*qui iamais n'est monté*
*ne peut tomber, mais les*
*trois defauts sont: les*
*yeux petits, les bouches*
*grandes, & n'ont pas le*
*teint du visage fort bõ,*
*& la cause de cela c'est*
*l'air si froid & subtil,*
*qui court en ces quar-*
*tiers, qui leur's âne ainsi:*
*& partãt c'est vne bõne*
*inuention que celle des*
*masques, encor que cela,*
*comme ie pense, ne doit*
*estre suffisant.*

G. *Vous auez fort bien*
*disputé ceste matiere, ie*
*suis vostre affectionné*
*seruiteur, & vous sup-*
*plie, que pendant le têps*
*que vous serez en ceste*
*ville, vous vous ser-*
*uiez de moy.*

A. *Ie vous rends beau-*

gracias, por el ofre-
cimiento, y quedo
yo no menos a vue-
ſtro ſeruicio, y por-
que ſe va haziendo
tarde,nos vamos re-
cogiendo a las poſa-
das, que ya es hora.

G.Beſo a vueſas merce-
des las manos.

D. Y yo las de vueſas
mercedes.

Fil del ſexto Dia-
logo.

coup de graces pour cõ
bon offre, & ne ſuis de
ma part moins à voſtre
ſeruice, mais d'autant
qu'il s'en va tard, nous
nous en allons retirer au
logis,car il en eſt heure.

G.Ie vous baiſe les mains.

D. Et moy ie ſuis voſtre
ſeruiteur bien humble.

Fin du ſixieſme Dia-
logue.

# DIALOGO SEPTI-
mo,entre vn Sargen-
to y vn Cabo de eſ-
quadra y vn Solda-
do, enel qual ſe trata
de las coſas pertene-
cientes a la milicia, y
de las calidades que
deue tener vn buen
Soldado, có muchos
dichos gracioſos y
buenos cuentos.

# SEPTIESME DIA-
logue,entre vn Sergent,
vn Caporal, & vn Sol-
dat, auquel eſt traitté
des choſes appartenan-
tes à la guerre, & des
qualitez que doit auoir
vn bon Soldat, auec
pluſieurs dits fortagrea-
bles & plaiſans, & au-
tres bons contes.

### SARGENTO.
A Donde camina
ſeñor ſoldado?
Sol. O ſeñor Sargento

### SERGENT.
OV va le ſoldat?
Sol. O mon Sergẽt,ie m'ẽ

házia la tabla, ſi v.m.
no manda otra coſa.

Sar.   Lleua muchos di-
neros que jugar?

Sol.   Mi paga enterita
como la recebi, que
no he oſado gaſtar
vn real, por no qui-
tarſelo al juego.

Sar.   Eſſo es de buenos
cofrades, antes falte
para el cuerpo que
para el juego.

Sol. A que feria puedo
yo yr, en que mas ga-
ne, pues auéturo con
quatro ducados ga-
nar quatro cientos?

Sar.   Y ſi el dado dize
mal, alla van rocin y
mançanas.

---

vay iouer, s'il ne vous
plaiſt me commander
autre choſe.

Ser.   Portez vous bien de
l'argent pour iouer?

Sol.   Ma petite paye toute
entiere comme ie l'ay
receuë, car ie n'en ay pas
oſé employer vne realle,
pour ne l'oſter au ieu.

Ser.   C'eſt fait en bons con-
freres, qu'il manque
pluſtoſt pour le corps
que pour le ieu.

Sol.   A quelle foire pour-
rois-ie aller, où ie gai-
gnaſſe d'auantage, puis
qu'auec quatre eſcus ie
me mets au hazard d'en
gaigner quatre cens?

Ser. Et ſi le dé vous en dit
mal, tout s'en ira &
rouſſin & pomes auaux
l'eau.

*Le François dit ſimplement, tout s'en ira auaux l'eau, qui reſpond*
*à l'Eſpagnol en ce lieu, d'autant que le prouerbe eſt fait, d'vn*
*cheual chargé de pomes, lequel paſſant vne riuiere, fut entrai-*
*né par le courant de l'eau, auec toute ſa charge, & par ainſi*
*rouſſin & pommes, tout fut perdu.*

Sol. Señor, o rico o pin-
jado, o muerto deſ-
calabrado.

---

Sol. Moſieur, ou riche ou pendu, ou bien la teſte caſſee,
.i. aſſommé en la guerre.

*Il faut icy entendre, que le ſoldat a eſperance de reuenir riche de*
*la guerre, s'il n'eſt pendu ou tué.*

Sar. Essa es la cuenta de los perdidos.

Sar. C'est le conte. i. la resolution des perdus.

Sol. Cuerpo de tal, Señor, que hijos o muger tengo yo que mantener?

Sol. Corps bieu, Monsieur, quels enfans ou quelle femme ay-ie à nourrir?

Sar. Si, pero no fuera mejor vestirse que jugar el dinero?

Ser. Et bie, mais ne seroit-ce pas mieux fait de s'habiller, que de iouer sõ argēt?

Sol. Yo he hecho mi cuenta, y he menester camisas, jubon, sayo, calçones, medias y çapatos, y sombrero, y en quatro ducados, no ay para todo, pues comprar vno nueuo, y traer lo otro viejo, no parece bien, quiero jugar, quiça ganare para comprarlo todo.

Sol. I'ay fait mon conte, & trouue que i'ay besoin de chemises, de pourpoint, de saye, de chausses, de bas de chausses, de souliers, & de chapeau, & quatre escus ne fournirõt pas à tout, & puis acheter l'vn de neuf & porter l'autre vieil, cela ne siet pas bien, ie veux iouer, car peut estre gaigneray-ie pour acheter le tout.

Sar. Y si los pierde, quedarse ha sin lo vno y lo otro.

Ser. Et si vous le perdez, vous demeurerez sans l'on & sans l'autre.

Sol. Señor, preso por mil, preso por mil y quinientos, todo es estar preso, dire estõces, desnudo naci y desnudo me hallo, y desnudo morire.

Sol. Mõsieur, estre pris pour mile, ou pris pour quinze cens, c'est tousieurs estre pris: alors ie diray, ie nasquis tout nud, & nud ie me trouue, ie mourray aussi tout nud.

Sar. Digame, saue quãdo entramos de guardia?

Ser. Dites moy, sçauez vo° quãd no° entrons en garde?

| | |
|---|---|
| Sol. Esta noche le toca a la compañia. | Sol. A Ce foir ce fera à no-compagnie. |
| Sar. Con que armas fir-ue , con pica o arca-buz? | Ser. Auec quelles armes feruez-vous, auec la pi-que ou l'harquebufe? |
| Sol. Con vn mofquete de fiete palmos. | Sol. Auec vn moufquet de fept empans. |
| Sar. Pues como dize, que no facó mas que quatro ducados , te-niendo fiete de pa-ga? | Ser. Et bien comment dites vous que vous n'auez tiré que quatre efcus, veu que vous en auez fept de paye? |
| Sol. Vno me defconta-ró de poluora y cuer-da los contadores, o-tro he dado a mi ca-marada , para la def-penfa defta femana, y otro que fe me qui to de los focorros. | Sol. Les Treforiers m'en ont rabatu vn pour la poudre & pour la mei-che, & vn que i'ay bail-lé à mõ camarade , pour faire la deßenfe de cefte fepmaine , & vn autre que l'on m'a deduit pour les aduances. |

Socorros, ce font les aduances ou prefts que l'on fait aux foldats en attendant les monftres , lefquelles fe faifant on leur deduit furicelles.

| | |
|---|---|
| Sar. Iufta eftá la cuenta. | Ser. C'eft le côte tout iufte. |
| Sol. Es como la del tri-llo , cada piedra en fu agujero. | Sol. C'eft comme celuy du fleau , chafque pierre en fon trou. |
| Sar. Quantos fon de ca-marada? | Ser. Combien eftes vous de Camarades? |
| Sol. Tres , y conmigo quatro. | Sol. Trois, & moy ie fais le quatriefme. |
| Sar. Tantos pies tiene | Ser. Autant de pieds a vn chat, |

vn gato.      chat.

Sol. Cinco con el rabo.

Sol. Il en a cinq en contant la queuë.

Sar.Tienen buen alojamiento?

Ser. Auez-vous vn bon logis?

Sol.Tal sea la salud del aposentador que nos le dio.

Sol. Telle soit la santé du fourrier qui nous l'a baillé.

Sar. Como, no es bueno?

Ser. Comment, n'est-il pas bon?

Sol. Peor es que vna çahurda de lechones.

Sol. Il est pire qu'vn tect à pourceaux.

Sar. Tienen huespeda hermosa?

Ser. Auez vous belle hostesse?

Sol. Hermosa señor sargento? yo pienso que los diablos son Serafines en su comparacion.

Sol. Belle, mon sergent? ie pense que les diables font des Seraphins au regard d'elle.

Sar. Bueno es el encarecimiento, que talle tiene?

Ser. La voila bien recommandee, de quelle sorte est-elle?

Sol. Ella es mas vieja que Matusalen, mas arrugada que vna passa, mas suzia que vna mosca, mas seca que vn palo, diente y muela como por la mano, la boca sumida como ojo de culo, los ojos el vno tuerto, y el otro que

Sol. Elle est plus vieille que Mathusalem, plus ridee qu'vn raisin sec, plus orde qu'vne mouche, plus seiche qu'vn baston, les dents autant que sur la main, la bouche enfoncee comme le trou du cul, les yeux, l'vn borgne, & l'autre est tel qu'on ne l'arracheroit

K

no ſe la ſacáran con vn garauato, final-mête toda ella es vn retrato de la embi-dia.

*pas auec vn hauet, fina-lement elle n'eſt autre choſe qu'vn pourtraict de l'enuie.*

Sar. Eſſa tal ſera vnico remedio contra luxu-ria.

*Ser. Ce ſeroit vn vray re-mede contre luxure. i. vn remede d'amour?*

Sol. Pues es lo bueno que con todas eſtas gracias, ſe afeyta y repica.

*Sol. Or le bon eſt, qu'auec toutes ces graces, elle ſe farde & ſe redreſſe.*

Sar. Y v.m. no le haze el amor?

*Ser. Et vous ne luy faictes vous point l'amour?*

Sol. Amor o que? boto a tal no la acometa vn Tigre.

*Sol. L'amour ouy dea? ie vous iure qu'vn Tygre ne l'attaqueroit pas.*

Sar. Ande, que para vn laua-dientes no ſera mala.

*Ser. Allez, que pour lauer vn peu les dents, elle ne ſeroit pas pire.*

Sol. Mas me los quiero traer ſuzios, que no mal lauállos.

*Sol. I'aime mieux les auoir ordes, que de les lauer mal*

Sar. Mas yo creo, que es como dizê: Quien dize mal de la yegua, eſſe la lleua.

*Ser. Mais ie croy, que c'eſt comme l'on dit: Qui dit mal de la iument, c'eſt celuy qui l'emmeine.*

Sol. Por diez, no ſoy ſi-no como la zorra, que quando no pudo alcançar las vuas, di-xo, vuas de parra, an-ſi como aſſi, no las a-uia gana.

*Sol. Par digue, ie ſuis côme le Renard, qui ne pouuât attaindre aux raiſins dit, Raiſins de vigne, ainſi côme ainſi, ie n'en auois pas enuie.*

| | |
|---|---|
| Sar. Aqui viene el Cabo de esquadra, veamos que nueuas trae De donde viene señor Cabo de esquadra? | Ser. *Voicy venir le Caporal, voyons quelles nouuelles il apporte. D'où venez vous monsieur le Caporal?* |
| Cab. De la vandera. | Cap. *Ie viens de l'Enseigne.* |
| Sar. Queda alli el Alférez? | Ser. *Le Capitaine enseigne y est-il?* |
| Cab. No señor, que está en casa del Capitan. | Cap. *Non monsieur, il est au logis du Capitaine.* |
| Sol. Al Capitan y Alférez dexo yo aora, en casa del Maestre de Campo. | Sol. *Ie viens de laisser tout à ceste heure le Capitaine & l'Enseigne, au logis du Maistre de Camp.* |
| Sar. Que nueuas ay por alla? | Ser. *Que dit on là de nouueau?* |
| Cab. Nueuas ciertas pocas, mentiras infinitas. | Cap. *Peu de nouuelles certaines, mais des menteries trop.* |
| Sar. Que se dize aora enel cuerpo de guardia? | Ser. *Que dit-on maintenāt au corps de garde?* |
| Cab. Vnos dizen, que nos embarcaremos para corer la costa, otros que quedaremos aqui de presidio, otros que yremos a Yrlanda, no ay quien lo entienda. | Cap. *Les vns disent, que nous nous embarquerōs pour courir la coste, les autres que nous demeurerons icy en garnison, d'autres que nous irons en Irlande, il n'y a personne qui en sçache rien au vray.* |

K iij

Sar. Todo eſſo es, adi-
uinar cada vno lo que
deſſea , o le eſta bien.

Ser. Cela s'appelle, deuiner
chacun ce qu'il voudroit,
ou qui luy eſt propre.

Cab. Como dezia el o-
tro Capitan, los ſol-
dados ſon Profetas
del diablo.

Cap. Comme diſoit l'autre
Capitaine, les ſoldats ſōt
Prophetes du diable.

Sar. Y tenia razon, por-
que aſſi como el dia-
blo no ſabe lo porve-
nir , ſino que lo cōn-
jetura, aſſi hazé ellos:
y entre mil conjectu-
ras que hazen, algu-
na han de acertar.

Ser. Il auoit raiſon , car
tout ainſi que le diable,
ne ſçait pas ce qui eſt à
venir, ſinon qu'il le con-
iecture, auſsi font ils, &
entre mile coniectures
qu'ils font , ils rencon-
trent en quelque vne.

Cab. Tambien ſe ſuena,
que el Rey de Eſpa-
ña arma, para venir
contra Inglatierra.

Cap. On dit auſſi que le
Roy d'Eſpagne dreſſe
vne armee pour venir
contre Angleterre.

Sar. Venga en hora
buena , ſi trae mu-
chos dineros que de-
xar nos.

Ser. Qu'il vienne à la bonne heure, s'il nous apporte bien de l'argent.

Sol. Yo con vna cade-
na de oro, que valga
cien libras me con-
tento.

Sol. Ie me contenteray d'v-
ne chaine d'or qui vaille
cent liures.

Cap. Pues a fée , que no
las ſuelen véder muy
baratas los Eſpaño-
les.

Cap. Or en bonne foy, que
les Eſpagnols n'ont pas
accouſtumé de les ven-
dre à ſi bon marché.

Sol. Y yo con vna onça
de plomo la pienſo

Sol. Et moy ie la penſe a-
cheter auec vne once de

comprar.

Gab. Esso es hazer cuë-
ta sin la huespada : y
quiça yreis por lana,
y boluereis tresqui-
lado:que, adonde las
dan ay las toman.

Sol. Señor, si me matá-
ren , tal dia hizo vn
año, tambien murio
mi aguelo, y ya esta
oluidado:a esso juga-
mos,oy por mi, ma-
ñana por ti, no ten-
go hijos que dexar
huerfanos, ni padre
ni madre , ni perro
que me ladre :muera
Martha y muera har-
ta.

plomb.

Cap. C'est conter sans son
hoste; peut estre irez ve-
querir de la laine , &
vous reuiendrez tondu:
car, là où on les donne
on les prend.

Sol. Monsieur, si on me tuë,
à tel iour il y eut vn an,
aussi est mort mon grãd
pere, & si on n'en par-
le plus , nous ictions à ce
ieu là, auiourd'huy pour
moy, demain pour toy, ie
ne laisseray point d'en-
fans orphelins , ni pere,
ni mere , ni chien qui
m'abbaye: que Marthe
meure , pourueu qu'elle
meure saoule.

*Ceste Marthe estoit vne femme qui s'angroit souuent, parquoy*
*son mary la battoit tres-bien pour la chastier de cevice, mais elle*
*ne laissoit pas d'y retourner, & s'asseurant bien qu'apres auoir*
*beu, Martin baston marcheroit en campagne, toute resoluë di-*
*soit ce prouerbe , Muera Marta y muera harta.*

Cab. Plega a Dios , que
quádo llegue la oca-
sion,no se calce vnas
calças de Villa-Die-
go.

Sat. Señor , tan buenos
hombres ay por los
pies , como por las

Cap. Dieu vueille que quãd
l'occasion viendra, vous
ne preniez les chausses
de Villa Diego. i. que
vous ne gaigniez aux
pieds.

Scr. Monsieur, il y a d'aussi
bons hommes pour les
pieds que pour les mains.

manos.

**Sol.** Por ſer mis oficiales, vueſas mercedes me pueden dezir eſſo, péro ſi otro me lo dixera , matárame con el.

**Cab.** No dezimos aqui que lo hará, péro podria acontecer.

**Sol.** Tambien ſe podria caer el cielo, y nos cogeria debaxo.

**Sar.** De manera que, tá ta dificultad ay en huyr v. m. como en caerſe el cielo.

**Cab.** El de la cama dize eſte ſoldado.

**Sol.** No ſoy menor de edad, que he meneſter curador, ſeñor Cabo de eſquadra, yo ſabre reſponder por mi.

**Cab.** Siempre oy dezir, que vna buena obra, ſe paga con vna mala.

**Sol.** No ſabe v. m. que

i.d'auſſi bons pour fuir que pour combattre.

**Sol.** Parce que vous eſtes mes ſuperieurs, vous me pouuez bien dire cela, mais ſi vn autre me le diſoit, ie me couperois la gorge auec luy.

**Cap.** Nous ne diſons pas que vous le ferez, mais il pourroit arriuer.

**Sol.** Auſſi pourroit tomber le ciel, & nous attraper deſſous luy.

**Ser.** Tellement qu'il y a autant de difficulté à vous faire fuir, comme à tomber le ciel.

**Cap.** Il veut dire le ciel du lict ce ſoldat.

**Sol.** Ie ne ſuis pas mineur d'ans, que i'aye beſoin de curateur, ſeigneur Caporal, ie reſpondray bien pour moy.

**Cap.** I'ay touſiours ouy dire, qu'vn bon office ſe paye par vn mauuais.

**Sol.** Ne ſçauez-vous pas,

está vna higa en Ro-ma , para el que da consejo , aquien no se lo pide.

**Sar.** No se enoje señor soldado, que se hará viejo antes de tiem-po.

**Sol.** No puede ya ser mas negro, el cueruo que sus alas.

**Sar.** Señor Cabo de es-quadra, vaya digale a el arambor, que to-que a recoger la guardia.

**Cab.** Yo voy, aguarde me aqui v.m.

**Sol.** Señor Sargento, dexeme yr a jugar vn raro , antes que se mera la guardia.

**Sar.** Tanto le pesa esse dinero, que tal prie-sa tiene por echarlo de si?

**Sol.** Yo mas querria doblallo.

**Sar.** No sabe como dize vn refran? Si quereis tener dineros, tenéd-los.

*qu'à Rome il y a vne fi-gue, pour celuy qui don-ne conseil, à qui ne luy en demande pas.*

*Ser. Ne vous colerez pas monsieur le Soldat, car cela vous fera vieillir deuant le temps.*

*Sol. Le corbeau ne sçauroit estre plus noir que ses ai-les.*

*Ser. Monsieur le Caporal, allez dire au tambour, qu'il sonne pour asseoir la garde.*

*Cap. Ie m'y en vay , atten-dez moy icy.*

*Sol. Monsieur le Sergent, laissez moy aller vn peu iouer, deuant que d'as-seoir la garde.*

*Ser. Vostre argent vous pese il tant , que vous ayez si haste de vous en desfaire?*

*Sol. I'aymerois mieux le doubler.*

*Ser. Ne sçauez-vous pas que dit le prouerbe ? Si vous voulez auoir de l'argent, tenez-le.*

| | |
|---|---|
| **Sol.** De que firue tener pocos ? o Cæsar o nada. | **Sol.** *De quoy fert d'en auoir peu? ou Cefar ou rien.* |
| **Sar.** Vaya con Dios, y pare lo a buen punto. | **Ser.** *Allez à Dieu, & qu'il vous enuoye bõne chãce.* |
| **Sol.** Dios me libre de vn azar. | **Sol.** *Dieu me garde d'vn hazard.* |

*Il y a icy deux equiuoques, l'vne au mot* punto, *& l'autre en a-zar, & n'eſt beſoin de les declarer d'auantage, eſtans aſſez clai-d'elles-meſmes, principalement à ceux qui entendent vn peu le ſen des deẑ.*

| | |
|---|---|
| **Sar.** Y a mi de vellacos en quadrilla, y villa-nos en gauilla, de moça adiuina, y de vieja Latina, de lo-dos al caminar, y de larga enfermedad, de Parrafo de legiſta, de Infra de canoniſta, de e cetera de Eſcriua-no, y de recipe de Medico, de razon de, diz que, péro y fino, y de ſentencia de cou-que. | **Ser.** *Et moy de meſchans en bande, & de payſans en troupe, d'vne ſeruan-te deuinereſſe, & de vieille qui parle Latin, de bourbiers au voyage, & de longue maladie, de Paragraphe de Legi-ſte, de Infra de Canoni-ſte, de & cetera de Gref-fier ou Notaire, ou de recipe de Medecin, de raiſon de, on dit, mais, & ſinon, & de ſentence de, au moyen dequoy.* |

*Ce mot de* Gauilla *ſignifie vne jauelle ou botte de quelque choſe & icy veut dire troupe.* Moça adiuina *c'eſt vne ſeruãte qui re-plique & contredit à ſa maiſtreſſe, & veut faire à ſa fantaſie, deuinant touſiours les choſes pour pouoir eſtre autrement qu'elles ne ſont. Et le tout cy deſſus reſpond à noſtre François, qui dit.*

> *De pluſieurs choſes Dieu nous garde*
> *D'vne femme qui ſe farde,*
> *D'vn valet qui ſe regarde,*

De petit difner qui trop tarde,
Et de bœuf falé fans mouftarde,
De charrette en eftroitte ruë,
De fol qui porte une maffuë,
De qui pro quo d'Apothicaire,
De & cetera de Notaire,
De noife de petits enfans.
Et de viure auec des brigands.

| | |
|---|---|
| **Cab.** Ya toca la caxa a recoger. | *Cap.* On fonne defia la retraite. |
| **Sar.** Vamos entre tanto a bufcar al Sargento mayor, para que me de el nombre. | *Ser.* Allons cependant chercher le Sergent major, afin qu'il me baille le mot. fup. du guet. |
| **Cab.** El eftará en cafa del General. | *Cap.* Il fera au logis du General. |
| **Sar.** Vamos alla, que todo es nueftro camino, es menefter que efta noche aya muy buena guardia. | *Ser.* Allons y, car c'eft auffi bié noftre chemin, il faut faire cefte nuict bonne garde. |
| **Cap.** Porque? ay alguna fofpecha? | *Cap.* Pourquoy? y a il foupçon de quelque chofe? |
| **Sar.** Ay nueuas de enemigos, y affi es neceffario doblar las poftas, y reforçarlas, y poner dos o tres centinelas perdidas, y que la ronda y contraronda vifiten a menudo. | *Ser.* Il y a nouuelle de l'ennemy, & par ainfi il faut doubler les gardes & les renforcer, & mettre deux ou trois fentinelles perduës, & que la ronde & contre-ronde aillent fouuent en vifites. |
| **Cap.** Pida v. m. al Sar- | *Cap.* Dites au Sergent ma- |

géto mayor, que nos den leña harta, para que aya buena lumbre enel cuerpo de guardia.

Sar. Anſi ſera, y todas las armas eſtarã muy a punto ; que hombre apercebido, medio combatido.

Cab. Meneſter ſera dar a los ſoldados, poluora, cuerda y balas.

Sar. Todo ſe les darã, y orden a los coſeletes, que no les falte pieça.

Cab. Qual es la mejor arma, de las que vſamos en la guerra?

Sar. La pica es la reyna de las armas.

Cab. Poco valdrian las picas, ſi no ſe guarnecieſſen con la arcabuzeria, que daña al enemigo deſde a fuera.

Sar. Menos valdria la arcabuzeria, ſi deſpues de dada la carga, no tuuieſſe adõde repararſe, de la caua-

*jor, qu'il nous face bailler force bois, afin qu'il y ait bon feu au corps de garde.*

*Ser. Il ſera faict, & toutes les armes ſeront miſes à point ; car vn homme preparé, a combatu à demy.*

*Cap. Il faudra bailler aux ſoldats, de la poudre, de la meiche & des bales.*

*Ser. On leur en baillera, & ſi on donnera ordre aux corſelets, afin que rien n'y manque.*

*Cap. Quelle eſt la meilleure arme, dont nous vſons en la guerre?*

*Ser. La picque eſt la Royne des armes.*

*Cap. Les picques ne vaudroient gueres, ſi on ne les garniſſoit d'arquebuſerie, qui endommage l'ennemy dés le dehors.*

*Ser. L'arquebuſerie vaudroit encor moins, ſi ayãt donné la charge, elle n'auoit où ſe retirer, pour ſe ſauuer de la cauallerie*

lleria enemiga, y de
todos los demás, que
le procuráſſen dañar.

Cab. Si, péro biévemos,
que mayor daño ſe
le haze al enemigo,
con la arcabuzeria, y
moſqueteria, que cõ
las picas.

Sar. Todo eſſe daño es
poco, en comparaciõ
del que ſe recibe, al
desbarate de vn eſ-
quadron o exercito,
el qual ſe ſeguiria
luego con la caualle-
ria, ſi las picas, que es
vna muralla fuerte,
no ſe puſieſſen a la
defenſa.

Cab. Por eſſo cõparan
a vn eſquadron bien
formado, al cuerpo
humano, donde los
braços y piernas que
ſon los que obrã, ſon
los arcabuzeros: y las
picas, que eſtan ſiem-
pre firmes, y es de do
viene virtud a todas
las partes del eſqua-
dron; el cuerpo y el
coraçon.

ennemie, & de tous les
autres qui la voudroiẽt
endommager.

Cap. Ouy, mais nous voyõs
biẽ, que l'on fait plus de
dommage à l'ennemy, a-
uec l'arquebuſerie &
les mouſquets, que non
pas auec les piques.

Ser. Tout ce dommage eſt
fort petit, à comparaiſon
de celuy que l'on reçoit,
à la defaite d'vn eſqua-
dron ou d'vne armee,
laquelle ſe ſuiuroit tout
auſſi toſt auec la caual-
lerie, ſi les piques, qui ſõt
vne forte muraille, ne
luy ſeruoient de defenſe.

Cap. Et partant on compare
vn eſquadron bien for-
mé, au corps humain, où
les bras & les jambes,
qui ſont celles qui ope-
rent, ſont les arquebu-
ſiers: & les piques qui
tiennent touſiours fer-
me, & dont vient la
vertu & vigueur, à tou-
tes les parties de l'eſ-
quadron: ſont le corps
& le cœur.

*Sar.* Affi es, y aun fi mi-
rays la forma de vn
efquadron de los or-
dinarios, formado có
fus mangas, hallareis
enel, la mifma forma
del cuerpo humano.

*Cab.* Que partes fe re-
quiere que tenga vn
buen foldado.

*Sar.* Muchas, y muchos
efcriuieron de effa
materia, péro las mas
neceffarias y ordina-
rias, yo las diré. El
Soldado, quanto a lo
primero, deue fer
muy honrofo, por-
que foldado fin hon-
ra, feria de ningun
prouecho, pues ella
es la efpuela, que le
ha de hazer obrar, lo
que no baftan pre-
mios, ni ruegos, ni a-
menazas de fus ofi-
ciales.

*Cab.* Por effo deue el
foldado, traer fiem-
pre efcrita en la fren-
te, aquella coplilla
que dize:

*Ser.* Il eſt ainſi, & meſmes
ſi vous regardez la for-
me d'vn eſquadron, de
ceux qui ſont ordinai-
res, formé auec ſes man-
ches ou ailes, vous y
trouuerez la meſme for-
me du corps humain.

*Cap.* Quelles ſont les parties requiſes à vn bon
ſoldat?

*Ser.* Il y en a pluſieurs, &
auſsi beaucoup ont eſcrit
de ceſte matiere, mais
les plus neceſſaires &
ordinaires, ie vous les
diray. Le Soldat en pre-
mier lieu, doit eſtre fort
amateur d'hõneur, par-
ce que le ſoldat ſans hõ-
neur ne ſeruiroit de riẽ,
puis que c'eſt l'eſperon
qui luy doit faire faire,
ce à quoy ne ſont ſuffi-
ſantes les recompenſes,
les prieres ni les mena-
ces de ſes officiers ou ſuperieurs.

*Cap.* Et partant, le ſoldat
doit tonſiours porter eſ-
crit au front ce petit couplet, qui dit:

Por la honra
Pon la vida,
Y pon las dos
Honra y vida,
Por tu Dios.

*Pour ton honneur*
*Employe ta vie;*
*Et pour ton Dieu,*
*Mets y les deux,*
*Honneur & vie.*

Sar. Lo segundo, deue ser el soldado valiéte, no temeroso ni cobarde.

*Ser. Secondement, le Soldat doit estre vaillant, non craintif ni couard.*

Cab. El soldado couarde, mas propiamente se podria llamar espantajo, al qual quádo los paxaros, le pierden vna vez el miedo, se assientan encima del, o como el Rey de las ranas.

*Cap. Le Soldat couard, se pourroit plus propremēt appeller vn espouuantail, duquel les oyseaux ayans vne fois perdu la crainte, ils s'asseent dessus luy, ou bien c'est comme le Roy des grenoüilles.*

Sar. Como es esso del rey de las ranas?

*Ser. Comment va cela du Roy des grenoüilles?*

Cab. Dizen, que en tiépo de Maricastaña, las ranas dessearon tener rey, como todas las demas naciones, y pidieron a Iupiter, que era Rey de los Dioses, que les diesse Rey, el qual viendo su necedad, quiso burlar de ellas, y dixoles que para vn dia señalado les daria

*Cap. On dit, qu'au temps de Maricastague. i. que les bestes parloient; les grenouilles desirerent d'auoir vn Roy, comme toutes les autres nations & demanderent a Iupiter qui estoit le Roy des Dieux, qu'il leur en donnast vn. Luy voyant leur sottise, se voulut moquer d'elles, & leur dit qu'à vn certain iour*

Rey: ellas le esperauã
con grande alegria, y
venido aquel dia, sa-
lierõ todas de sus ca-
sas muy compuestas,
como conuenia para
recebir a su Rey, y pu
sierõse en la superfi-
cie del agua esperan-
do. En este tiempo,
Iupiter arrojo desde
el cielo vn gran ma-
dero, que dió con el,
en la laguna donde
ellas estauã, tan gran
golpe, y hizo tã gran
ruido, que ellas fue-
ron todas turbadas y
assombradas, y vnas
por aqui, otras por a-
lli, cada vna huyo a su
casa, sin osar llegar a
hazer a su Rey el de-
uido acatamiéto, ni
salir fuera en muchos
dias. Quedo se el ma-
dero nadando enci-
ma del agua, y ellas
con tanto temor, de
ver cosa tan grande,
que ninguna osaua
salir fuera de su casa, y
alli morian de hãbre,

*il leur dõneroit vn Roy:*
*elles l'attẽdoient en bon-*
*ne deuotion, & le iour*
*assigné estãt venu, elles*
*sortirent toutes de leur*
*maison, fort bien en or-*
*dre & parees, comme il*
*conuenoit pour receuoir*
*le Roy, & se rangerent*
*toutes au dessus de l'eau*
*en attendant qu'il vinst.*
*Lors Iupiter ietta du*
*haut du ciel vne grosse*
*piece de bois, auec la-*
*quelle il donna vn si*
*grand coup, au marais*
*où estoient les grenouil-*
*les, & fit vn tel bruit,*
*qu'elles en furent toutes*
*estonnees & espouuen-*
*tees, & s'enfuirent les*
*vnes deça, les autres*
*delà, chacune à sa mai-*
*son, sans s'oser appro-*
*cher à faire la reuerence*
*deuë à leur Roy, ni sor-*
*tir hors de long temps.*
*La piece de bois demeu-*
*ra là à flotter par dessus*
*l'eau, & elles resterent*
*auec vn tel estonne-*
*ment, de voir vne chose*
*si grande, que pas vne*

hasta que poco a po-
co, fue saliédo la mas
esforçada, y siguiédo
la las de mas, cada dia
yuan perdiendo mas
el temor, y se yuã lle-
gádo cerca de su Rey,
viédo le a el tan má-
so, y que no se mo-
uia, ni les dezia mala
palabra: al fin tanto
cõtinuaron, y (como
la mucha conuersa-
ción es causa de me-
nosprécio) se llegaró
a su Rey, y viédo to-
das lo que era, salta-
ron encima del, y co-
mençaron a cheriar,
y dar grandes risadas
haziendo burla de su
Rey, y de su temor
passado. Boluieron
pues a insistir a Iupi-
ter, que en todo caso
les dieße Rey no tan
manso, sino que fueß-
se justiciero. Iupiter
viendo su necia por-
fia, les embió por Rey
a la Cigueña, la qual
reyna hasta oy entre
ellas, cebandose y co-

*d'elles n'osoit sortir de*
*sa maison, & y mouroiët*
*de faim, iusques à ce que*
*peu à peu, la plus hardie*
*commëça à sortir, & les*
*autres allant apres, per-*
*doient de iour en iour la*
*crainte qu'elles auoient*
*cõceuë, & s'approchoiët*
*de leur Roy, le voyãt si*
*paisible, & qu'il ne se*
*mouuoit aucunement, ni*
*ne les traittoit point de*
*rudes paroles: En fin, el-*
*les cõtinuerent tant, &*
*(comme la trop grande*
*familiarité engëdre me-*
*spris) elles s'approcherëe*
*de leur Roy, & voyant*
*toutes ce que c'estoit, el-*
*les sauterent deßus luy,*
*& se mirent à criailler*
*& à rire à gorge des-*
*ployee, se moquãt de leur*
*Roy, & de leur crainte*
*passee. Or apres cela el-*
*les insisterët de nouueau*
*enuers Iupiter, que reso-*
*luement il leur donnaßt*
*vn Roy, qui ne fußt pas si*
*doux, ains qu'il fußt bon*
*iusticier. Iupiter voyãs*
*leur sotte opiniaßtreté,*

miédolas cadadia, en pena de ſu loca peticion; pues pudiendo biuir libres, quiſierō mas hazerſe eſclauas; y tener vn Rey cruel, que vn manſo y benigno.

*leur enuoya pour Roy le Cigoigne, laquelle regné iuſques auiourd'huy entreicelles, ſe repaiſſãt, & les mãgeãt tº les iours pour punition de leur folle requeſte, puis que pouuãt viure en liberté, elles auoiẽt mieux aimé ſe rẽdre eſclaues, & plus deſiré vn Roy cruel, qu'vn qui fuſt doux & benin.*

Sar. No ha eſtado malo el cuento, y mejor es la moralidad.

*Ser. Le conte n'a point eſté mauuais, & encore meilleure la moralité.*

Cab. Dexemos eſto aora, y proſiga v. m. adelante, con ſu platica del bué ſoldado.

*Cap. Laiſſons cela à ceſte heure, & pourſuiuez voſtre diſcours du bon ſoldat.*

Sar. Lo tercero que ha de tener, ha de ſer grã ſufridor de trabajos, y para eſto deue ſer de rezia complexion.

*Ser. Le troiſieſme qu'il doit auoir, eſt qu'il ſoit fort patient au trauail, & pour cet effeɛ il doit eſtre d'vne forte complexion.*

Cab. Y a el que eſſo no tuuiere, el diablo le trúxo a la guerra, como dizen del moço vergonçoſo, que el diablo le traxo a Palacio.

*Cap. Et celuy qui n'aura cela, le diable l'a bien amené à la guerre, comme l'on dit du ieune garçon honteux, que le diable l'a amené à la Court.*

Sar. Deue tambien ſer

*Ser. Il faut auſſi qu'il ſoit fort*

muy obediente a sus
oficiales, y que haga
de buena gana, y sin
mostrar mal rostro,
lo que le ordenáren
siendo del seruicio
del Rey.

**Cab.** Quiten le a la milicia, la obediécia en
los soldados, y bol-
uersheha en confusion
Babilonica.

**Sar.** Otras muchas par-
ticularidades, ha de
tener el buen solda-
do, que yo no quiero
tratar aora, y quien
las quisiere ver, lea
quatro o cinco trata-
dos, que andá de ello
en lengua Española:
vno del Capitã Mar-
tin de Eguiluz, y otro
de Escalante: otro de
Dõ Fernádo de Cor-
dua, y otro de Don
Bernardino de Men-
doza, que allí lo vera
bien pintado.

**Cab.** Aqui buelue nue-
stro mosquetero, muy
cabizbaxo viene, per-
dido deue de auer.

**Ca.** Oſtez en la guerre l'obe-
iſſance és ſoldats, ce ne
ſera qu'vne confuſion
babylonique.

**Ser.** Le bon Soldat doit a-
uoir tout plein d'autres
particularitez, dont ie
ne veux pas diſcourir à
preſent, & qui les vou-
dra voir, qu'il liſe quatre
ou cinq traitez, qui ſont
faits de ceſte matiere, en
langue Eſpagnole; l'vn
du Capitaine Martin de
Eguiluz, & vn autre de
Eſcalante: vn autre de
Don Fernand de Cor-
doua, & encor vn autre
de Don Bernardin de
Medoce, que là il verra
le tout bien repreſenté.

**Cap.** Voicy reuenir noſtre
mouſquetaire, il eſt bien
peneux à le voir, il aura
perdu ſon argent.

L

Sar. A Señor Soldado, vna palabra.

S. Hau Monſieur le Soldat, vn mot.

Sol. Dexeme v.m.ſeñor Sargento, baſtame mi mala ventura.

Sol. Laiſſez moy Monſieur le Sergent, ie ſuis aſſez affligé de mon malheur.

Sar. Que ha ſido? perdioſe toda el armada?

Ser. Qu'y a-il, toute l'armee eſt-elle deſconfite?

Sol. No topára yo aqui aora con el vellaco, que eſte juego inuentó.

Sol. Ie ne voudrois pas rencontrer à ceſte heure, le meſchant qui a inuenté ce ieu.

Sar. Que le querria dezir?

Ser. Que luy voudriez vous dire?

Sol. Reniego del diablo, ſi no le auia de hazer mas tajadas, que puntos ſe han echado en los dados, deſpues que es los inuento.

Sol. Ie renie le diable, ſi ie ne ferois plus de morteaux de ſon corps, qu'õ n'a fait de poinĉts és dez, depuis qu'il les a inuentez.

Sar. Eſſo me parece echar la culpa del aſno a la aluarda: quien le mandó a v. m. jugar?

Ser. Cela me ſemble reietter la faute de l'aſne ſur ſon baſt: qui vous a commandé de iouer?

Sol. El diablo que no duerme, y anda tras hazerme deſeſperar, para lleuarme.

Sol. C'eſt le diable qui ne dort point, & eſt apres à me faire deſeſperer, pour m'emporter.

Sar. Pues mire no le crea, ſino quádo venga, digale que por aora no puede yr, que eſtá ocupado en ſer-

Ser. Et bien ne le croyez pas, ains quand il viendra, dites luy que pour le preſent vous n'y pouuez aller, & que vous eſtes

uicio de su Magestad;
que se buelua otro
dia, y si no quisiere,
deshagale la horqui-
lla en la cabeça.

Sol. Muy bueno va es-
so, estoy yo rabian-
do, y esta se v.m. bur-
lando de mi.

Sar. Mire, yo le dare vn
buen remedio: To-
me dos onças de ja-
raue de paciencia, y
quatro de vnguento
de oluido, y beualo
todo, y con ello pur-
gará essa melácolia,
y quedará luego bue-
no.

Sol. Seran dos purgas
vna tras otra, despues
de purgada la bolsa,
purgar el cuerpo.

Sar. Pues núca ha oydo
dezir, que vn clauo
saca otro, y vna ma-
no laua la otra, y en-
trambas a la cara?

Cab. Pues como se dió
tá presto fin a la triste
tragedia?

Sol. Yo les dire a vue-

empesché au seruice de
sa Majesté, qu'il reuien-
ne vne autrefois, & s'il
ne veut pas, rompez luy
vostre fourchette sur la
teste.

Sol. Me voila bien arriué,
i'enrage & vous vous
mocquez encor de moy.

Ser. Regardez, ie vous dõ-
neray vn bon remede:
Prenez deux onces de si-
rop de patience, & qua-
tre d'vnguent d'oubliã-
ce, beuuez tout cela, &
par ce moyen vous pur-
gerez ceste melancholie,
& serez tout inconti-
nent guary.

Sol. Ce seront deux purga-
tiõs l'vne apres l'autre,
apres auoir purgé la
bourse, purger le corps.

Ser. N'auez vous iamais
ouy dire, qu'vn clou
chasse l'autre, & qu'v-
ne main laue l'autre, &
toutes les deux la face?

Cap. Et bien comment a-on
si tost mis fin à la triste
tragedie?

Sol. Ie vous diray commẽt

ſtras mercedes como
fue, el con quien yo
jugaua me dió a parar
a onze, pare le quatro
reales, echome vn en-
cuétro, y tiromelos.

Sar. Mal principio.

Sol. Antes ſuelen dezir,
que es buen prono-
ſtico perder la pri-
mera mano.

Cab. No ay regla tan
general, que no tenga
ecepcion.

Sol. Dióme a parar lue-
go a doze, qué es mi
ſuerte, pare le ocho
reales, echo vn azar,
dixe reparolos, otor-
góme el reparo, láço
el dado, y echo otro
azar.

Sar. Pues pecador, para
que queriades más,
de auer ganado con
quarenta otros qua-
renta: que mercader
ay que gane a ciento
por ciento?

Sol. Señor, yo no me
contente, ſino quiſe
aſſácar los clauos de

cela s'eſt fait, celuy cõtre
qui ie iouois m'a liuré
chance d'onze, ie luy ay
couché quatre reales, il a
ramené vne rencontre,
& me les a tirees.

Ser. Voila vn mauuais
commencement.

Sol. Au contraire on dit
communément, que c'eſt
bon ſigne de perdre la
premiere main.

Cap. Il n'y a point de regle
ſi generale, qui n'aye quelque exception.

Sol. Incõtinent apres il m'a
liuré douze, ie luy ay
couché huict reales, il a
faict vn haſard: ie luy
ay dit, ie repare, il l'a te-
nu, puis il a ietté le dé,
& a fait vn autre ha-
ſard.

Ser. Hé pauure homme, que
vouliez vous d'auan-
tage, que d'auoir gaigné
auec quarante autres
quarante: quel marchãd
y a il qui gaigne cent
pour cent?

Sol. Monſieur, ie ne me con-
tentay pas, ainſi ie vou-
lus arracher les cloux de

la mesa, como dizé, y dixe, siete y lleuar, dixome, digole: Relâça y echa su suerte, y arrebuja có todo, a mi dexóme del agalla, sin blanca, como el diablo se aparecio a san Benito.

Cab. Siempre lo verá, que quié todo lo quiere, todo lo pierde.

Sol. Mas siempre despues de ydo el conejo, viene el consejo.

Sar. Aora bien, quien yerra y se emienda, a Dios se encomienda.

Sol. La emienda será empeñar el capotillo, para boluerme a esquitar si puedo.

Sar. Essa no sera emienda sino obstinacion.

Sol. Aqui perdi vna aguja, aqui la tengo de hallar.

la table, côme l'on dit, & dis, sept & le vade, il me dit, digolò: il reiette le dé, rameine sa chance & rasle tout: Pour moy il me laissa pendu par les ouyes en guise de poissô, sans vn seul denier, côme le diable s'apparut à sainct Benoist.

Cap. Vous le verrez tousiours, que qui veut auoir tout, perd le tout.

Sol. Mais tousiours, apres que le lapin est eschapé, le conseil vient. à il est trop tard de fermer l'estable, quãd les cheuaux sont desrobez.

Ser. Or bien, celuy qui peche & qui s'amende, à Dieu il se recommande.

Sol. L'amendement sera d'engager mon manteau, pour tascher d'auoir ma reuanche si ie peux.

Ser. Ce ne sera pas vn amēdement, mais vne obstination.

Sol. I'ay perdu icy vne aiguille, il faut que ie l'y retrouue.

Sar. No veys pecador, que se os cayo en la mar essa aguja, como la quereis hallar?

Sol. Yo me tengo de yr a vna hechizera, que me de vna soga de ahorcado, que dizen que es buena para hazer ganar.

Cab. Castigame mi madre, y yo trompose-las.

Sar. Aora señor vamos por aora a meter la guardia, que despues se tratara de esso.

Cab. Vaya a llamar a sus camaradas.

Sol. Yo voy, beso a vuestras mercedes las manos.

Cab. Yo tambien quiero yr por mis armas.

Sar. Yo me voy a la vādera, y alli esperare.

Fin del septimo Dialogo.

Ser. Ne voyez-vous pas pauure homme, que ceste aiguille vous est cheute en la mer, comment la voulez-vous retrouuer?

Sol. Ie m'en iray trouuer vne sorciere, qu'elle me dōne vne corde de pendu, car l'on dit qu'elle est bonne pour faire gaigner.

Cap. Ma mère me reprent, & ie luy fay la mouë.

Ser. Or bien allons pour ceste heure asseoir la garde, car puis apres l'on traitera de cet affaire.

Cap. Allez appeller vos camarades.

Sol. Ie m'y en vay, Adieu Messieurs, ie vous baise les mains.

Cap. Ie m'en vay aussi querir mes armes.

Ser. Ie m'en vay à l'enseigne & vous attēdray là.

Fin du septiesme Dialogue.

DIALOGO OCTA-
uo , entre dos ami-
gos , el vno llamado
Poligloto y el otro
Philoxeno, en el qual
se trata de algunas
cosas tocantes al ca-
minar por España,
las quales podran
seruir de auiso a los
que quisieren ver a-
quel Reyno.

DIALOGVE HVI-
*Ctiéme entre deux amis,*
*l'vn appellé Poliglote,*
*& l'autré Philoxene,*
*auquel se traite d'aucu-*
*nes choses touchant le*
*voyage d'Espagne, les-*
*quelles pourront seruir*
*d'aduertissement à ceux*
*qui voudront veoir ce*
*Royaume.*

---

Poligloto caminante
hablando entre si
mismo dize.

Poliglote voyageur pár-
lant en luy mes-
me dit.

POL. Ya que se va
poniendo el Sol,
pareceme no sera
malhecho acogerme
temprano a la posa-
da : y si no me enga-
ño, en este lugar bi-
ue vn mi amigo an-
ciano , tengo de in-
formarme del, pues
veo alla entre essos
arboles a vno que
me lo podra enseñar.
Ha mi señor, buenas
tardes de Dios a v.m.

POl. *Puisque le Soleil se*
*va coucher , il me*
*semble que ce ne sera pas*
*mal faict de prendre lo-*
*gis de bonne heure: & si*
*ie ne me trompe , il de-*
*meure en ce lieu cy vn*
*mien amy ancié, ie m'en*
*veux enquerir , car ie*
*voy là entre ces arbres*
*vn homme qui me le*
*pourra enseigner. Hau*
*Monsieur , Dieu vous*
*doint le bon soir.*

L iiij

**Phil.** Y a v. m. tambien: y fea muy bien venido.

**Pol.** Befo las manos de v. m. y le fuplico me la haga de dezirme, fi conoce en efte lugar a vn cierto perfonage llamado Philoxeno.

**Phil.** Si conofco, fi es que fe pueda vn hóbre conocer a fi mifmo.

**Pol.** Iefus Señor, y es poffible que yua tan ciego que no conoci a v. m. aunque tengo de hallar defculpa en la falta de la luz, porque fe va haziendo tarde, y mas que me parece v. m. tan mudado, que có dificultad le conociera, aun fiendo muy de dia.

**Phil.** Aunque v. m. me vee mudado de roftro, me hallara fiépre con la mifma volútad de obedecelle, en todo lo que fuere feruido mandarme.

**Phil.** Et à vous auffi Monfieur, vous foyez le bien venu.

**Pol.** Ie vous baife les mains, & vo° fupplie me faire la faueur de me dire, fi vo° cognoiffez icy vn certain perfonnage appellé Philoxene.

**Phil.** Ouy ie le cognois, fi tant eft qu'vn homme fe puiffe cognoiftre foymefme.

**Pol.** Iefus Monfieur, eft il poffible que ie fois fi aueugle, que ie ne vous aye cogneu? encor que ie trouue excufe fur le defaut de la clarté, car il s'en va tard, & d'abandant vous me femblez fi changé, qu'à peine vo° euffe-ie recogneu, mefme au grand iour.

**phil.** Encor que vous me voyez changé de vifage, vous me trouuerez toufiours auec la mefme volonté de vous obeyr, en tout ce qu'il vous plaira me commander.

Pol. Señor mio, yo no le puedo responder otro, sino hazer como vn Eco, tornandole sus mismas palabras, y los mismos ofrecimiétos de buena voluntad, pues las obras, no es agora en mi mano vsarlas.

Pol. Monsieur, ie ne vous peux respondre autre chose, sinon faire comme vn Eco, en vo° renuoyãt vos mesmes paroles, & les mesmes offres de bõne volonté, puisque des œuures, ie n'ay pas le moyen à present d'en vser.

Phil. Pues mi Señor, dexemos a parte essos cumplimientos, má de v. m. apearse, y véga a tomar possession de mi pobre casa, pues todo lo que ay en ella está a su seruicio de v. m.

Phil. Et bien Monsieur, laissons à part ces complimens, mettez s'il vous plaist pied à terre, & venez prédre possession de mõ pauure logis, car tout ce qu'il y a est à vostre seruice.

Pol. Es esta su casa de v. m? y como buena y bien labrada es! por cierto, no las ay tales ni tan buenas en la tierra de donde agora vengo.

Pol. Est-ce icy vostre maison? ô qu'elle est bonne & bien bastie! Certainement il n'y en a pas de telles ni si bonnes au pays d'où ie viens à present.

Phil. Pues y de donde viene v. m?

Phil. Et d'où venez vous donc?

Pol. De España.

Pol. D'Espagne.

Phil. De España? Iesus Señor, y qual fue la causa que le hizo a v. m. emprender aquel

Phil. D'Espagne? Iesus Monsieur, & quel a esté le subiect de vous faire entreprendre ce voyage,

viage, pues dizenque es el mas trabajoso de todos los de Europa?

Pol.  Señor, la curiosidad, pero entremos en casa que yo le cotare a v.m. por estenso, lo que desseare saber, principalmente del modo que ha de tener, el que tuuiere gana de yr a ver aquel Reyno.

Phil. Primero hemos de cenar, y despues me lo contara v. m. mas de espacio en leuantando la mesa.

Pol. Sea en buen hora, que yo acepto la merced que me haze , en acogerme en tan buena posada, que muchos dias ha, que no la he hallado tal.

Phil. Pues Señor, que me dize ? Es possible que v. m. no las aya hallado mejores en su viage , siendo España como dizen, tã

puis qu'on dit que c'est le plus penible de tous ceux de l'Europe ?

Pol. Monsieur, c'a esté la curiosité , mais entrons au logis, que ie vous coteray bien au long, ce que vous desirerez sçauoir, principalement du moyen que deura tenir, celuy qui aura enuie d'aller veoir ce Royaume là.

Phil. Il nous faut premierement souper, puis vo⁹ me le conterez tout à loisir, apres auoir osté la table.

Pol. A la bonne heure soit, i'accepte la courtoisie que vous me faictes, de me receuoir en vn si bon logis, car il y a long teps, que ie n'en ay trouué vn pareil.

Phil. Hé Monsieur, que me dites vous ? Est-il possible que vous n'en ayez trouué de meilleurs en vostre voyage , estant comme l'on dit, l'Espa-

buena tierra y abun-
dante de todo?

Pol. Buena por cierto
pudiera fer, fi la gen-
te no fuera tan pere-
zofa:porque nolabrá
la tierra,laqual de o-
tra manera es de
fuyo harto buena.

Phil. De manera feñor,
que la pereza de los
Efpañoles es caufa
de las malas pofadas.

Pol. No ay que dudar
en effo , porque la
tierra no produze de
fuyo fin fer labrada,y
no lo fiendo, falta lo
neceffario de la pro-
uifion ; affi que no fe
halla en las pofadas,
mas que el caxco de
la cafa , con vn poco
de ropa blanca , y a
vezes no ay camas
para los paffajeros,
principalmente en
las ventas.

Phil. Que llama v. m.
ventas?

Pol. Ventas fon las po-
fadas que fe hallan en

gne vn fi bon pays & a-
bödant de toutes chofes?

Pol. Il pourroit certainement eftre bon,fi lé peu-
ple n'eftoit fi faineant,
parce qu'ils ne labourét
pas la terre, laquelle autrement eft affez bonne
de foy.

Phil. De façon,Monfieur,
que la pareffe des Efpa-
gnols eft caufe des mau-
uais logis.

Pol. Il n'en faut point douter, parce que la terre ne
produit rien fans eftre
labourée, & ne l'eftant
point,la prouifion necef-
faire manque; tellemët
qu'on ne trouue par les
logis,finon que le tect ou
couuert de la maifon, a-
uec vn peu de linge blâc,
& parfois il n'y a point
de licts pours les paffa-
gers , principalement és
hoftelleries des champs.

Phil. Monfieur,qu'appellez
vous hoftelleries des
champs.

Pol. Ce font hoftelleries qui
font en la campagne fur

la campaña, y por los caminos reales, adõde fi fe encuentran los caminantes a hazer jornada, han de lleuar las alforjas biẽ proueydas de todo lo necefiario, que de otra manera, bien podrian acoftarfe fin cenar, porque no fe halla otra cofa en ellas, fino ceuada'y paja para las caualgaduras, y fi mucho, fera vn poco de pan y mal vino, y longaniça.

Phil. Pues por vida de v.m. cuenteme el difcurfo de fu viage, por donde entro en Efpaña, y lo que paffó principalmente en los lugares mas feñalados, porque yo fepa gouernarme fi a çafo me viniere gana de yr alla algun dia.

Pol. Señor', al falir de Francia, yo paffe aquel rio que la diuide de Epaña, que es

les grands chemins, là où s'il arriue que les voyageurs giftent, il faut qu'ils portẽt le biffac bien garny de ce qui eft neceffaire, autremena ils pourroient bien s'aller coucher fans foupper, car en x'y trouue rien, que de l'orge & de la paille pour les montures, & fera beaucoup s'il y a vn peu de pain & de mauuais vin, auec de la faulciffe farcie d'ail.

Phil. Ie vous prie, Mõfieur, faictes-moy le difcours de voftre voyage, par où vous eftes entré en Efpagne, & comment vous auez faict, principalement és lieux plus fignalez, à fin que ie me fçache gouuerner fi d'auanture il me prenoit enuie d'aller là quelque iour.

Pol. Monfieur, au fortir de France ie paffay cefte riuiere qui la fepare d'Efpagne, laquelle eft auxres

cerça de Irõ, no muy
lexos de Fuéterabia,
tuue el medio dia e-
nel dicho lugar de
Iron, y la noche en
fan Sebaſtian, prime-
ra tierra fuerte de
Biſcaya y puerto de
mar.

Phil. Pues v.m. no me
ha dicho, ſi al paſſar
del rio encontro con
las guardas que mi-
ran a los paſſageros.

Pol. Al entrar en Eſpa-
ña ne medieron nin-
gun impedimiento,
péro vna coſa ſe ha
de hazer en llegando
a Iron, y es que ſe ha
de manifeſtar todo
lo que la perſona lle-
ua, ropa, Ioyas ſi tie-
ne algunas, y aun el
propio dinero que
tiene para los gaſtos
del camino : y ſe ha
de regiſtrar y pagar
lo que es taſſado por
los aduaneros, y le
dan vna cedulilla que
llaman albaran o al-
uala que es tanto co-

*d'Iron, pas loing de Fõ-*
*tarrabie, ie fis la diſnee*
*audit lieu d'Iron, & al-*
*lay au giſte à ſaint Se-*
*baſtien, premiere ville*
*forte de Biſcaye, & port*
*de mer.*

*Phil. Mais vous ne m'auez*
*pas dit ſi en paſſant la*
*riuiere, vous rencon-*
*traſtes les gardes qui*
*fouillent les paſſagers.*

*Pol. A l'entree d'Eſpagne*
*ils ne me firent aucune*
*empeſchement, mais en*
*arriuant à Iron, il faut*
*faire vne choſe, qui eſt*
*de manifeſter & mon-*
*ſtrer tout ce que l'on*
*porte, les hardes, les ba-*
*gues ſi on en a, & meſ-*
*me tout l'argent qu'vn*
*homme porte pour ſa*
*deſpenſe, & faut faire*
*enregiſtrer le tout, &*
*payer ce qui eſt taxé par*
*ceux de la Doüane, leſ-*
*quels baillent vn billet*
*qu'ils appellent albarã*
*ou aluala, qui veut dire*
*acquit, qui eſt autant*

mo paſſaporte, para que deſpues las guardas no le quiten lo que lleua, a falta de auerlo regiſtrado.

**Phil.** Y ſe haze eſto a todo genero de perſonas?

**Pol.** No perdonan a nadie, y lo que peor es, las guardas que eſtan en alerta al ſalir por la otro puerta, ſi ſe les antoja, os hará apear de la mula, para mirar y buſcar por todo, ſi lleuays alguna coſa que no eſte en el albaran, péro el mejor remedio que ay para eſcuſar eſta importunidad, es echarles vn real de a quatro o vno de a ocho, ſegun la calidad de los paſſageros.

**Phil.** De manera ſeñor, que ſaben quanto dinero lleua vn hombre a cueſtas; y aſſi corre peligro de ſer ſeguido por los caminos, y robado, y

*comme paſſeport, afin que par apres les gardes ne luy oſtēt ce qu'il porte à faute de l'auoir enregiſtré.*

*Phil. Et cela ſe fait-il à toutes ſortes de perſonnes?*

*Pol. Ils n'en eſpargnent pas vne, & qui pis eſt, les gardes qui ſont à l'aguet au ſortir par l'autre porte, ſi la fantaſie les prend ils vous feront deſcendre de la mule, pour vọ fouiller par tout, & veoir ſi vous portez quelque choſe qui ne ſoit ſur l'acquit, mais le meilleur remede qu'il y a, pour euiter ceſte importunité, c'eſt de leur jetter à la gueulle vne piece de vingt ſols ou de quarante, ſelon la qualité des voyageurs.*

*Phil. De façon, Monſieur, qu'ils ſçauent combien vn homme a d'argent ſur luy: & par ainſi il court fortune d'eſtre ſuiuy par les chemins & volé, & peut eſtre*

quiça aun peor.

Pol. Esso no se ha de te-
mer, porque en Es-
paña no se habla mu-
cho de ladrones de
camino o salteado-
res, si no es en Cata-
luña, por ser la pro-
uincia mas frequen-
tada de passageros
que ninguna otra,
porque passan por e-
lla todos los que van
y vienen de Italia o
de aquellas partes de
la Francia, para la
Corte, de mas que es
la tierra mas poblada
de toda España.

Phil. Pues al partir de
san Sebastian a don-
de fue v.m?

Pol. Tome el camino
por Nauarra, a don-
de vi a Pamplona
villa principal de a-
quel Reyno, y en ella
el Castillo muy fa-
moso, el qual parece
mucho al de Anuer-
sa.

Phil. Y, Señor, no es a-
quella tierra del Rey

encorpis.

Pol. Il ne faut pas crain-
dre cela, parce qu'en Es-
pagne, il ne se parle pas
beaucoup de voleurs, si
ce n'est en Catalogne,
pour estre la prouince la
plus frequentee de passa-
gers qu'aucune autre,
d'autant que tous ceux
qui vont & viennent
d'Italie ou de ces costez
là de la France, pour al-
ler à la Court, passent
par là, outre que c'est le
pays plus peuplé de tou-
te l'Espagne.

Phil. Or au partir de saint
Sebastien ou allastes
vous?

Pol. Ie pris mon chemin par
la Nauarre, où ie vis
Pampelune, ville capi-
tale de ce Royaume, &
en icelle la Citadelle bië
forte, laquelle ressemble
bien à celle d'Anuers.

Phil. Et, Monsieur, ceste
ville là n'est-elle pas au

de Francia?

Pol. No Señor, porque el Rey de Eſpaña ſe la vſurpa, péro paſſemos a delante, que no nos toca a noſotros hablar en eſto, ſolo dire que es vna famoſa tierra, la gente muy luzida, y no mal aficionada a nueſtra nacion Franceſa.

Phil. Y de alla por donde fue v.m. pues a mi parecer auia dexado el camino ordinario de los que van a Madrid?

Pol. Aſſi es la verdad, que dexe el camino de Victoria y el puerto de ſant Adriã, y entre por Logroño, harto buena tierra, pueſta ſobre el Rio Ebro, cerca de vna montaña a donde antiguamente eſtuuo la Ciudad de Cantabria, la qual dio el nombre a la Prouincia, que agora contiene la Biſcaya, Nauarra, Gui-

Roy de France.

Pol. Non Monſieur, parce que le Roy d'Eſpagne luy a vſurpee, mais paſſons outre, car ce n'eſt pas à no° à faire de parler de cela, ie diray ſeulement que c'eſt vn bon pays, le peuple fort poly, & qui n'eſt point mal affectionné à noſtre nation Françoiſe.

Phil. Et de là par où allaſtes-vo°, puis qu'à mon aduis, vous auiez laiſſé le chemin ordinaire de ceux qui vont à Madrid?

Pol. La verité eſt, que ie laiſſay le chemin de Victoria, & le port ſaint Adrian, & entray par Logrogno, aſſez bonne ville, aſſiſe ſur le fleuue Ebro, aupres d'vne montagne, où eſtoit anciennement la Cité de Cantabrie, qui donna le nom à la Prouince, laquelle contient à preſēt, la Biſcaye, Nauarre, Guipuſcoa, & autres particulieres, dont il ne

puſcoa y otras parti-
culares , de cuyo nó-
bre no me acuerdo
agora: y en el miſmo
lugar eſtan las priſio-
nes de la ſanta In-
quiſicion.

Phil. Pues no dexa v. m.
a tras , otros lugares
del Reyno de Na-
uarra?

Pol. Bié hizo v. m. en hazerme acordar deſſo,
pues ſe me auia olui-
dado dos lugares ; el
no Eſtella de Nauar-
ra que es la Vniuer-
ſidad del dicho Rey-
no , y eſta ſituada la
villa en vn lugar muy
ameno ; el otro es la
Puente de la Reyna,
y de mas de aquellos
dos ay otro llamado
Viana , nombre cor-
rompido de Diana,
porque antiguamen-
te auia alli vn tem
plo de aquella Dioſa.

Phil. Paſſe v. m. adelan-
te , y no repare en
eſtos lugarcitos de
poca conſideracion.

*me ſoüuient pas à pre-*
*ſent : & au meſme lieu*
*il y a les priſons de la*
*ſainCte Inquiſition.*

*Phil. Mais ne laiſſez-vous*
*point derriere , d'autres*
*villes du Royaume de*
*Nauarre?*

*Pol. Vous auez bien faiCt*
*de m'en faire reſſouue-*
*nir , car i'auois oublié*
*deux lieux ; l'vn eſt E-*
*ſtella de Nauarre , Vni-*
*uerſité dudit Royaume,*
*& eſt ladite ville ſituee*
*en vn lieu fort deleCta-*
*ble; l'autre eſt , le Pont*
*de la Royne, & outre ces*
*deux là il y en a vn au-*
*tre appellé* Viana , *nom*
*corrôpu de* Diana, *par-*
*ce qu'anciennement il y*
*auoit là vn temple de*
*celle Deeſſe.*

*Phi. Monſieur, paſſez outre*
*& ne vous arreſtez pas*
*en ces petits lieux de peu*
*d'importance.*

M

Pol. Pues v. m. gusta dello, yo hare vn salto deſde Logroño, haſta ſanto Domingo de la Calçada, que es vn lugar en la Rioja cerca de los mótes d'Oca : en el qual lugar ſe veen en la Ygleſia vn gallo y vna gallina biuos, de la caſta de aquellos que ya eſtando aſſados, tornaron a biuir por milagro.

Phil. Poruentura ſeran de los del milagro de aquel moço peregrino Frances , que fue ahorcado en aquel lugar por ladron, cuyos padres boluié do de cumplir ſu viage de Sátiago, y paſſando por cerca de la horca adóde eſtaua, le hallaron biuo?

Pol. De aquellos miſmos ſon, y v. m. creo aura viſto a muchos peregrinos , de los que paſſan por alla, que traé en ſus ſom-

Pol. Puis qu'il vous plaiſt, ie feray vn ſault dés Logrogne iuſques à ſaint Dominique de la Chaulcee, qui eſt vn lieu en la Riocha , pres les monts d'Oca : auquel lieu il ſe voit en l'Egliſe, vn coq & vne poulle en vie , de la race de ceux qui eſtäs roſtis reſuſciterent par miracle.

Phil. Ce ſont paraduenture de ceux du miracle de ce ieune pelerin Françous, qui fut pendu pour larron en ce lieu là , dont le pere & la mere, renenäs d'accomplir leur voyage à ſaint Iacques , & paſſant par aupres du gibet où il eſtoit pendu , ils le trouuerent en vie.

Pol. Ce ſont de ceux-làmeſmes , & croy que vous auez veu pluſieurs pelerins, de ceux qui paſſent par là , qui portent ſur leurs chapeaux, des pe-

breros, vnos bordõ-
cillos con plumas de
aquellas aues: y ſi no
fuera tan larga la hi-
ſtoria del milagro yo
ſe la contára , péro
quedeſe para otro
tiépo, que ya es muy
tarde, y ſera bien que
durmamos , porque
me hallo canſado del
camino , y he mene-
ſter deſcanſar vn po-
co, y ſi v. m. guſtáre
dello , acabaremos
mañana el viage , aũ
que nos queda por
andar muy larga jor-
nada.

Phil. v. m. tiene mucha
razon, porque antes
yo auia de ſer el que
le combidara a repo-
ſarſe , péro es tan
grande el guſto que
recibo, en oyrle con-
tar eſtas çoſas, que yo
eſcuſára el dormir
no ſolo vna noche,
ſino muchas.

Pol. Pues aſſi lo manda
y v. m. guſta tanto
dello proſigamos en

tits bourdons auec des
plumes de ces oyſeaux
là: & ſi l'hiſtoire de ce
miracle n'eſtoit ſi lõgue,
ie vous la raconterois,
mais laiſſons la pour vne
autre fois, parce qu'il eſt
deſia tard , & ſera bon
que nous dormions, par-
ce que ie me trouue fort
las du chemin , & ay
beſoin de repoſer vn peu,
& s'il vous plaiſt, nous
acheuerons demain le
voyage , encor que nous
ayons vne bien grande
iournee à faire.

phil. Vous auez bien raiſon
Monſieur, car c'eſt moy
qui deuois le premier
vous conuier à prendre
repos, mais ie reçois tãt
de contentement, à vous
ouyr conter ces choſes,
que ie me paſſerois de
dormir, nõ pas vne nuict
ſeule, mais pluſieurs.

Pol. Or puis qu'il vous
plaiſt ainſi, & que vous
y prenez tant de plaiſir,

hora buena lo comé-
çado, y paſſemos de
ſanto Domingo a
Burgos, villa capital
de Caſtilla la vieja,
adonde eſta aquel
deuoto Crucifixo, en
vn monaſterio fuera
de la ciudad. La Y-
gleſia mayor es vn
muy famoſo edificio,
ay alli tambien vn
caſtillo, péro es de
poca conſideracion.

Phil. Y de Burgos adó-
de fue v. m?

Pol. A Valladolid lin-
da villa y muy pobla-
da, adonde eſta vna
de las Chancillerias
d'Eſpaña.

Phil. Pues llama v. m.
Valladolid villa ſien-
do lugar tan grande,
y adonde eſtuuo la
Corte mucho tiem-
po?

Pol. Si Señor villa es,
pues no eſta cercada
de muros, y tambien
porque dizen alla
comunmente: villa
por villa, Valladolid

*pourſuiuons à la bonne
heure ce que nous auons
commencé, & paſſons de
S. Dominique à Burgos,
ville capitale de Caſtille
la vieille, là où eſt ce de-
uot Crucifix, en vn mo-
naſtere hors de la ville.
La grande Egliſe eſt vn
fort bel edifice, il y a auſſi là vn chaſteau, mais il
n'eſt pas de beaucoup de
conſideration.*

*Phil. Et de Burgos on alla-
ſtes vous?*

*Pol. A Vailladolid, beau
village & fort peuplé,
là où il y a vne des Chã-
celleries ou Parlemens
d'Eſpagne.*

*Phil. Appellez vous donc-
ques Vailladolid vn
village, veu que c'eſt
vne ville ſi grande, &
où la Court a eſté long
temps?*

*Pol. Ouy, Monſieur c'eſt vn
village, puis qu'il n'y a
point de murailles, &
auſſi parce que l'on dit
là, communement, Vil-
lage pour village, Vail-*

en Castilla: Ciudad | ladolid en Castille: Cité
por Ciudad, Lisboa | pour Cité Lisbonne en
en Portugal. | Portugal.

*Pour ne point donner icy de matiere à quelque censeur, d'autant que i'ay appelle Valladolid village, il faut sçauoir que villa en Espagnol, c'est en rigueur vn village ou bourg non fermé, & plus grand que n'est vna aldea, qui se rapporte à vn hameau ou petit village, & de ce mot villa se dit villano, qui est à dire villageois ou vilain: maintenant Valladolid est Cité, & y a vne Eglise Cathedrale, auec vn Tribunal de l'Inquisition.*

Phil. No nos detenga- | *Phil. Ne nous arrestons pas*
mos mas en este lu- | *d'auantage en ce lieu-cy,*
gar, vamos adelante. | *passons outre.*

Pol. De alli me fui a | *Pol. De là ie m'en allay à*
Medina del Campo, | *Medina del Campo, af-*
harto buena tierra, | *fez bonne ville, & où il*
donde ay famosas li- | *y a de belles librairies,*
brerias, passe alli la | *i'y passay la nuict, & le*
noche, y a la mañana | *lendemain matin, ie pris*
siguiente tome el ca- | *le chemin de Salaman-*
mino de Salaman- | *que fort grande ville, &*
ca, muy grande tier- | *la plus fameuse Vniuer-*
ra y la mas famosa | *sité de toute l'Espagne.*
Vniuersidad de toda | *Ie vis là les Colleges*
España: yo vi alla los | *qui sont en grand nom-*
Colegios que son en | *bre, & fort bien bastis,*
mucho numero, y | *aussi le pont fait par les*
muy bien labrados, | *Romains, & le Taureau*
tambien la puente | *qui est à l'entree d'ice-*
hecha por los Roma- | *luy, duquel parle Laza-*
nos, y el Toro que e- | *rillo de Tormes.*
sta a la entrada della,

M iij

del qual habla Laza-
rillo de Tormes.

Phil. Vio alli v.m. la casa de Celestina?

Phil. *Vistes-vous là la
maison de Celestine?*

Pol. Señor, bien me di-
xeron el lugar adóde
estaua, mas no tuue
tanta curiosidad que
fuera a vella, y tam-
bien porque me pa-
rece que es cosa fin-
gida.

Pol. *Monsieur, on me dit le
lieu où elle estoit, mais ie
ne fus pas si curieux que
de l'aller veoir, & aussi
parce qu'il me semble
que c'est une fiction.*

Phil. Y de Salamanca a
donde fue?

Phil. *Et de Salamanque où
allastes-vous?*

Pol. De Salamanca to-
me el camino de Se-
gouia, famoso lugar
por muchas cosas
que se veen alli ; la
primera el Monaste-
rio del Patral que e-
sta fuera de la Ciu-
dad. Despues la casa
de la Moneda : Tras
esto el famoso Alca-
çar y lo que llaman la
puente de Segouia,
que no lo es, sino vn
aqueducto, hecho de
piedras de maraui-
llosa grandeza ; y lo
que es de notar los
paños finos que alli

Pol. *De Salamanque, ie pris
le chemin de Segouie,
lieu fort renommé pour
plusieurs choses qui se
voyent là ; la premiere
est le Monastere du Par-
ral qui est hors de la ville. En apres la maison
de la Monnoye, puis en
suitte le beau Palais, &
ce qu'on appelle le Pont
de Segouie, qui n'est pas
pont, mais bien vn ac-
queduct faict de pierres
de merueilleuse gran-
deur ; & ce qui est à no-
ter les fins draps qui se
font là.*

se hazen.

De Segobia passe el puerto de Guadarrama, auiendo visto de camino vna casa que se llama del campo, harto buena y entre los bosques : y passado el dicho lugar de Guadarrama, fuy al Escurial Monasterio famoso y casa Real, como todo el mundo sabe. Mas porque seria menester vn libro entero, para hazer la descripció, tá to de la Yglesia, de la Libreria y de los Patios, como de los quartos y alojamientos del Rey , de la Reyna, y de los Frayles, y tábien de las aguas y huertas famosas que ay alla, yo lo remito a la diligencia y curiosidad de los que las quisieren saber mas por estenso.

**Phil.** Pues yo tengo esperança de vello todo algun dia , si Dios

*De Segouie ie passay le port de Guadarrama , ayant veu en passant vne maison qui s'appelle, la maison du Champ, assez belle, & entre les bois: Et ayant passé ledit lieu de Guadarrama, ie fus à l'Escurial , Monastere fort beau , & maison Royalle, comme tout le monde sçait. Mais parce qu'il faudroit vn liure entier, pour faire la description, tát de l'Eglise, de la Librairie , & des Cloistres, cóme des quartiers & logemés du Roy, de la Royne & des Religieux : & aussi des eaux & jardins excellens qu'il y a là, ie le remets à la diligence & curiosité de ceux qui le voudront sçauoir plus par le menu & au long.*

*Phil. Or i'ay bonne esperáce de veoir tout cela quelque iour , si Dieu m'en*

me diere esta gracia.

Pol. Partido del Escurial, fuy a Madrid, passando antes por la casa del Pardo, adonde el Rey assiste mucha parte del año.

Phil. Pues auemos llegado a Madrid, que me dira v. m. de la Corte del Rey que dizen que esta alla?

Pol. No le dire otro a v. m. sino que es vna Corte muy corta.

Phil. Como es esso, que siendo el Rey de España tan gran Monarca, no tiene vna Corte muy esplendida?

Pol. Señor, v.m. ha de saber que ay tan poca gente en la Corte de España, que por esso no se ha de llama Corte.

Phil Desta manera poco gasto haze el Rey.

Pol. Y tan poco, que yo osare apostar, que

*faict la grace.*

*Pol. Estant party de l'Escurial ie m'en allay à Madrid, passant auparauant par la maison du Pardo, où le Roy se tient vne grande partie de l'annee.*

*Phil. Puis que nous voyla arriuez à Madrid, que me direz vous de la Court du Roy, que l'on dit estre là?*

*Pol. Ie ne vous en diray autre chose, sinon que c'est vne Court bien courte.i.bien chetifue.*

*Phil. Comment se fait cela, que le Roy d'Espagne estant si grand Monarque, n'a pas vne Court fort splendide?*

*Pol. Monsieur, vous deuez sçauoir, qu'il y a si peu de gens en la Court d'Espagne, que pour cela elle ne peut pas s'appeller Court.*

*Phil. Par ce moyen le Roy faict peu de despense.*

*Pol. Et si peu, que i'oseray gager, que nostre Roy de France despend plus en*

Nueſtro Rey de Frácia gaſta mas en Pages y lacayos, que el de Eſpaña en todos ſu oficiales.

Phil. Es poſsible eſſo? aunque ſi bien lo miro, pareceme que el acierta mas, porque eſcuſa mucho trabajo y la confuſion que ay en la Corte de Francia: y allende deſto es mas es deſperdicio que ſe haze en la nueſtra, que lo que buenamente ſe gaſta.

Pol. V.m. eſtabien en ello, y en efeto, no ſe hazen alla tantas inſolencias, como en otras Cortes mas grádes, yaun muy menores,

Phil. Pues dexemos el hablar deſſas Cortes, porque no baſtaria vn dia entero, para dezir lo que ſe pudiera de la vna y de la otra, y proſiga ſu viage.

*Pages & valets de pieds, que celuy d'Eſpagne en tous ſes officiers.*

*phil. Eſt-il poſsible? encor que ſi ie le conſidere biē, il me ſemble que il faiſt mieux, parce qu'il euite beaucoup de peine, & la confuſion qu'il y a en la Court de France: & outre ce le degaſt qui ſe fait en la noſtre eſt plus que ce qui bonnement ſe deſpend.*

*Pol. Monſieur, vous ne vous trompez pas, & en effeſt, il n'y a point là tant d'inſolences, comme il s'en fait en d'autres Courts plus grādes, voire meſme en de beaucoup moindres.*

*Phil. Et bien Monſieur, ne parlös plº de ces Courts, car vn iour entier ne ſuffiroit pas, pour en dire ce que l'on pourroit, de l'vne & de l'autre, & pourſuiuez voſtre voyage.*

**Pol.** Al salir de Madrid tome el camino de Alcalà de Henares, famosa Vniuersidad, y de alli passando por el Aranjuez, que es otra casa Real adonde ay algunas cosas curiosas, me encamine para Toledo, Ciudad principal y Arçobispado, adõde ay vna Yglesia muy famosa, y vn riquissimo tesoro en ella.

**Phil.** Vio v.m. alli la torre encantada, y el artificio con que se sube agua del rio hasta lo alto de la ciudad, que dizen es tan famoso & curioso?

**Pol.** Por lo de la torre, bien me informe della, péro no me la supieron enseñar, y assi lo tengo por fabula: mas el artificio del agua, aunque bueno, uo tiene que ver, con los que se hallan en otras tierras, como los que he visto en

**Pol.** Au sortir de Madrid, ie pris le chemin de Alcada de Henares, Vniuersité fameuse, & de là passant par l'Aranjuez, qui est vne autre maison Royale, là où il y a quelques choses curieuses: ie m'acheminay vers Tolede, Cité principale & Archeuesché, où il y a vne fort belle Eglise, & vn riche thresor en icelle.

**Phil.** Vistes vous là la tour enchantee, & l'artifice dont on faict monter l'eau de la riuiere, iusques au hault de la ville, que l'on dit estre si beau & curieux?

**Pol.** Pour ce qui est de la tour, ie m'en enquis biẽ, mais on ne me la sceut enseigner, & par ainsi ie le tien pour fable: mais de l'artifice de l'eau, encor qu'il soit bon, il n'y a point de comparaison à ceux qui se trouuent en d'autres pais, cõme ceux que i'ay veu en Alle-

Alemaña y en Ingla-
tierra; y agora en Pa-
ris se vee la casa edifi-
cada de nueuo en la
Isla adonde se saca a
gua del rio con vn
molino de viento.

Phil. Abreuie v. m. si
manda, y passe ade-
lante.

Pol. De Toledo passe
por muchos lugares,
donde no me detuue
sino muy poco.

Phil. No me dira v. m.
el nombre de algu-
nos?

Pol. Los mas señalados
son Talauera, Tru-
xillo, Merida y Bada-
joz, que es la postrera
de Castilla, adonde se
ha de registrar la ro-
pa y el dinero; y a tres
leguas de alli entran-
do en Portugal, se re-
gistra otra vez, paga-
do a la salida de Ca-
stilla y a la entrada de
Portugal.

Phil. Que importuni-
dad es aquella dere-
gistrar tantas vezes, y

*magne & en Angleter-*
*re; & à present à Paris*
*l'on voit la maison ba-*
*stie de neuf en l'Isle, la*
*où se tire l'eau auec vn*
*moulin à vent.*

*Phil. Abregez s'il vous*
*plaist Monsieur & passez*
*outre.*

*Pol. De Toledo ie passay*
*par plusieurs villes, où*
*ie ne m'arrestay que*
*fort peu.*

*Phil. Ne me direz vous*
*point le nom de quelques*
*vnes?*

*Pol. Les plus remarquables*
*sont Talauera, Truxillo,*
*Merida & Badajoz, qui*
*est la derniere de Castil-*
*le, la où il faut enregi-*
*strer les hardes & l'ar-*
*gent, & à trois lieuës de*
*là, entrant en Portugal,*
*on enregistre derechef,*
*payant à la sortie de Ca-*
*stille, & à l'entree de*
*Portugal.*

*Phil. Quelle importunité*
*est-ce là d'enregistrer tãt*
*de fois, & aussi de payer,*

aun pagar del poco dinero que se lleua para el gasto?

Pol. Señor, no ay a quié apelar sino a la bolsa, y por esso se hallan tan pocos caminantes por aquellas tierras: y puede v. m, creerme que encontre mas passageros entre Orleans y Paris, que en todo mi viage de España.

Phil. Bien lo creo sin que v. m, lo jure, porque parece casi vna procession, la gente que camina por aquella parte de Francia.

Pol. Claro está, y en efeto entiendo que ay mas tierras y pueblos en Francia, entre los dos rios de Sena y Loira, tomandolos desde su origen, hasta que se entran en la mar, que en toda España, y Portugal.

Phil. Bien puede ser.

Pol. Assi es porque des-

tribut, pour le peu d'argent que l'on porte pour sa despense?

Pol. Monsieur, il n'y a point d'appel, sinon à la bourse, & c'est pourquoy il se trouue si peu de voyageurs par ces pays là; & vous me pouuez croire, que ie rencontray plus de voyageurs entre Orleans & Paris, qu'en tout mon voyage d'Espagne.

Phil. Ie vous croy sans iurer, car il semble d'vne procession, du peuple qui va par cest endroit là de la France.

Pol. Il est certain, & en effect ie pense qu'il y a plus de villes & de villages en France, entre les deux riuieres de Seine & de Loire, en prenant depuis leurs sources iusques à la mer, qu'il n'y en a en toute l'Espagne & le Portugal.

Phil. Il peut bien estre.

Pol. Il est ainsi, car depuis

de Yeluas a Lisboa, vi folos tres o quatro lugarcitos, es a faber Villa viciofa, Euora Ciudad, Eftre mofo y Montemayor.

Phil. Paffe adeláte v.m.

Pol. Llegue a Lisboa gráde Ciudad, la qual fe puede comparar a las mejores y mas grandes de Europa: y a dos leguas de allí, ay vn lugar llamado Belen, a donde eftan los fepulcros de los Reyes de Portugal. Mas porque me ha de faltar tiempo para dezir la menor parte, de lo que vi alla, dexarelo para otra mejor comodidad.

Phil. Dexelo v. m. en hora buena, que no faltara ocafion de fabello, algun dia que nos veamos mas de efpacio.

Pol. Pues affi lo manda v. m. yo hare vn falto defde Lisboa a Seuilla, y de Seuilla pafsá-

*Yeluas à Lisbonne, ie vis feulement trois ou quatre petits lieux, c'eft à fçauoir, Villa Viciofa, Euora Ciudad, Eftremofo & Montemayor.*

*Phil. Möfieur paffez oultre.*

*Pol. I'arriuay à Lisbonne, fort grande ville, qué fe peut bien comparer aux meilleures, & plus grandes de l'Europe: & à deux lieuës de là, il y a vn lieu appellé Belen, là où font les fepulchres des Roys de Portugal. Mais d'autant que ie n'aurois pas affez de téps, pour dire la moindre partie, de ce que ie vey là, ie le remettray à vne meilleure commodité.*

*Phil. Laiffez-le à la bonne heure Monfieur, car il ne manquera pas d'occafion de le fçauoir, vn iour que nous nous verrons plus à de loifir.*

*Pol. Puis qu'il vous plaift ainfi, ie feray vn faulte de Lisbonne à Seuille, & de Seuille paffant*

do por Carmona y Ecija, que son dos razonables tierras fuy a Cordoua, adonde vi la famosa Mezquita, que los Moros llamauan là Ceca, edificio muy admirable, y el mas entero de quantos he visto en mi vida de los antiguos, aunque he peregrinado en muchas partes de Europa.

**Phil.** Y de Cordoua adonde fue v. m?

**Pol.** A Granada muy linda y buena tierra, cabeça de Reyno, y la postrera que se torno a cobrar de los Moros, de las que se perdieron en el tiempo de los Reyes Godos, y de Granada, passe por Guadix, Baça Lorca y Cartagena antigua poblacion, adóde ay vn muy lindo puerto de mar, y de Cartagena, bolui a Murcia, que fue ca-

*par Carmone & Ecija, qui sont deux assez bōnes villes, ie m'en allay à Cordouë, là où ie vis la belle Mosquee, que les Mores appelloient la Ceca, edifice fort admirable, & le plus entier de tous ceux que i'ay veu de ma vie des antiques, encor que i'aye voyagé en plusieurs endrois de l'Europe.*

*Phil.* Et de Cordouë où allastes vous?

*Pol.* A Grenade, fort belle & bonne ville, chef de Royaume, & la derniere qui se reconquit des Mores, de celles qui se perdirent du temps des Roys Gots : & de Grenade, ie passay par Guadix, Baça, Lorca & Cartagene, ancienne peuplade, ou il y a vn beau port de mer, & de Cartage ie rebroussay vers Murcia, qui estoit vn chef de Royaume, au temps des Mores. Passé Murcia, ie

beça de Reyno en el
tiempo de Moros:
Passada Murcia me
encamine para Valé
cia, y de alli a Zara-
goça, ciudad princi-
pal y Metropolitana
del Reyno de Arra-
gon, tierra por cierto
muy apazible y de
gran concurso de gé-
te de todas partes.

**Phil.** De manera, señor,
que se va acercádo a
la Francia.

**Pol.** Si señor, pues no
queda mas que Cata-
luña por ver, adóde a
bueltas de otras tier-
ras que vi, passe por
Nuestra Señora de
Monserrate, y de alli
a Barcelona, De Bar-
celona passe por Gi-
rona, y vn poco mas
aca el puerto, para
entrar en el Códado
de Ruyssello, a dóde
esta Perpiñan, muy
buena tierra, con vn
fuerte Castillo, que
de derecho pertene-
ce a nuestro Rey de

pris mon chemin à Va-
lence, & de là à Sarra-
goce Metropolitaine du
Royaume d'Arragon,
ville certainement fort
agreable, & là ou il se
rencontre du peuple de
toutes parts.

**Phil.** Tellement Monsieur,
que vous vous approchez
de la France.

**Pol.** Ouy Monsieur, car il
ne reste plus que Cata-
loigne à veoir, là ou par-
my d'autres villes que
ie vis, ie passay par No-
stre Dame de Montser-
rat, & de là à Barcelon-
ne. De Barcelône ie pas-
say par Girone, & vn
peu par deça le destroit,
pour entrer au Conté de
Roussillon, là ou est Par-
pignan, fort bonne ville,
auec vne forte Citadel-
le, qui de droit appartiēt
à nostre Roy de France:
& en fin passant à Sal-
ses ie sortis d'Espagne

Francia: y al fin paſ
ſando a Salſas ſali de
Eſpaña , con harto
trabajo , porque aun
en aquel poſtrero
paſſo, me lleuaron al-
go del poco dinero
que me quedaua.
Oluidauaſeme de de-
zir, que en Murcia, en
Valencia, en Zarago
çà y en Barcelona,
fue me neceſſario re-
giſtrar y pagar por las
aduenas, y tomar al-
uará por todo de mas
de lo que me lleuauá
los ladrones de guar-
das que eſtá ſiépre en
alerta, aguardando
al ſalir de las puertas:
Péro loado ſea Dios
que ay Dios, que me
libro de ſus manos, a
quien ſuplico les pa-
gue la buena obra
que hazé a todos los
pobres caminantes.
Amen.

*auec aſſez de peine, par*
*ce que meſmes en ce der-*
*nier paſſage , on me fit*
*payer quelque choſe, du*
*peu d'argent qui me re-*
*ſtoit. I'oubliois à dire,*
*que à Murcia, à Valence,*
*à Sarragoce, & à Barce-*
*lonne, il me fut neceſſai-*
*re d'enregiſtrer & payer*
*par les Doüanes, & prē-*
*dre l'acquit par tout, ou-*
*tre ce que ces voleurs de*
*gardes, qui ſõt touſiours*
*à l'aguet, & attendent*
*au ſortir des portes, me*
*faiſoient payer. Mais*
*Dieu ſoit loüé qu'il y a*
*vn Dieu, lequel me di-*
*liura de leurs mains, au-*
*quel ie prie qu'il leur*
*recompēſe le bon œuure*
*qu'ils font à tous les*
*pauures voyageurs.*
*Amen.*

# F I N.

# NOMENCLATOR

## O REGISTRO DE ALGV-
### NAS COSAS CVRIOSAS Y NE-
cessarias de saberse, a los estudiosos de
la lengua Española.

## NOMENCLATOR OV
### MEMOIRE DE QVELQVES CHOSES
*curieuses & necessaires à sçauoir, aux stu-*
*dieux & amateurs de la langue Espagnole.*

IOS, *DIEV*,
La santissima
Trinidad,
la tressain-
*Ete Trinité.*
El santissimo Sacramé-
to, *le tres-sainct Sa-*
*crement.*
El santo Crucifixo, *le*
*sainct Crucifix.*
La Virgen Maria, *la*
*Vierge Marie.*
Nuestra Señora, *Nestre*

*Dame.*
Los Angeles, *Les An-*
*ges.*
Los Santos, *les Saincts.*
Los Apostoles, *les Apo-*
*stres.*
Los Profetas, *les Pro-*
*phetes.*
Los Patriarcas, *les Pa-*
*triarches.*
Los Martires, *les Mar-*
*tyrs.*
Los Confessores, *les*

A

Confeſſeurs.

El Papa, le Pape.

Cardenal, Cardinal.

Arçobiſpo, Archeueſ-
que.

Obiſpo, Eueſque.

Canonigo, Chanoine.

Racionero, Prebendier.

Predicador, Predicateur.

Maeſtro de capilla, mai-
ſtre des enfans de chœur.

Clerigo, Preſtre.

Archipreſte, Archipre-
ſtre.

Sacriſtan, Secretain ou
Clerc d'Egliſe.

Capellan, Chapelain, on
appelle ainſi vn aumoſ-
nier d'vn grand.

Monazillo, enfant de
Chœur.

Sacerdote que dize la
Miſſa, Preſtre qui dit
la Meſſe.

La Miſſa, la Meſſe.

Diacono, Diacre.

Subdiacono, Soubs-dia-
cre.

Barrenderos, ceux qui
ballayent l'Egliſe.

Açota perros, le chaſſe
chien.

Mayordomos de la

Ygleſia, les Marguil-
liers.

Religioſos, les Religieux.

Frayles, Moynes.

Monjas, Religieuſes,
Nonnes.

Abad, Abbé.

Preſentado, certaine di-
gnité au Monaſtere.

Abadeſſa, Abbeſſe.

Prior, le Prieur.

Abadia, Abbaye.

Priorado, Prioré.

Comendador, Comman-
deur.

Encomienda, Comman-
derie.

Cantores, les Chantres.

Contrabaxo, le Baſſe-
contre.

Contraalto, la haulte-
contre ou Contratenor.

Tenor, la taille ou le Tenor.

El tiple, le Superius ou
le deſſus.

Organiſta, Organiſte.

Organos, Orgues.

Flautas del organo, fleu-
tes ou tuyaux d'orgues.

Fuelles del organo, les
ſoufflets des orgues.

La Ygleſia, l'Egliſe.

Bouedas de la Yglesia, les voultes de l'Eglise.

El campanario, le clocher.

Las campanas, les cloches.

El cimborio, le dome ou coupole de l'Eglise.

Arcadas, les arcades.

Capillas, les Chapelles.

El coro, le chœur.

Trascoro, le derriere du Chœur.

Altar, Autel.

Pila de Bautismo, les fonds de Baptesme.

Pila del agua bendita, l'eaubenoistier.

Ysopo o solispas, l'asperges.

Sagrario, le Ciboire où repose le sainct Sacremēt.

Sacristia, Sacristie.

Incensario, l'encensoir.

Encienso, de l'encens.

Cetros, bastons ou masses d'argent.

Relicario, reliquaire.

Reliquias, Reliques.

Cruz, Croix.

Paños de entierros, poisles ou draps de mortuaires.

Andas de muertos, biere, ciuiere à porter les morts en terre.

Ataud, vn cercueil.

Mortaja, le linceul pour enseuelir vn mort.

Tumulo o sepulcro, sepulchre ou tombe.

Sepultura, sepulture.

Entierro, enterrement.

Cimenterio, cimetiere ou cemetiere.

Sepulturero o fossero, le fossoyeur.

Enlutados del entierro, ceux qui portent le dueil à l'enterrement.

Cepo para las limosnas, le tronc pour les aumosnes.

Lamparas, des lampes.

Hachas o antorchas, des torches ou flambeaux.

Blandones, de grands chandeliers appellez flambeaux.

Candeleros, chandeliers ordinaires.

Velas o candelas, chandelles.

Cirios, cierges.

Mano de Iudas o matacandelas, vn souffloir

ou corne à esteindre les cierges.

Manteles del altar, *nape d'Autel.*

Caliz, *le Calice.*

Caxa del caliz, *l'estuy du Calice.*

Patena, *la platine ou patene.*

Vinageras, *les burettes ou chopinettes.*

Corporales, *les corporaux.*

Hijuela, *le volet à couurir le Calice.*

Sacra, *le Canon de la Messe.*

Bolsa de los corporales, *le Corporailler.*

Missal, *le Missel.*

Registros del Missal, *les cordons du Missel.*

Facistol, *le pulpitre.*

La paz o portapaz, *la paix de l'Autel.*

La hostia, *l'Hostie.*

Formas, *les Hosties non consacrees.*

La campana de alçar, *la cloche qui sonne l'eleuation.*

Tañer à Missa, *sonner la Messe.*

Missa cantada, *vne Messe haulte ou grāde Messe.*

Missa rezada, *vne petite Messe ou basse Messe.*

Amito, *l'Amict du Prestre pour la Messe.*

Alua, *l'aube.*

Cingulo, *le cordon.*

Manipulo, *fanon.*

Almucio, *aumuce.*

Estola, *l'estole.*

Casulla, *la chasuble.*

Capa de coro, *chappe.*

Sobepelliz, *vn surpsis.*

Maytines, *Matines.*

Visperas, *vespres.*

Completas, *Complies.*

Responsos, *Responses.*

Aniuersarios, *Anniuersaires.*

Obladas, *pains d'offrāde.*

Ermita, *hermitage.*

Ermitaño, *Hermite.*

## DIGNIDADES TEMPORALES.

## DIGNITEZ temporelles.

Rey, *Roy.*

Principe, *Prince.*

Duque, *Duc.*

Marques, *Marquis.*

Conde, *Comte.*

Vizconde, *Vicomte.*

Varon, *Baron.*

. Cauallero, *Cheualier.*

Cauallero de habito, *Cheualier de quelque Ordre.*

Hidalgo, *Gentil-homme.*

Noble, *Noble.*

Gentilhombre, *vn hö-me de bonne mine, & bien accömodé, migñ.*

Priuado, *vn fauory.*

Officiales de Iusticia, *officiers de Iustice.*

Chanciller, *Chancelier.*

Presidente, *President.*

Oydor, *Conseiller.*

Iuez, *Iuge.*

Alcalde, *Preuost.*

Procurador, *Procureur.*

Escriuano, *Greffier.*

Notario, *Notaire. Il se dit aussi Escriuano.*

Maestre data, *Garde-note, le Tabellion.*

Tribunales o Audien-cias, *sales d'Audiä-ces.*

Camara de Consejo, *Chambre de Conseil.*

Chancilleria, *Chancel-lerie: c'est en Espagne comme vne Cour de*

*Parlement.*

Regidores de la Ciu-dad, *Gouuerneurs d'vne ville: c'est à di-re le Magistrat ciuil.*

Corregidor, *Lieutenät General pour la Iustice.*

Secretarios de Estado, *Secretaires des Comman-demens ou d'Estat.*

Secretarios Reales, *Se-cretaires du Roy.*

Abogado Fiscal, *l'Ad-uocat du Roy.*

Procurador Fiscal, *Pro-cureur General, & aussi tout Procureur Fiscal.*

Alguazil, *Sergent.*

Porquerones o corche-tes, *records ou valets de Sergens.*

Soplones, *mouchards, es-pions de Iustice.*

Alcayde de carcel, *Geo-lier de la prison.*

Llauero de la carcel, *por-tier ou guichetier de la prison.*

Verdugo, *bourreau, exe-cuteur de haute Iustice.*

Horca, *gibet ou fourche & potence.*

Açotes, *fouets.*

Potro, *le cheualet de la question.*

Tormentos, *question ou gehenne, la torture,*

Tormento de la garrucha, *l'estrapade.*

Arrastrar, *trainer sur vne claye.*

Atenacear, *tenailler.*

Quemar, *brusler.*

Ahorcar, *pendre.*

Enrodar, *roüer, rompre sur la roüe.*

Desterrar, *bannir.*

Poner à la verguença, *mettre au carcan, pilorier.*

## LOS TITVLOS
que se han de dar à cada genero de personas, en Español.

*Les tiltres qu'il faut donner à chasque sorte de personnes, en Espagnol.*

Escriuiendo al Papa se pondra, Beatissimo Padre o Padre santo.

*Escriuant au Pape l'on mettra Beatissimo, &c.*

Y en el sobrescrito de la carta se ha de poner.

Et en la *superscription de la lettre il faudra mettre,*

A nuestro santo Padre N. Papa octauo. A nuestro santo Padre, &c.

Y si le hablan, se le aura de dezir,

*Et si on luy parle, il luy faudra dire,*

Beso los santos pies de vuesa Sátidad o Beatitud. Beso los santos pies, &c.

A los Cardenales, Patriarcas y Arçobispos, hablandoles se dira,

*Aux Cardinaux, Patriarches & Archeuesques, en parlant à eux on leur dira,*

Beso a vuesa Señoria Ilustrissima y Reuerédissima las manos, Beso a vuesa Señoria, &c.

En el sobrescrito a vn Cardenal se dira,

*En la superscription à vn Cardinal on dira.*

A Don A. Colona, Cardenal de la sáta Ygle-

fia de Roma: añadié-
do los titulos que ca-
da vno tiene. A Don
A. Colona, Cardenal
de, &c. *En y adiouſtãt
le tiltre de chacũ d'eux.*

A vn Patriarca.
*A vn Patriarche.*
A Don Pedro de tal, Pa-
triarca de tal parte. A
Don Pedro, &c.
A vn Arçobiſpo.
*A vn Archeueſque.*
A Don Fernãdo de To-
ledo o de tal, Arço-
biſpo de tal parte. A
Don Fernãdo de, &c.
A vn Emperador ſe le
da el Titulo de,
*A vn Empereur on luy dõ-
ne le tiltre de,*
Sacra Ceſarea Mage-
ſtad. A la Ceſarea
Mageſtad de Don N.
Emperador de tal
parte: con ſus titulos.
Sacra, &c.
Al Rey de Francia, ſe
dira,
*Au Roy de Frãce l'on dira*
Sacra Mageſtad Criſtia-
niſſima. Sacra Mage-
ſtad, &c.

Al Rey Criſtianiſſimo
de Francia y Nauar-
ra, Don Luys de Bor-
bon.
Al Rey de Eſpaña,
*Au Roy d'Eſpagne.*
Sacra Catolica Mage-
ſtad. Sacra Catolica,
&c.
A Don P. de Auſtria Rey
Catolico de Eſpaña:
añadiendo los demas
titulos. *Adiouſtant le
reſte de ſes tiltres.*
A los hijos de los Reyes
les dizen Alteza,
*Aux enfans des Roys on
leur dit, Alteza.*
Y los varones tienen el
appellido de Princi-
pes: y a las hijas ſe di-
ze Infantas : dãdo-
les tambien el titulo
de Sereniſſimos y Se-
reniſſimas. *Et les maſ-
les ſont appellez, Prin-
cipes. Mais les filles ſe
nomment, Infantas; en
leur dõnant auſſi le til-
tre de* Sereniſſimos *&*
Sereniſſimas.
A las Imperatrices y
Reynas, ſe dira y ſe

criuira de la mifma manera que a fus maridos.

*Aux Imperatrices & Roynes on diva & efcrira de la mefme forte qu'à leurs maris.*

A los Principes de fangre Real, tambien los llaman Altezas, pero no Sereniffimos.

*Aux Princes du fang on leur dit auſi Altezas, mais non pas Serenif-fimos.*

Los Obifpos, Abades, y Abadefas fe tratan de Señoria Reueren-diſſima.

*Les Euefques, Abbez & Abbeffes fe qualifient de Señoria Reueren-diſſima.*

A los grädes que lleuan la encomienda o abito que lleua el Rey, y a los Duques, Virreyes y Embaxadores fe les da el titulo de Excelencia.

*Aux grands qui portent le mefme Ordre que le Roy, auſi aux Ducs, Vicereys*

*& Ambaſſadeurs, on leur donne le tiltre de* Excelencia.

A los Marquefes, Condes, Vizcondos o Barones, fe les da; Señoria.

*Aux Marquis, Comtes, Vicomtes ou Barons, on leur donne ceſte qualité de* Señoria.

A los Generales de las Ordenes fe les da el titulo de Reuetédiſſima Paternidad.

*Aux Generaux des Ordres on leur donne le tiltre de Reuerendiſſima Paternidad.*

A los Prouinciales, Prio res y Dotores, y maeſtros de las Religiones, les dizen Paternidad folamente.

*Aux Prouinciaux, Prieurs Docteurs, & aux maiſtres des Religions, on leur dit feulement Paternidad.*

A los otros frayles los tratan de Reuerécia.

*Aux autres Moines ou Religieux on leur donne*

Reuerencia.

A los Caualleros, hidalgos, Iuezes, Clerigos, mercaderes y otras gentes, dan el titulo de Merced.

*Aux Gentils-hommes & nobles, aux Iuges, Prestres, marchands, & autres sortes de gens en cõmun, on leur donne le tiltre de* Merced.

En el sobrescrito de las cartas, se pone solamente el nombre de la persona a quien se escriue, desta manera: A Pedro tal, en tal parte: es a saber el nombre del lugar a donde esta.

*Au dessus des lettres on met seulement le nom de la personne à qui on escrit, en ceste sorte: A Pedro tal, en tal parte: c'est à sçauoir le nom du lieu où il est.*

Los principios de las cartas que se escriuen son como se sigue.

*Les commencemēs des lettres qui s'escriuent sont*

comme s'enfuit.

Al Papa: Santo Padre,

*Au Pape:* Santo Padre.

Al Emperador: Cesarea Magestad.

*A l'Empereur :* Cesarea Magestad.

Al Rey de Francia: Sire,

*Au Roy de France, Sire.*

Al de España, Señor,

*A celuy d'Espagne,* Señor.

Y a ninguna otra persona se ha de poner cosa alguna, de baxo de la cruz que se haze en lo alto de papel: ni tampoco acabada la carta, sino el nombre solo de quien la escriue.

*Et à nulle autre personne ne se doit mettre chose aucune sous la croix qui se fait au haut du papier: ny aussi à la fin de la lettre, sinon le nom seulement de celuy qui l'escrit.*

Y en todos los de mas sobrescritos, como ya esta dicho, no se da ningun titulo, ni a nadie escriue, Señor,

sino el nombre a so-
las, con la calidad o
calidades y cargos,
que tiene la persona
a quien se escriue.

*Et en toutes les autres su-*
*perscriptions, côme desia*
*dit est, l'on ne donne au-*
*cun tiltre, ny ne s'escrit*
*à personne, Señor, ains*
*le nom tout seul, auec la*
*qualité ou qualitez &*
*offices ou charges, qu'a*
*la personne à laquelle on*
*escrit.*

## EL  CIELO, *LE CIEL.*

Las Estrellas, *les Estoiles.*
Los Planetas, *les Planet-*
*tes.*
El Sol, *le Soleil.*
La Luna, *la Lune.*
El Cielo Empireo, *le Ciel*
*Empirée.*
Las Cabrillas, *la Poußi-*
*niere.*
Los dos polos, *les deux*
*poles.*
El polo Artico , *le pole*
*Artique.*
El polo Antartico, *le po*
*le Antartique.*
El Equinocio, *l'Equinoxe*

El tropico de Cancer, *le*
*tropique de Cancer.*
El tropico  de Capri-
cornio, *le tropique de*
*Capricorne.*
El Zodiaco, *le Zodiaque.*
El Zenith, *le Zenit : c'est*
*le point du Ciel qui est*
*droit sur nostre teste.*
Las nubes., *les nuees.*
La niebla , *le brouillat.*
El Hemispherio , *l'He-*
*misphere.*
El globo, *le Globe.*

## LOS DOZE SIGNOS,
*les douze signes.*

Aries, *le Belier ou moutö.*
Taurus, *Taurus, le Tau-*
*reau.*
Gemini , *Gemini, les bes-*
*sons ou iumeaux.*
Cäcer, *Cäcer, l'escreuisse.*
Leo, *Leo, le Lion.*
Virgo, *Virgo, la Vierge.*
Libra, *Libra, la Balance.*
Scorpius , *Scorpius , le*
*Scorpion.*
Sagitarius , *Sagitarius,*
*l'Archer.*
Capricornus, *Capricorne.*
Aquatius , *le verse eau,*
*Aquarius.*

Pifces, *Pifces, les poiffons.*

El Cielo criftalino en el qual no ay figura ninguna, *le Ciel criftalin, auquel il n'y a aucune figure.*

Los Antipodas, *les Antipodes.*

## LAS SIETE AR-

tes liberales, *les fept Arts liberaux.*

Gramatica, *la Grāmaire.*

Rethorica, *la Rhetorique.*

Dialectica, *la Dialectique.*

Mufica, *la Mufique.*

Arithmetica, *l'Arithmetique.*

Geometria, *la Geometrie.*

Aftrologia, *l'Aftrologie.*

Algunos quieren añadir la pintura, *aucuns y veulent adioufter la peinture.*

OTRAS fciécias y artes, *autres fciences & arts.*

La Theologia, *la Theologie.*

La Philofophia, *la Philofophie.*

La Medicina, *la Mede-*

cinc.

Las Leyes, *les Loix.*

La Efcritura, *l'Efcriture.*

El tañer de los inftrumentos Muficos, *le iouer des inftrumens de Mufique.*

La Cofmografia, *la Cofmographie.*

La Poëfia, *la Poëfie.*

Las Matematicas en general, *les Mathematiques en general.*

## LAS PARTES Y

miembros del cuerpo humano,

## LES PARTIES

& membres du corps humain.

La cabeça, *la tefte.*

La coronilla, *le fommet de la tefte.*

El colodrillo o cogote, *le derriere de la tefte.*

La mollera, *la fontaine de la tefte.*

Los cabellos, *les cheueux.*

La nuca, *la nuque ou chignon du col.*

Las fienes, *les temples.*

La frente, *le front.*

Las cejas, *les sourcils.*

Los ojos, *les yeux.*

Los parpados, *les paupieres.*

Las pestañas, *le poil des paupieres.*

El blanco del ojo, *le bläc de l'œil.*

La niña o niñeta del ojo *la prunelle de l'œil.*

El lagrimal del ojo, *le coin de l'œil en dedans.*

La cuenca del ojo, *l'orbite ou creux de l'œil.*

Las orejas, *les oreilles.*

Los oydos, el oydo, *l'ouye.*

La nariz, *le nez.*

Las vétanas de la nariz, *les narines, ou naseaux.*

Las narizes, *le nez; ce mot s'vse plus souuent au plurier qu'au singulier.*

Nariz roma, *nez camus.*

Nariz aguileña, *nez aquilin.*

La cara o el roftro, *le visage ou la face.*

Las pecas del roftro, *les lentilles du visage.*

Los hoyos de viruelas, *les marques de la petite verolle.*

La mexilla o el carrillo, *la joue.*

La boca, *la bouche.*

Los labios, *les leures.*

Las quixadas o varillas, *les machoires: Notez que varillas se dit pluftoft des beftes.*

Las enzias, *les genciues.*

Las muelas, *les groffes dents, les machelieres.*

Los dientes, *les dents de deuant.*

Los colmillos, *les dents œilleres, és beftes ce font les crocs ou deffenſes,*

La lengua, *la langue,*

El paladar, *le palais.*

El frenillo, *le filet deffous la langue.*

El gaznate o garganta, *le gofier, la gorge.*

La nuez de la garganta, *le nœud de la gorge.*

La gulilla, *le gauion.*

La campanilla o gallillo, *la luette.*

El cuello o pefcuezo, *le col.*

El toçuelo, *la partie plus groffe du col qui eft pres de l'efpaule & fort charnuë.*

La barua, *le menton*,

Las baruas, *la barbe.*

El bigote, *la mouſtache.*

El boço, *le poil follet.*

Los caxcos, *le teſt de la
teſte.*

Los ſeſos o meollo de la
cabeça, *la ceruelle.*

El celebro, *le cerueau.*

El cuerpo, *le corps.*

Los hombros, *le hault
des eſpaules.*

Las eſpaldas, *les eſpaules
par derriere, ou le dos.*

El eſpinazo, *l'eſpine du
dos, l'eſchine.*

Los lomos, *les reins.*

La codilla, *le croupion.*

El pecho, *la poitrine ou
l'eſtomach, l'Eſpagnol
l'vſe en plurier* los pe-
chos, *mais il ſe prend
pour l'exterieur, & pe-
cho pour l'interieur.*

El eſtomago, *l'eſtomach.*

Las tetas, *les tetins.*

El peçon de la teta, *le
bout du tetin.*

El vientre, *le ventre.*

El ombligo, *le nombril.*

El empeyne del vientre,
*le petit ventre.*

Las ingles, *les aines.*

El pendejo, *le penil.*

El coſtado, *le coſté,*

Las coſtillas, *les coſtes.*

La ternilla, *la fourchette
de l'eſtomach, le ſedron.*

El coraçon, *le cœur.*

El higado, *le foye.*

Los pulmones o liuia-
nos, *les poulmons, l'Eſ-
pagnol vſe auſſi du mot*
boſes.

El baço, *la rate.*

La hiel, *le fiel.*

Las entrañas, *les entrail-
les.*

El aſſadura, *la freſſure, ce
mot ſe dit ordinairemẽt
des beſtes.*

La bexiga, *la veſſie.*

Las tripas, *les tripes.*

Los eſtentinos, *les inte-
ſtins, mot corrompu de*
inteſtinos.

La ſangre, *le ſang.*

Los hueſſos, *les os.*

Las venas, *les veines.*

Las arterias, *les arteres.*

Los neruios, *les nerfs,*

Los braços, *les bras.*

Los ſobacos, *les aiſſelles,*

Murezillos de los bra-
ços, *les ſouris ou muſ-
cles des bras.*

El cobdo, *le coude.*

Canilla del braço, *l'os du bras, la focile.*

La muñeca, *le poignet.*

La mano, *la main.*

La palma, *la paume.*

Los dedos, *les doigts.*

Las junturas o los artejos, *les jointures, l'Espagnol dit aussi* coyunturas.

Las vñas, *les ongles.*

El braço derecho o yzquierdo, *bras droict ou gauche.*

Dedo pulgar, *le poulce.*

Dedo indice para demonstrar, *le doigt index.*

Dedo mediano o de en medio, *le grand doigt.*

Dedo del anillo o del coraçon, *le doigt de l'anneau.*

Dedo meñique, *le petit doigt.*

Las caderas, *les hanches.*

Las nalgas, *les fesses.*

Las assentaderas, *idem, ce mot se dit à cause que l'on s'assied sur les fesses.*

El ojo del culo o el sal-uonor, *le trou du cul.*

Las almorranas, *les hemorroydes.*

Los cojones, supinos, testiculos o cópañones, *les testicules ou couillons.*

El carajo, miembro viril *le vit, le membre viril.*

La pixa o pixita, *la vittelette des petits enfans.*

El cuño, la parte feminil, *le con, le membre de la femme.*

El papo o el pendejo, *la motte, le penil.*

Los muslos, *les cuisses.*

Las rodillas, *les genoux.*

Las piernas, *les jambes.*

Las espinillas o canillas, *les os ou greues des jambes.*

Las pantorillas, *les molets ou gras des jambes.*

Los pies, *les pieds.*

Los touillos, *les chevilles des pieds.*

Los calcaños o calcañares, *les talons, il se dit aussi* carcañales, *par metathese.*

Los talones, *idem.*

Las plantas de los pies,

les plantes des pieds.

La garganta del pie, le col du pied.

Empeyne del pie, l'empeigne ou dessus du pied.

Dedos de los pies o artejos, les orteils ou arteils des pieds.

Callos, cals, durillons ou cors aux pieds.

VESTIDOS PARA vn hombre, vestemens d'homme.

El sombrero, le chapeau.

Trença de sombrero, cordon fait en tresse.

Cintillo, vn cordon plat.

Cordon o torçal, vn cordon rond.

Toquilla, cordé de crespe.

Cayrel del sombrero, bord du chapeau.

Plumas o penacho, vn pennache.

Garçotas, plumes de heron, aigrettes.

Martinetes, especes d'aigrettes faictes de verre.

Beca, cordon plat de broderie.

Gorra o bonete, vn bonet ou toque.

Birrete, bonnet.

Birretillo, petit bonnet ou calotte.

Bonete de dormir, bonnet de nuict.

Cofia de dormir, vne coiffe de nuict.

Medalla del sombrero, medalle pour le chapeau.

Copa del sombrero, la forme ou le gros du chapeau.

Halda del sombrero, le bord du chapeau.

Gorra de riço, vn bonnet de veloux ras.

El jubon, vn pourpoint.

Ropilla, casaque ou ropille.

Sayo, vn saye.

Cuera o coleto, vn collet soit de cuir, de veloux ou autre estoffe.

Cuera de Ante, collet de Buffle.

Ojales de la ropilla, les boutonnieres de la ropille.

Botones, des boutons.

Corchetes, agraffes ou crochets.

Pretina, vne ceinture, vn ceinturon.

Guantes, *des gands.*

Calçones, *des chauffes,* *vn haut de chauffes.*

Calças con cañones, *chauffes à canons.*

Calçones de lienço, *des calçons de toille.*

Faldriqueras, *les pochettes.*

Cintas o agujetas, *esguillettes.*

Ojetes, *des œillets.*

Cabos de agujetas, *des ferrets d'esguillettes.*

Calcetas o calcillas, *des chauffettes de toille.*

Escarpines, *des chaufsôs.*

Medias calças, *vn bas de chauffes: l'Espagnol vse seulement du mot de medias, sans y adjoufter calças.*

Medias de seda o de paño, *vn bas de soye ou de drap.*

Quadrillos de las medias, *les coings des bas de chauffes.*

Medias de punto, *bas d'estame.*

Atapiernas, ligas, o cenogiles, *des iartieres.*

çapatos, *des fouliers.*

çapatos de cordouan, *fouliers de marroquin.*

çapatos de bezerro, picados, de vaca, *des fouliers de veau, decoupez, de vache.*

Talon del çapato, *talon ou quartier du foulier.*

Empeyne del çapato, *l'empeigne du foulier.*

çapatos de vna suela o de dos suelas, *fouliers à fimple ou double femelle.*

çapatos con corcho, *fouliers liegez.*

Lazos de los çapatos, *cordons ou rubans de fouliers.*

Pantufos o pantuflos, *des pantoufles.*

Vira del çapato, *la bordure ou trepointe du foulier.*

Capa con capilla, *cape ou manteau auec le capuchon.*

Ferreruelo, *manteau.*

Cabeçon del ferreruelo *le collet du manteau.*

Ferreruelo con alamares, *manteau auec des boutons à queuë.*

Tudef-

Tudesquillo, *vn reistre, manteau à rebras.*

Balandran, *vn paladran, manteau de chasse.*

Salta en barca, *casaque de marinier.*

Sayo vaquero, *vn manteau à manches, comme ceux que portét les maistres des Comptes.*

Espada, *espee.*

Tiros de espada o talauarte, *pendant d'espee.*

Vayna, *le fourreau.*

Sobreuayna, *faulx fourreau.*

La contera, *le bout du fourreau.*

Hoja de espada, *lame d'espee.*

Punta de la espada, *la pointe de l'espee.*

Canal de la espada, *la vuidure de l'espee.*

Lomo de la espada, *le dos de l'espee.*

Vn descanso, *vne escharpe à porter le bras.*

Puño o empuñadura de espada, *la poignee de l'espee.*

Pomo de la espada, *le pommeau de l'espee.*

Guarnicion o guardas

de la espada, *la garde de l'espee.*

Espada dorada, plateada, *espee doree, argentee.*

Enuerniçada, pauonada *vernie, de couleur d'eau.*

Daga o puñal, *dague ou poignard.*

Ropa, *robe.*

Ropa aforrada, *robe fourree.*

Ropa de leuantar, *robe de chambre.*

Camisa, *chemise.*

Cuello, *collet.*

Cuello de lechuguilla, *collet à fraise.*

Cuello de encaxe, *fraise auec vne entretoille.*

Balona, *vn rabat, il seroit mieux escrit* Valona.

Valonica, *vn petit rabat.*

Cordones del cuello, *des cordons à mettre aux collets.*

Almilla, *vne camisolle.*

Puños o puñetes, *des manchettes ou renuers.*

Pañizuelo o lienço de narizes, *vn mouchoir.*

Botas, *des bottes.*

Botas picadas, blancas, negras, enceradas, de

B

camino , *des bottes chiquetees, blāches, noires, cirees , de voyage.*

Borzeguies, *brodequins.*

Eſtiuales, *botines.*

Encordonadera o abrochadera, *vn Lacet.*

VESTIDOS para vna muger, *habits pour femme.*

Camiſa, *chemiſe.*

Gorguera o baxico, *vn collet ou gorgerette.*

Cofia, *coiffe.*

Cofia de redezilla, *coiffe de reſeuil.*

Almilla, *vne camiſolle.*

Gargantilla, *vn carquan ou collier.*

Cercillos o arracadas, *des pendans d'oreilles.*

Chapines, *des patins.*

Chinelas, *des mules.*

çapatillas, *des eſcarpins.*

Brindeles de los chapines, *rubans des patins.*

Corpiño o cuerpezillo, *vn corſet à long buſque.*

Iubon, *des braſſieres, eſpece de pourpoint que portēt les fēmes en Eſpagne.*

Faxas, *bandelettes de petits enfans.*

Manteo o faldellin, *le cotillon de deſſous.*

Vaſquiña, *cotte ou juppe.*

Saya, *la robbe qui eſt en façon de chamarre.*

Saya entera , *vne cotte qui a le corſet & qui ſert de robbe.*

Saboyana , *vne robe de femme à la Sauoyante.*

Manto, *vn voile qui coure toute la femme & le viſage meſme.*

Collar, *vn collier d'or ou de pierreries.*

Toca, *vne coiffe ou courrechef.*

Apretador de la toca, *vn bandeau ou ſerreteſte.*

Arrojadillo, *vn drap qui ſe porte ſur la teſte.*

Reboço , *vn voile qui couvre le viſage.*

Cadeña, *vne chaine.*

Sartas, *cordons de grains de ſenteur.*

Sartal de perlas, *cordon de perles.*

Manillas o axorcas, *des bracelets.*

Arracadas, *pendants d'oreilles.*

Sortijas o anillos , *des*

*anneaux ou bagues.*

Memorias, *anneau que l'on appelle souuenance, parce qu'il se donne à cest effect, & se fait triple comme vne alliance.*

Sortija de sello, *bague à cacheter lettres.*

Cinta, *ruban à faire ceinture.*

Mandil o delantal, *vn tablier a femme.*

Estuche para peynes, *estuy à peignes.*

Trançaderas, *cordons de soye à lier les cheueux.*

Espejo, *vn miroir.*

Tixeras, *des ciseaux.*

Agujas, *des aiguilles.*

Dedal, *dé à coudre.*

Hazerillo, *vne pelotte ou tabouret.*

Alfileres, *des espingles.*

Tocado para dormir, *coiffure de nuict.*

Paño de rostro, *vn linge pour se desbarbouiller le visage.*

Agua de rostro, *eau pour le visage.*

Aluayalde, *du blãc ou ceruse à se farder.*

Bermellon, *du rouge ou*

*vermillon.*

Afeyte, *du fard en general.*

Alcohol o arrebol, *sorte de fard.*

GRADOS de parentesco, *Degrez de parentage.*

Hombre, *homme en general.*

Muger, *femme aussi en general.*

Marido y muger, *le mari & la femme.*

Padre y madre, *pere & mere.*

Abuelo, *ayeul ou grãd pere*

Abuela, *ayeule ou grand mere.*

Visabuelo, *bisayeul.*

Visabuela, *bisayeule.*

Tartarabuelo, *grand bisayeul.*

Tartarabuela, *grãde bisayeule.*

Hjio, hija, *fils, fille.*

Nieto, nieta, *petit fils, petite fille, c'est à dire, fils ou fille des enfans.*

Bisnieto, bisnieta, *fils & fille des petits enfans, qui sont en descendant au mesme degré que Bi-*

fabuelo.

Tartaranieto , *petit fils du petit fils.　Ces deux relatifs* Tartarabuelo & Tartaranieto , *se prennent quasi à l'infiny soit en montant ,soit en descendant : c'est à dire les ancestres & les successeurs.*

Tio, tia, *oncle,tante.*

Sobrino,sobrina, *neueu, niepce.*

Hermano , hermana, *frere,sœur.*

Primo,prima,*cousin,cousine.*

Primo hermano , *cousin germain.*

Primo segundo , *cousin issu de germain.*

Prima segunda , *cousine issuë de germain.*

Cuñado, cuñada , *beau frere,belle sœur.*

Suegro, *beaupere. i. pere du mary ou de la femme.*

Suegra, *bellemere. i. mere du mary ou de la fëme.*

Yerno, *legendre.*

Nuera, *la bru.*

Padrasto , o padrastro, *beaupere , mary second*

*de la mere:ce mot de pàrastre est trop rude, toutesfois il s'vse en quelques lieux de la France.*

Madrasta o madrastra, *belle mere. i . marastre.*

Alnado , *fils du mary ou de la femme du premier lict.*

Hijastro, *ce mot est rude & se diroit fillastre en François, qui est le mesme que* Alnado.

Padrino, *parrain.*

Madrina,*marraine.*

Ahijado,ahijada , *fillol, fillole.*

Compadre , *compere.*

Comadre , *comere: il se prend aussi pour la sage femme,qui se dit , partera.*

Parientes de lexos, *parens de loing.*

Aliados, *alliez.*

## LA CASA Y SVS partes,

*La maison & ses parties.*

Casa, *la maison.*

Los portales , *les grandes portes,les portaux.*

Los cimientos de casa,

les fondemens de la mai-
son.

El çaguan, le portique ou
porche.

Las paredes, les murs.

Las esquinas, les coings
en dehors.

Los rincones, les angles
& coings en dedans.

Las puertas, les portes.

El patio de casa, la court
de la maison.

El patin, vne petite court.

Corral, vne basse court.

Trascorral, vne arriere
bassecourt.

Escalera, escalier ou mon-
tee.

Sala, vne sale.

Quadra, vne sale quar-
ree, vne grande chambre.

Aposento o camara, vne
chambre commune.

Retrete o escritorio, vn
cabinet.

Recamara, garderobe.

Alcoba, petite chambre à
mettre vn lict.

Entresuelo, vne entreso-
le ou vne souspenduë.

Vn alto de casa, vn esta-
ge de la maison.

Oratorio, oratoire.

Capilla, Chapelle.

Cozina. la cuisine.

La botilleria, la sommel-
lerie.

La cueua o bodega, la
caue.

El tejado, le toict.

Açotea, terrasse ou plat-
teforme au dessus de la
maison.

Miradores, galeries.

Latrina o priuada, le pri-
ué, vulgairement dit la
garderobe.

Cama, vn lict.

Cofres o bahules, coffres
ou bahus.

Arcas, coffres de bois.

Tapicerias o colgaduras,
tapisseries ou tentures.

Quadros, tableaux de
peinture.

Retratos, pourtraicts.

Aparador, buffet à seruir
à boire.

Mesa, la table.

Bufete, vn comptoir.

Sillas, des chaires.

Bancos, des bancs.

Banquillos o escabelos,
des escabelles.

Ventana, fenestre.

Ventanilla, petite fenestre.

Encerados, *des chaßis de toile cirée.*

Balcones, *balcons, fenestres en saillies, auec des gardefols ou treillis.*

Varandas, *des gardefols.*

Rejas, *treillis de fer.*

Palomar, *colombier ou pigeonnier.*

Pajar, *grenier à la paille, paillier.*

Caualleriza, *escuyrie.*

Establo, *estable.*

Pesebre, *la mangeoire.*

Pozo, *le puy.*

Carrucha del pozo, *la poulie du puy.*

Brocal del pozo, *la mardelle du puy,*

Cuerda del pozo, *la corde du puy,*

Algibe o cisterna, *vne cisterne.*

Fuente, *fontaine.*

Huerta o jardin, *vn iardin, le iardin est proprement où il y a des fleurs.*

LA MESA CON LA comida y otros aparatos.

LA TABLE AVEC *la mangeaille & autres appareils.*

Mesa, *la table.*

Tapete o alquetifa, *le tapis de table.*

Sillas, *les chaires.*

Manteles, *nappe.*

Seruilletas o paños de manos, *seruiettes.*

Salero, *saliere.*

Cuchillos, *des cousteaux.*

Horquillas o tenedores *des fourchettes.*

Cuchares, *des cuilleres.*

Aguamanil, *lauemain, ou aiguiere à lauer.*

Iarro, *l'aiguiere ou pot pour bailler à lauer les mains.*

Fuente, *le bassin.*

Touaja, *touaille ou seruiette à essuyer les mains.*

Platos, *plats.*

Platos o platillos, *des assiettes.*

Escudillas, *des escuelles.*

Braserillo, *vn reschaud.*

Vino, *du vin.*

Blanco, clarete, tinto, *blanc, clairet, rouge.*

Vino aloque, o haloque, *vin meflé de blãc & rouge.*

Calabriada, *idem.*

Agua, *de l'eau.*

Nieue, *de la neige.*

Taças o vafos, *des verres ou taffes.*

Taças penadas, *verres qui font malaifez à boire.*

La olla, *la marmitte & la viande qui eft dedans.*

El caldo, *le boüillon.*

Sopas, *les foupes de pain.*

Pan, *pain.*

Pan blanço, *pain blanc.*

Pan baço, *pain bis ou noir.*

Carne, *chair.*

Carne cozida, *chair boüillie.*

Lo affado, *le rofti.*

Efcudillar la olla, *dreffer la marmite & les potages.*

Trincheo o tajador, *trenchoir.*

Trinchar la carne, *trencher ou couper la viande.*

Gallinas o aues, *des poules.*

Capones, *chapons.*

Pollos y pollas, *des poullets ou poulettes.*

Gallos, *des coqs.*

Gallinas de las Indias, *poules d'Inde.*

Pauos de las Indias, *des coqs d'Inde.*

Fayfanes, *des phaifans.*

Perdizes, *des perdrix.*

Liebres, *lieures.*

Conejos, *lapins ou conils.*

Paxaros, *oyfeaux de toutes fortes.*

Lechones, *des cochons.*

Ganfos o patos, *des oyfons.*

Anfares, *des oyes.*

Anfaron, *vn jars ou oye grande.*

Anfarino o patico, *oyfon ou petite oye.*

Palominos, *pigeonneaux.*

Pichones, *pigeonneaux de voliere.*

Torcazas, *ramiers.*

Tortolas, *tourterelles.*

Codornizes, *des cailles.*

Cogujadas, *des allouettes.*

Zorzales, *des griues.*

Carnero, *du mouton.*

Oueja, *brebis.*

Cabron, *vn bouc.*

Macho, *vn bouc chaſtré.*

Cabra, *cheure.*

Cabrito, *vn cheureau.*

Buey, *bœuf.*

Vaca, *vache, l'Eſpagnol vſe de ce mot pour dire de la chair de bœuf.*

Ternera, *vn veau.*

Puerco, *vn porc.*

Tocino, *du lard.*

Torrezno , *vne carbonnade ou morceau de lard frit en la poille.*

Gigote o picadillo, *vn hachis.*

Pepitoria , *vne fricaſſee de menus des oyſeaux.*

Hueuos, *des œufs.*

Hueuos eſtrellados , *des œufs pochez.*

Tortilla de hueuos, *vne aumelette.*

Hueuos aſſados, *œufs à la coque & cuits en la braiſe.*

Enſalada , *ſalade.*

Eſcarolas , *chicoree blanche ou endiues.*

Azeyte, *huile.*

Vinagre y ſal , *vinaigre & ſel.*

Moſtaza, *mouſtarde.*

Azeytunas, *des oliues.*

Alcaparras, *des cappres.*

Agraz, *du verjus.*

Naranjas, *des oranges.*

Cidras, *citrons.*

Melones, *melons.*

Pepinos, *des concombres.*

Queſo, *du fromage.*

Pimienta, *du poiure.*

Açafran, *du ſaffran.*

Nuez moſcata, *vne noix muſcade.*

Clauos de eſpecias, *clous de girofle.*

Canela , *canelle.*

Gengibre, *du gingembre.*

Pimiento de las Indias, *de la poiurette.*

Miel, *du miel.*

Açucar, *du ſuccre.*

Redoma, *vne phiole.*

Iarro, *vn pot.*

Bota, *vn flaſcon.*

Botija o flaſco, *vne bouteille.*

Garrafa, *vne ſorte de bocal.*

Cantimplora, *vne chantepleure ou bocal à long col.*

Aparador, *table à dreſſer la viande.*

Almorçar, *desieuner.*
Comer, *disner.*
Merendar , *reciner ou goufter.*
Cenar , *souper.*
Principio, *l'entree de table.*
La poftre, *le deffert.*
Fruta, *du fruict.*
Echar la bendicion , *dire le benedicité.*
Dar las gracias, *dire graces.*

APOSENTO CON fus adereços.
*Chambre auec fes garnitures.*
Efcalera, *efcalier ou degré*
Gradas de la efcalera, *les marches du degré.*
Rellano o mefa de efcalera , *le paillier ou pofee du degré.*
Puerta, *la porte ou l'huis.*
Cerraja o cerradura, *ferrure.*
Llaue, *clef.*
Peftillo de la puerta , *le locquet ou verroüil de la porte.*
Aldaua , *anneau ou marteau abattre à la porte,*

*c'eft außi vn fer de cadenat.*
Cerrojo, *vn verroüil.*
Algoaças o goznes , *les gonds de la porte.*
Quicios, *gonds ou piuots.*
Ventanas, *feneftres.*
Vidrieras, *vitres ou verrieres.*
Empapelados , *chaßis de papier.*
Suelo ladrillado , *plancher paué de carreaux.*
El techo , *le toict ou couuerture, ou bien le plancher par hault.*
Bueltas del techo, *plancher fait en röd & lambrißé.*
Vigas o maderos del techo, *les poultres ou foliues du plancher.*
Efcritorio o arquimefa, *vn cabinet d'Allemagne.*
Alacena , *vne armoire ou aumoire.*
Efpejo, *vn miroir.*
Colgaduras , *tentures ou tapifferies.*
Paños de Flandes, *tapifferies de Flandres.*
Sillas, *chaires.*

Bancos, *bancs.*

Escabelos o báquillos. *des escabelles.*

Sillas de respaldo, *chaires à dossier & à bras.*

Cama, *vn lict & chalict.*

Armazon de cama, *tout vn bois de lict , vne couche.*

Pilares y tablas, *les piliers & les ais du fond de la couche.*

Tornillos, *les viz.*

Mançanas de la cama, *les pommes du lict.*

Varas de hierro, *les verges de fer.*

Varas de palo, *les traingles de la couche.*

Xergon, *la paillasse.*

Colchones, *les matelats.*

Sáuanas, *les draps ou linceulx.*

Manta, *councerture.*

Almohadas, *oreillers.*

Colchas, *loudiers ou courte-pointes.*

Paramentos o cortinas, *paremens du lict ou rideaux & courtines.*

Cielo de la cama, *le ciel du lict.*

Gotera de la cama, *le*

dossier.

Delantecama, *le deuant du lict.*

Cabecera, *le costé du cheuet.*

Los pies de la cama, *les pieds du lict.*

El seruidor, *le bassin ou la chaire percee.*

El orinal, *le pot de chambre, l'vrinal.*

Chimenea, *la cheminee.*

Morillos, *les chenets.*

Leña, *du bois.*

Lumbre, *du feu.*

Llama, *flamme.*

Ascuas, *braise, charbons ardans.*

Rescoldo o rescaldo, *cendre vine & allumee.*

Ceniza, *de la cendre.*

Hollin, *de la suye.*

Humo, *fumee.*

Carbon, *du charbon.*

Brasa, *de la braise.*

Centella o chispa, *estincelle.*

Pajuelas de açufre, *des allumettes.*

Pala de la lübre, *la paelle du feu.*

Tenaças o muelles, *pincettes ou mollets.*

Eſtrado , *vne eſpece de marchepied ou lict vert fort bas , là où s'aſſéent les dames & y repoſent.*

Alhombra, *tapis de Turquie.*

Almohadas, *des carreaux ou coiſſins pour l'eſtrado.*

Cofrezillo de tocar, *vn coffret ou caſſette à mettre les beſoignes de nuict.*

Ceſta, *vn panier.*

Canaſta , *vne corbeille.*

Canaſtillo , *vn corbillon ou petit panier.*

Eſcuſabarajas , *vn panier couuert.*

Limpiadera, *des vergettes à nettoyer.*

Eſcoba, *vn balay.*

Barrer, *balayer.*

Vaſura, *balayeures & ordures.*

## COZINA Y SVS aperejos.
*La cuiſine & ſes appareils.*

Cozina, *cuiſine.*

Cozinero, *le cuiſinier.*

Moços de cozina , *garçons de cuiſine.*

Picaros de cozina, *mar-*

mitons.

Chimenea, *la cheminee.*

Cañon de la chimenea, *le tuyau de la cheminee.*

Morillos, *les chenets.*

El hogar, *le fouyer.*

Llares, *la cramaillere.*

Pala, *la paeſle.*

Horquilla , *fourchette.*

Tenaças, *tenailles.*

Enlardador, *brochette de fer à mettre vn morceau de lard pour flamber vn oyſeau ou autre choſe qui roſtit.*

Leña, lumbre, llama, aſcuas , reſcaldo, ceniza, hollin , & humo, *voyez les tous au chapitre precedent.*

Atizar la lumbre, *attiſer le feu.*

Aſſador, *vne broche à roſtir, vne haſte.*

Aſaderas, *haſtiers ou contrehaſtiers.*

Sarten o freydera , *vne poiſle à frire.*

Sartenilla, *poiſlon , petite poiſle.*

Cuchares, *cueilleres.*

Cucharon , *vne groſſe cueillere de bois.*

Cucharillas , *cueilleret-* / *tes, petites cueilleres,*

Espumadera, *vne escu-* / *moire.*

Almirez, *mortier de fonte* / *ou de metal.*

Mortero de piedra , de / palo, o de barro, *mor-* / *tier de pierre, de bois, ou* / *de terre.*

Mano de almirez , *pilon* / *de metal.*

Mano de palo o maja- / dero , *vn pilon de bois.*

Caços, *poilons de cuiure.*

Calderos, *chaudrons.*

Calderillos , *petits chau-* / *drons.*

Caldera, *chaudiere.*

Ollas de hierro, *marmit-* / *tes ou pots de fer.*

Ollas de cobre o barro, / *pots de cuiure ou de terre.*

Pucheros, *petits pots.*

Pucherillos o pucheri- / cos, *petits potelets.*

Coberteras , *couuercles* / *de pots ou de marmites.*

Espetera , *ratelier à met-* / *tre les broches.*

Alnafe, *vne huguenotte.*

Parrillas, *vn gril.*

Candelero, *chandelier.*

Candil, *vne lampe.*

Fregadera o rodilla , / *bouschon ou torchon de* / *cuisine.*

Platos, *plats ou escuelles,* / *il se dit aussi pour af-* / *siettes.*

Platillos , *des afsiettes.*

Tajadores, *des trēchoirs.*

Escudillas, *escuelles.*

Cuchillos , *cousteaux.*

Cuchillas, *de grands cou-* / *steaux.*

Sal, *du sel.*

Especias, *espices, espice-* / *ries.*

*Voyez le Chapitre de la* / *Mesa , pour quelques* / *autres choses qui appar-* / *tiennent à cestuy cy.*

CIVDAD , CALLES / y plaças, y otras par- / ticularidades,

*Ville, rües & places, &* / *autres particularitez.*

Ciudad , *cité ou grande* / *ville.*

Muros, *murs.*

Fosos o cauas , *fossez.*

Contrafossos , *doubles* / *fossez.*

Baluartes , *bouleuerts.*

Contramuros , *contre-murs.*

Torres, *tours.*

Torreones, *petites tours.*

Almenas, *creneaux.*

Saeteras , *canonnieres.*

Troneras, *machecoulis.*

Garitas , *guerites.*

Terrapleno, *terreplein ou plateforme.*

Artilleria, *artillerie.*

Sentinella , *sentinelle.*

Posta , *place de la senti-nelle.*

Ronda, *la ronde.*

El nombre o señal , *le mot du guet.*

Puente leuadiza , *pont leuis.*

Puerta, *porte.*

Puerta caediza o rastillo *la herse ou porte cou-lisse.*

Palacio real , *le Palais ou chasteau Royal.*

Plaça, *la place.*

Mercado, *le marché.*

Encruzijada, *carrefour.*

Calle, *la ruë.*

Callejuela, *ruelle, petite ruë.*

Fuentes, *fontaines.*

Soportales , *portiques soubs des saillies de maisons.*

Vniuersidad , *Vniuer-sité.*

Colegio, *College.*

Yglesia, *Eglise.*

Monasterio, *Monastere.*

Casa del Arçobispo, *l'Archeuesché, le logis de l'Archeuesque.*

Casa del Obispo, *l'Euesché, logis de l'Euesque.*

Ciudadano o vezino, *ci-toyen, bourgeois ou habi-tant.*

Mercader, *marchand.*

Oficiales, *artisans. L'Es-pagnol y adiouste , de o-bra vsada.*

Labradores , *laboureurs.*

Iornaleros , *manœuures, gaigne iournee.*

Impressores, *Imprimeurs*

Pintores, *Peintres.*

Esculctores , *Sculpteurs ou imagers.*

Plateros, *Orfeures.*

Merchantes o bohone-ros, *Merciers.*

Sastres, *tailleurs d'habits.*

Calceteros, *chaussetiers.*

çapateros, *cordouaniers,*
ou *cordonniers.*

çapatero de viejo, *sa-*
*uetier.*

Sombrereros, *chapeliers.*

Cordoneros, *faiseur de*
*cordons & de boutons.*

Caldereros, *chaudron-*
*niers.*

Albeytares, *mareschaulx*
*qui medecinent les che-*
*uaux.*

Herradores, *mareschaux*
*qui ferrent les cheuaux.*

Herreros, *ferronniers ou*
*taillandiers.*

Cerrajero, *serrurier.*

Candelero, *chandelier.*

Carpintero, *charpentier.*

Aluardero, *bastier ou*
*bourrelier.*

Sillero, *sellier.*

Aluañir, *masson.*

Cantero, *tailleur de pier-*
*res.*

Empedrador, *paueur.*

Carretero, *chartier.*

Ladrillero, *briquetier.*

Vidriero, *vitrier.*

Alfaharero o ollero, *vn*
*potier de terre.*

Ropero o ropauejero,
*fripier.*

Remendon, *rauaudeur.*

Regaton, *reuendeur, re-*
*gratier.*

Mesonero, *hostelier qui*
*loge.*

Tauernero, *tauernier qui*
*vend du vin.*

Bodegonero, *cabaretier.*

Panadero, *boulanger.*

Pastelero, *pasticier.*

Erbolario, *herbier.*

Limpia pozos, *cureur do*
*puys.*

Saca basuras, *cureurs de*
*boües & immondices.*

Harriero, *chasseur d'as-*
*nes, vn voiturier de*
*bestes de somme.*

Correo, *courrier.*

Postillon, *postillon.*

Medico, *Medecin.*

Boticario, *Apoticaire.*

Cirujano, *Chirurgien.*

Barbero, *Barbier.*

Saca potras, *qui taille de*
*la pierre ou de la her-*
*gne, operateur.*

## ARMAS PARA LA
guerra y justa.

*ARMES POVR LA*
*guerre & pour courre*
*la lance.*

Celada o almete, *sallade, casque ou armet.*

Yelmo o celada de encaxe, *beaulme, armet complet.*

Correon de la celada, *la courroye du casque.*

La cresta de la celada, *la creste de l'armet.*

Las galteras, *les ioües.*

Calua o morion, *le pot ou cabasset, morion.*

Bauera, *la barbute ou mentonniere.*

La gola, *le gorgerin ou haussecol.*

La visera o vista, *la visiere.*

El peto, *la piece de deuant de la cuirasse, c'est aussi vn plastron.*

El espaldar, *la piece de derriere.*

La coraça, *la cuirasse.*

Cossalete, *corselet.*

El ristre, *l'arrest de la lance.*

Braçales o braçaletes, *les brassarts.*

Manoplas, *les gantelets.*

Escarcelas o cuxutes, *taffettes ou cuissarts.*

Greuas, *greues ou iambieres.*

Botines, *petites botines au bout desquelles il y a vne petite piece d'acier attachee.*

Espuelas, *esperons.*

Ruedas de las espuelas, *rosettes des esperons.*

Henilletas de las espuelas, *les boucles des esperons.*

Lança, *lance.*

Lança de sorija, *lance à courre la bague.*

Gineta, *vn dard de Capitaine.*

Maça, *vne masse ou massuë.*

Maça de torneo, *masse de tournoy.*

Iaualina, *vne iaueline.*

Venablo, *vn espieu.*

Espada y daga, *espee & poignard.*

Pica, *vne pique.*

Tela para justar, *la lice à courre la lance.*

Contratela, *contrelice.*

Palenque para tornear
de a cauallo, *grande
place fermée de barrieres
pour faire vn tournoy à
cheual.*

Tablado para los juezes
*eschaffaut pour les Iu-
ges.*

Padrinos para las juſtas
o torneos, *parrains
pour les iouſteurs, ou
pour ceux qui font le
tournoy.*

Correr la ſortija, *courre
la bague.*

Meneſtriles, *hautbois, me-
neſtriers.*

Trompetas, *des trom-
pettes.*

Caxas o atabores, *caiſ-
ſes ou tambours.*

Clarines, *clairons.*

Pifanos, *fiffres.*

Correr al eſtafermo,
*courre le faquin.*

Libreas, *liurées.*

CAVALLO CON
ſus jaezes,
*Cheual auec ſes harnois.*

Freno de brida, *bride
pour voyager.*

Freno ginete, *bride à la
geneite.*

Barbada, *la gourmette.*

Camas de freno, *les brã-
ches de la bride.*

Riendas, *les reſnes.*

Chapas, *les boſſettes.*

Eſtribos, *eſtriers.*

Aciones, *eſtriuieres.*

Cinchas, *les ſangles.*

Silla, *ſelle.*

Caparaçon, *cappara-
çon.*

Grupera, *la croupiere.*

Pretal, *le poitrail.*

Arçon, *l'arçon.*

Teſtera, *la teſtiere.*

Gualdrapa, *vne houſſe.*

Peramento del cauallo,
*Equipage du cheual.*

Hierros o herraduras,
*les fers du cheual.*

Crines o clines, *les crins*

Pecho del cauallo, *la
poitrine du cheual.*

Da coces el cauallo, *le
cheual ruë.*

Corcobo, *le faut du mou-
ton.*

Corbetas haze, *il va à
courbettes.*

Empinarſe el cauallo, *ſe
cabrer le cheual.*

Manta

Manta de cauallo, *Cou-*
*uerture de cheual.*

Mandiles, *les espousset-*
*tes.*

Ccuada, *de l'orge: Notez*
*qu'en Espagne on en*
*baille aux bestes cheua-*
*lines.*

Cabestro o xaquima, *li-*
*col.*

Pesebre, *la mangeoire.*

Aldaua para atar el ca-
uallo , *anneau de fer*
*pour attacher le cheual*
*à la mangeoire.*

Casco del pie del caual-
lo, *la corne du pied du*
*cheual.*

Cauallo de buena para,
*cheual de bon arrest, qui*
*pare bien.*

Bien passea el cauallo,
*le cheual se promene biē.*

Cauallo que se huella
bien, *cheual qui se mar-*
*che bien.*

Hazer mal al cauallo,
*trauailler & piquer vn*
*cheual, l'exercer au ma-*
*nege.*

ARMAS ofensiuas,
*ARMES offensiues.*

Artilleria, *Artillerie en*
*general.*

Tiros pedreros, *canons*
*pierriers.*

Tiros reforçados de
batir, *canons de bate-*
*rie.*

Tiros de campaña, *pie-*
*ces de campagne.*

Culebrinas, *couleurines.*

Esmeriles, *arquebuses a*
*croc.*

Falconetes, *faulconeaux.*

Morreretes, *mortiers ou*
*boistes.*

Poluora, *poudre à canon.*

Cuchar para echar la
poluora , *la cueilliere*
*pour charger le canon.*

Fogon, *le bassinet.*

Carretas para la artille-
ria, *les fusts de l'artil-*
*lerie.*

Encaualgar la artilleria,
*monter ou affuster l'ar-*
*tillerie.*

Mosquete, *mousquet.*

Arcabuz, *arquebuse.*

Pedreñal, *poitrinal.*

Bagueta, *la baguete.*

C

Cerraja o rueda, le roüe:.

Cuerda de arcabuz, meche d'arquebuse.

Cepo o culata, la culasse.

Sacatrapos o rascador, vn tirebourre.

Serpentin, le serpentin.

El gatillo, le chien de l'arquebuse.

Piedra de pedreñal, pierre d'arquebuse, pierre à feu.

Tornillos, les viz.

El muelle, le ressort.

La llaue, la clef ou bádage.

Tahali, charpa o correa bandouliere à porter l'arquebuse ou poitrinal.

El púto o fiador, l'arrest.

ARMAS defensiuas. ARMES deffensiues.

Espada de rua, espee de parade.

Espada de vn corte, espee qui coupe d'vn costé seulement.

Estoque, vn estoc, espee fort estroite.

Alfange, cimiterre, coutelas.

Montante, espee à deux mains.

Rodela, rondache.

Broquel, vn bouclier.

Iaco de malla, vn iaque de maille.

Coraça, cuirasse.

Cuera de ante, collet de Buffle.

Casco, vn casque ou pot.

Capellina, vne bourguignotte.

Guantes de malla, gantelets de maille.

COLORES diuersas, COVLEVRS diuerses.

Blanco, Blanc.

Negro o prieto, noir.

Colorado, rouge.

Grana, escarlatte.

Azul, bleu.

Verde, verd.

Encarnado, incarnat.

Pardo, gris obscur ou de minime.

Pardo fraylesco o pardillo, gris blanc, gris argenté.

Leonado, tanné.

Verdemar, verd de mer.

Girasolado o trocatinte, couleur changeante.

Amarillo o jalde, jaune.

Pagizo, jaune-paille.

Morado, violet & gris brun.

Purpura, pourpre.

Columbino, *colombin.*

Mezclilla, *drap meſlé.*

Bermejo o roxo , *roux ou rouſſeau.*

Doradillo, *blond, jaune daré.*

Morzillo, *moreau ou bay brun.*

Bayo, *Bay ou bayard.*

Alazan, *alzan.*

Alazan toſtado , *alzan bruſlé.*

Rucio, *gris ou griſon.*

Rucio rodado, *gris pommelé.*

Tordillo , *couleur d'eſtourneau, tordille.*

Ouero o hobero, *aubere.*

EL mar y algunos baxeles.

*L A mer & quelques vaiſſeaux.*

Galeones, *gallions.*

Galeaças, *galleaces.*

Galeras, *galeres.*

Naues, *nauires.*

Naues de alto borde, *grands nauires.*

Fragatas o Saetias, *fregates, vaiſſeaux fort legers.*

Vergantin, *brigantin.*

Tartanas, *tartanes.*

Eſquifes, *eſquifs.*

Barcas, *barques.*

Bateles, *baſteaux.*

Anclas ò ancoras , *les ancres.*

Arboles o maſtiles, *les maſts.*

La velas, *les voiles.*

Las maromas, *les chables*

La proa, *la proüe.*

La popa, *la poupe.*

El gouernalle , *le gouuernail.*

La tormenta , *la tourmente ou tempeſte.*

Las olas, *les ondes.*

La calma, *le temps calme.*

La bonança , *la bonaſſe.*

Nauegar, *nauiger.*

Los proeles o grumetes , *valets ou garçons des mariniers.*

Los marineros, *les mariniers.*

Los galeotes o forçados *les forçats ou galeriens.*

El comitre o piloto , *le comitre ou pilote.*

El corbacho, *le gourdin, le corbache.*

El vizcocho , *le biſcuit.*

Los remos, *les rames.*

Las cadenas, *les chaines.*

Los bancos, *les bancs.*

C ij

La cruxia, *la courfie.*

El eſtanterol , *eſtende-*
*rolle ou eſtenderol.*

Nombres de algunos
peces.
*Les noms de quelques*
*poiſſons.*

Vallena, *Baleine.*

Atun, *vn Thon.*

Salmon, *Saulmon.*

Sollo, *Brochet.*

Trucha, *la Truite.*

Carpa, *Carpe.*

Tenca, *la Tenche.*

Lamprea, *Lamproye.*

Lenguada , *vne Sole &*
*ſemblable poiſſon plat.*

Peſcado cecial , *poiſſon*
*ſeiché au vent comme*
*le merlus & le carlet.*

Arenque, *barenc.*

Sardinas , *des Sardines.*

Anchouas, *des anchois.*

Raya, *vne raye.*

Cabeçudo, *vne rouſſette.*

Oſtias o oſtiones , *des*
*huiſtres.*

Anguila, *vne anguille.*

Bacallao, *de la moluë.*

Merluza o Abadexo, *du*
*Merlus.*

Sáualo, *Vne aloſe.*

ALGVNOS nombres

de frutas.

QVELQVES noms de
*fruicts.*

Mançanas, *pommes.*

Camueças , *pommes de*
*capendu ou renette.*

Verengenas , *pommes*
*d'amour.*

Peras, *poires.*

Duraznos o Priſcos,
*des peſches.*

Melocotones, *pauies ou*
*milecotons : les mileco-*
*tons ſont fort petits.*

Ciruelas, *prunes.*

Aluarcoques, *arbricots.*

Cermeñas, *poires muſ-*
*ques.*

Granadas, *grenades.*

Higos , *figues.*

Membrillos, *des coings.*

Moras , *des meures.*

Guindas agrias, *ceriſes*
*aigres.*

Guindas garrofales, *des*
*griottes ou bigarreaux.*

Cerezas, *des guines.*

Vuas, *raiſins.*

Meſperas, *des neſles.*

Seruas, *des cormes.*

Madroños , *arbouſſes,*
*fruict de l'arboiſier.*

Breuas, *figues haſtiues,*

Dátiles, *dates, fruict de la* palme.

Endrinas, *prunes de da-mas noir.*

Melones, *melons.*

Pepinos, *des concombres.*

Naranjas, *des oranges.*

Cidras, *des citrons.*

Lima, *espece de citron.*

Limon, *limon, ou gros ci-tron.*

Poncil , *poncire plus gros que le limon.*

ALGVNAS hortalizas para la olla.

QVELQVES *herbes po-tageres.*

Lechugas , *des laictues.*

Cardos, *des cardes.*

Perexil, *du persil.*

Acelgas , *de la poiree ou* bettes.

Verças, *choux verds.*

Repollos , *choux cabus ou pommiez, choux blācs.*

çanahorias , *carottes & panais.*

Azedera, *ozeille.*

Borrajas, *des bourroches.*

Esparragos, *des asperges.*

Bugalosa o Buglossa, *Buglose.*

Menta , *de la mente ou*

baufme.

Saluia, *de la sauge.*

Mayorana , *de la marjo-laine.*

Voleza, *du cerfueil.*

NOMBRES de algu-nas telas , de oro, de seda, paños, y lien-ços.

LES NOMS *de quelques toiles d'or, de soye, draps & linges.*

Brocado de tres altos, *toile d'or ou d'argent la plus riche.*

Brocado ordinario, *toi-le d'or ou d'argent com-mune.*

Brocateles , *brocatelles, toiles d'or ou d'argent contrefaictes, qui ne sont que de soye pure.*

Damasco , *damas.*

Terciopelo , *du velours ou velours.*

Terciopelo llano , *ve-lours plain.*

Terciopelo labrado, *ve-loux figuré.*

Terciopelo riço, *velous ras.*

Raso, *du satin.*

Raso prensado , *satin*

C iij

gauffré.

Raſo liſo, *ſatin plain.*

Tafetan, *taffetas.*

Gorgaran, *taffetas à gros grain.*

Chamelote, *camelot.*

Chamelote con aguas, *camelot ondé.*

Paño, *drap.*

Velarte, *drap fin.*

Raja, *ſarge.*

Vellorin, *drap de minime ſans teinture.*

Mezclilla, *ſarge meſlee.*

Tela o liéço, *toile ou linge*

Olanda, *toile de Hollãde.*

Ruan, *toile de Roüen.*

Naual, *toile de Laual.*

Ruan de cofre, *toile de Roüen la plus fine.*

Eſtopilla de Cambray, *toile de Cambray fort claire.*

Lienço caſero, *toile de meſnage.*

Anxeo o cañamaço, *du caneuas ou groſſe toile.*

PIEDRAS precioſas, *PIERRES precieuſes.*

Diamante, *diamant.*

Rubi, *rubi.*

Carbunclo, *eſcarboucle.*

Eſmeralda, *eſmeraude.*

Turqueſa, *turquoiſe.*

Perla, *perle.*

Aljofar, *ſemence de perles.*

Amatiſta, *ametiſte.*

çafiro, *ſaphir.*

Topacio, *topaſe.*

Piedra yman, *pierre d'ayman.*

Granate, *grenat.*

Iaſpe, *iaſpe.*

Marmol, *marbre.*

Marmol jaſpeado, *marbre jaſpé.*

Cornerina, *cornaline.*

Agata, *vne agate.*

ALGVNOS nombres de vinos: carnes: caças, y paxaros.

*QVELQVES noms de vins, de chairs, de venaiſon & d'oyſeaux.*

Vino blanco, *vin blãc.*

Vino tinto, *vin rouge, dit vin de roſette.*

Vino clarete, *vin clairet.*

Moſcatel, *muſcat.*

Vino griego, *vin Grec.*

Maluaſia, *maluoiſie.*

Carnero, *mouton.*

Oueja, *brebis.*

Cordero, *aigneau.*

Cabra, *cheure.*

Macho, *bouc chaſtré.*

Cabron, *bouc.*
Cabrito, *cheureau.*
Buey o vaca, *bœuf.*
Toro, *taureau.*
Ternera, *du veau.*
Puerco, *du porc.*
Tocino, *du lard.*
Lechon, *vn cochon.*
Cecina, *chair salee & fumee.*
Puerco jauali, *porc sanglier.*
Cieruo, *du cerf.*
Venado, *venaison, beste rousse.*
Corço, *cheureuil.*
Gamo, *vn daim.*
Liebre, *liepure.*
Conejo, *lapin ou connil.*
Taxugo o texon, *blereau ou tesson.*
Becada, *beccasse.*
Perdiz, *perdrix.*
Ruyseñor, *rossignol.*
Paloma, *pigeon.*
Faysan, *phaisan.*
Papagayo, *perroquet.*
Grajo o graja, *vn geay.*
Aguila, *vn aigle.*
Garça, *le heron.*
Grulla, *vne grué.*
Torcaza, *pigeon ramier.*
Halcon, *faulcon.*
Gerifalte, *gerfault.*

Açor, *l'autour.*
LAS partes del dia,
*LES parties du iour.*
El alua, *l'aube ou point du iour.*
La mañana, *le matin.*
La mañanita, *le fin matin.*
La madrugada, *la matinee.*
El medio dia, *le midy.*
La siesta, *la releuee ou le chaud du iour.*
La tarde, *l'apres disnee ou vespre.*
La noche, *la nuict ou le soir bien tard.*
LOS dias de la semana,
*LES iours de la sepmaine.*
Lunes, *Lundy.*
Martes, *Mardy.*
Miercoles, *Mercredy.*
Iueues, *Ieudy.*
Viernes, *Vendredy.*
Sábado, *Samedy.*
Domingo, *Dimanche.*
LOS meses del año.
*LES mois de l'an.*
Enero o Henero, *Ianuier.*
Ebrero o Hebrero, *Feurier.*
Março, *Mars.*
Abril, *Auril.*
Mayo, *May.*
Iunio, *Iuin.*
Iulio, *Iuillet.*

Agosto, *Aoust.*

Setiembre, *Septembre.*

Otubre, *Octobre.*

Nouiembre, *Nouembre.*

Deziembre, *Decembre.*

LA noche, *LA nuict toute entiere.*

Media noche, *minuict.*

A noche, *hier au soir.*

Al amanecer, o, en amaneciendo, *Le iour venant ou au point du iour.*

AL anochecer, o, en anocheciendo.

*LA nuict venât ou à nuict fermant, entre chien & loup.*

LAS quatro partes del año.

*LES quatre parties de l'année.*

Primauera, *le Printêps.*

Verano, *l'Esté.*

Otoño, *l'Automne.*

Ynuierno, *l'Hyuer.*

LAS Pascuas, *Les grandes festes solênelles, que les Espagnols appellent Pasques.*

Pascua de Nauidad, *Noel ou la Natiuité.*

FIN.

Pascua del Epifania, ê de los Reyes. *La feste des Roys.*

Pascua de Flores, *Pasques Fleuries.*

Pascua de Resurrecion, *La feste de Pasques, la grâd Pasques.*

Pascua de Espiritu santo o de Pentecostes, *La Pentecoste.*

Quatro temporas, *Les quatre temps.*

LAS fiestas de nuestra Señora, *Les festes de Nostre Dame.*

La Purificacion o cádelera, *La Purification ou Chandeleur.*

La Anunciacion, *l'Annonciation.*

La Assumcion, *l'Assomption.*

La Natiuidad, *la Natiuité.*

La Presentacion, *La Presentation. Ceste cy n'est pas solemnisee en France.*

La Concepcion, *la Conception.*

FIN.